Nora Miedler

Kühlschrank-Chroniken

Ein WG-Roman

Weitere Bücher von Nora Miedler im Arena Verlag:
Lügenprinzessin
Funkentanz
Zuckerwatteträume. Warum kann man Fettnäpfchen nicht einfach aufessen?

Nora Miedler,
geboren 1977, studierte Schauspiel am Konservatorium Wien und war auf zahlreichen Bühnen in Österreich und der Schweiz zu sehen. Ihr Krimidebüt *Warten auf Poirot* wurde für den Leo-Perutz-Preis der Stadt Wien nominiert. Als Autorin hat Nora Miedler seither mit großem Erfolg Frauenromane und Jugendthriller veröffentlicht.

Petra Hämmerleinova
wurde 1972 in Prag geboren. Nach Abschluss ihres Studiums an der Deutschen Meisterschule für Mode in München entwarf sie lange Zeit Schuhe. Seit einigen Jahren arbeitet Petra Hämmerleinova freiberuflich als Illustratorin. Sie lebt mit ihrer Familie in Erlangen.

Nora Miedler

Kühlschrank Chroniken

Ein WG-Roman

Mit Illustrationen
von Petra Hämmerleinova

Arena

Für meinen Vater, dem ich die Begeisterung für Bücher und den Mut zur Phantasie zu verdanken habe und für meinen Mann, dessen uneingeschränkte Unterstützung mir ermöglicht, meinen Traum vom Schreiben auszuleben. Schatz, ich wäre heute nirgends – ohne dich.

FSC
www.fsc.org
MIX
Papier aus verantwortungsvollen Quellen
FSC® C110508

1. Auflage als Sonderausgabe im Arena-Taschenbuch 2017

Covergestaltung und Innenillustration: Petra Hämmerleinova
Umschlagtypografie: Milena Schlosser
Gesamtherstellung: Westermann Druck Zwickau GmbH
ISSN 0518-4002
ISBN 978-3-401-51010-1

Besuche uns unter:
www.arena-verlag.de
www.twitter.com/arenaverlag
www.facebook.com/arenaverlagfans

Willkommen in meiner WG

1. Kapitel

in dem eine Wohnung ihre Besitzerin wechselt, ein neuer Nachbar auftaucht und ein paar kleine Notlügen erzählt werden

Essiggurken!!
Kakao!!
Erdnussflips!
Eis!!!!!!
Spaghetti
Tomatensauce
Schoki!!!
Video für Maike drehen!!!
Job suchen!!!!!

Ich trat einen Schritt zurück und betrachtete mein Werk. Bisschen viele Ausrufungszeichen, aber ansonsten schon ganz gut. Meine erste Einkaufs- und Erinnerungs-Liste. Seit Ewigkeiten hatte ich mir eine riesige Tafel gewünscht, auf der ich alle meine Gedanken festhalten konnte. Irgendwie fand ich das lässig. Und jetzt war es so weit! Keine fünf Minuten

nachdem ich meine *eigene* Wohnung bezogen hatte, verwandelte ich eine ungeflieste Wand in der Küche kurzerhand in eine riesige Tafel. Ich verkniff mir, die Liste zusätzlich mit Smileys zu verzieren, denn eigentlich hatte ich gerade gar keine Zeit für Deko. Nur *Eistee!!* schrieb ich dazu. Vier Stockwerke unter mir, im Hauseingang, warteten noch mindestens zehn Umzugskartons auf mich.

Mittlerweile bereute ich zutiefst, dass ich meine Eltern weggeschickt und behauptet hatte, gleich kämen ein paar Freundinnen, um mit anzupacken.

Während mein Vater sich über die Stirn gewischt und erleichtert genickt hatte, war meine Mutter sofort misstrauisch geworden: »Welche denn? Maike ist doch auf Weltreise.«

Hallooo? Dachte die etwa, ich hätte nur eine Freundin?

Um meine Mutter zu beruhigen, hatte ich ein paar Mädchen aus meiner frischgebackenen Exschule aufgezählt.

In Wahrheit brauchte ich dringend eine Pause von meinen Eltern.

Außerdem hatte ich keinen Bock, ihnen zu demonstrieren, dass ich die Liftpanik, die mich seit einem halben Jahr begleitete, noch immer nicht überwunden hatte. Sie waren ja auch so schon ständig besorgt um mich. Wie oft hatte ich in den letzten Wochen und Tagen gehört: »Mit siebzehn bist du noch nicht erwachsen.« Dass sie mir erlaubten, »mutterseelenallein« in Oma Elfis alte Wohnung einzuziehen, betrachteten die beiden als nahezu »übermenschlichen Vertrauensbeweis«.

Jaja. Blabla, blabli, blablo. Jetzt waren sie jedenfalls weg und ich *alleine* in *meiner* Wohnung.

Mein Shirt klebte an meinem verschwitzten Rücken, als ich die letzten Kisten in die Wohnung beförderte und ächzend die Tür schloss. Mit einem Fußtritt, der Oma Elfi in der Seele wehtun würde *(Jessas na, die schöne Eichentür!).* Aber wenn man fünfmal hintereinander – und mit schwerem Gepäck beladen – vier Altbau-Stockwerke raufgelaufen ist, kann man sich glücklich schätzen, überhaupt noch den Fuß heben zu können.

Memo an mich:
Es wird Zeit, endlich die blöde Liftpanik zu überwinden!

Ich ließ die beiden Kartons, auf denen in Mamas Handschrift *Bettwäsche, Handtücher, Geschirrtücher* und *Winterpullis, Strumpfhosen, Handschuhe, Mützen* stand, vor mir auf den Boden plumpsen. Irgendetwas klirrte. »Ups!« Da war anscheinend noch was anderes drin. Wollte ich es genau wissen? Ähm … nein, zumindest momentan nicht.

Bevor ich mich dem unausweichlichen Schachtelauspacken, Kästen- und Schubladeneinräumen, Handtücheraufhängen und Bettwäscheüberziehen widmete, machte ich noch einmal einen Streifzug durch die Wohnung. *Meine Wohnung*. Meine erste eigene Wohnung.

Ich kannte und liebte diese Wohnung, solange ich zurückdenken konnte. Aber seit Oma Elfi mir vor acht Wochen eröffnet hatte, dass ihre riesige Wohnung ab sofort mir gehören sollte, betrachtete ich sie mit ganz anderen Augen. Und heute, da der letzte Karton mit meinem Zeug eingetroffen war und ich den ersten Tag in meinem neuen Leben verbringen würde, sah die Wohnung auf einmal ganz anders aus.

Ich betrat das erste der vier Schlafzimmer. Es lag direkt neben der Küche, hatte einen Erker und war schon immer mein Lieblingsraum gewesen. Das ehemalige Jugendzimmer meines Vaters. Hier hatte ich als Kind immer geschlafen, wenn ich bei meinen Großeltern übernachten durfte. Er war großzügig geschnitten und besaß – wie auch die vier anderen Schlafzimmer – rote Wände und einen begehbaren Kleiderschrank. Das alleine war schon Grund genug, um restlos auszuflippen vor Glück! Maike hatte schon lange einen und ich war immer neidisch gewesen. Jetzt hatte ich vier! Und ich würde sie alle nutzen.

Auf der anderen Seite der Küche lag das kleinste Zimmer, mein zukünftiger Arbeitsraum.

»Gute Idee, Billie. Und von welchem Geld kaufst du die Einrichtung?«, fragte ich mich laut. Tja, das wusste kein Mensch. »Außerdem wolltest du keine Selbstgespräche mehr führen«, ermahnte ich mich – ebenfalls laut. Ein weiteres Geschenk von Oma Elfi, die auch eine Meisterin der Selbstgespräche war.

Das dritte und das vierte Zimmer lagen einander gegenüber. Eines hatte die hübsche Aussicht auf den Innenhof – das wurde mein Gästezimmer – und das andere befand sich direkt neben dem Badezimmer – der perfekte Ort für mein privates Fitnesscenter. Wenn es erst mal eingerichtet war, würde sich bei mir sicher auch die Lust am Sport melden. Ich war da sehr zuversichtlich. Den begehbaren Schrank in diesem Zimmer würde ich in eine finnische Sauna verwandeln. (Irgendwann mal. Mit Geld.)

Ich ging in jeden Raum, betrat sogar die beiden Abstellkammern und Toiletten und begrüßte das wunderschöne Badezimmer mit Eckbadewanne samt Whirlpoolfunktion. Last but not least landete ich wieder in der Küche mit den ebenfalls roten Wänden und dem exorbitant großen Esstisch, auf dem ich in Zukunft meinen Arbeitskollegen aus der Film- und Fernsehbranche Galadiners servieren würde. Ja, dann einmal. Später dann. Irgendwann halt. Momentan reichten meine Ersparnisse nicht mal für ein neues Tischtuch. Auch für Heizung, Gas und Strom hatte ich kein Geld. Außer einer Wohnung hatte ich eigentlich gar nichts, geschweige denn einen Job in der Fernsehbranche. Geschweige denn überhaupt irgendeinen Job.

Von meinen Eltern durfte ich mir keine Finanzspritze erhoffen. Im Gegenteil. Nicht dass sie nicht in der Lage gewesen wären, mir etwas unter die Arme zu greifen. Doch sie wären sofort da und würden mich beim Rückzug ins elterliche Nest unterstützen. So wenig begeistert wie die beiden auf Omas Geschenk reagiert hatten, würden sie meine Niederlage sicher feiern. Wenn ich nur daran dachte, wie Papa sich als Reaktion auf Omas Ankündigung an einem Keks verschluckt hatte. Woraufhin Mama – sie ist Tierärztin – ihn mit dem Heimlich-Griff retten musste. Armer Papa. Ich weiß gar nicht, was schlimmer für ihn war. Dass seine Tochter das Elternhaus oder dass seine Mutter das Land, ja sogar den Kontinent verlassen hatte. Und das wegen eines Mannes. Wegen Ken! Einem australischen Geschäftsmann aus Sydney, der übrigens nicht nur hieß wie der berüchtigte Begleiter der berühmten Barbie, sondern auch wie eine grau melierte Version von diesem aussah. Ken Wilson war neunundfünfzig Jahre alt und damit vier Jahre jünger als Oma Elfi, hochgewachsen, durchtrainiert, hatte teuer gebleichte Klaviertastenzähne und eine Gesichtsbräune mit lieben Grüßen vom australischen Ozonloch. Er kam mir zwar immer ein bisschen zu glatt vor, aber vielleicht war das nur die Ken-Aura. Dennoch: Oma Elfi war überglücklich. Und darauf kam es an. Dass ihr Liebesglück für mich eine so positive Nebenwirkung hatte, dafür konnte ich ja schließlich nichts.

Meinen Eltern war jedenfalls schnell eine sichere Taktik eingefallen, um mich am Auszug zu hindern – hatten sie zumindest gedacht.

»Du darfst schon in Omas Wohnung ziehen, Billie«, hatten sie heuchlerisch beteuert. »*Wenn* du imstande bist, deine Lebenshaltungskosten allein zu bestreiten. Du musst Strom bezahlen, Warmwasser, eine Hausratsversicherung und dazu noch sämtliche Betriebskosten. Dass die Wohnung jetzt dein Eigentum ist und du keine Miete zahlen musst, bedeutet nicht, dass dir gar keine Kosten anfallen. Auch die Müllabfuhr will bezahlt werden.« – Blabla, blabli, blablo. Schon vor Längerem hatte ich herausgefunden, dass es nichts brachte, meine Eltern zu unterbrechen, wenn sie sich einmal in Rage geredet hatten. Also hatte ich den Vortrag abgewartet und ihnen versichert, dass ich all das bereits wusste – schließlich hatte ich in Wirtschaft aufgepasst – und trotzdem überzeugt war, Oma Elfis Geschenk anzunehmen. Ich würde es schon schaffen.

Ich goss mir ein großes Glas selbst gemachte Zitronenlimonade ein – ungezuckert und eiskalt –, hilft bei drohendem Erschöpfungstod nach häufigem Treppauf-Treppab in Affenhitze und Affentempo. Und macht angeblich sogar lustig. Genüsslich streckte ich meine müden Beine auf der Eckbank aus, trank mein Glas leer und füllte es gleich noch mal auf. Ich fühlte mich pudelwohl in meiner neuen eigenen Küche. Oma Elfi hatte mir praktisch ihre ganze Einrichtung hiergelassen. Die Möbel und Geräte in der Küche waren ein wenig älter als ich, aber für damalige Verhältnisse (Mitte der Neunzigerjahre) ultramodern, in Edelstahloptik, mit freistehender Arbeitsfläche, in die der Herd integriert war, und riesigem grünem amerikanischem Kühlschrank mit innenliegender Eiswürfelmaschine. Eine echte Rarität und vor allem für meine Oma etwas ganz Besonderes. Sie machte immer ein Riesengeschrei um ihren Kühlschrank und seine Macken. »Er brummt so laut, er brummt so durchgängig, mein Gott, er hat aufgehört zu brummen!« Sie hatte recht. Er war wirklich der lauteste Kühlschrank, den ich kannte. Doch wenn er mal leiser brummte, hörte sich das fast wie das Schnurren einer Katze an.

Als ich klein war, durfte ich bei jedem Besuch Eiswürfel

machen. Ich erinnere mich noch, wie mein Opa an dem Tag, an dem ich zum ersten Mal keine Eiswürfel machen wollte, feststellte: »Jetzt ist sie groß. Jetzt wird sie uns bald nicht mehr besuchen kommen.« Er hatte nicht recht behalten. Vor drei Jahren war er viel zu früh gestorben. Bauchspeicheldrüsenkrebs. Ein abartig langes Wort. Wenigstens hatte er nicht abartig lange leiden müssen. Doch ich vermisste ihn noch immer.

Ich stützte mich mit dem Ellbogen auf dem Tisch ab. Er war aus Massivholz und gemeinsam mit der dazu passenden Eckbank und den Stühlen mit rot kariertem Stoffüberzug stand er in vollem Kontrast zum kühlen Edelstahl.

Ich hob gerade das Glas an die Lippen, da klingelte es an der Tür. »Oh Mann«, stöhnte ich und die Limonade schwappte auf mein Shirt. Sollten das meine Eltern sein, würde ich einen Anfall kriegen, ganz klar. Es wäre einfach so *typisch*, wenn die zwei jetzt schon wieder auf der Matte stünden. War ja auch schon wieder eine herzzerreißend einsame vor Trennungsschmerz triefende Stunde her, seit sie mich das letzte Mal gesehen hatten. Der Parkettboden bebte unter meinen Füßen, als ich auf die Tür zumarschierte, den Hörer von der Sprechanlage aus der Halterung zerrte und »Ja!« hineinbellte. Stille. Bis sich ein zartes Klopfen an der Wohnungstür meldete.

Ich riss die Tür auf, doch das nächste »Ja!« blieb mir im Hals stecken. Ich zuckte regelrecht zusammen, so sehr schockierte mich das gute Aussehen des Typen, der da vor meiner Wohnungstür stand.

Zu allem Überfluss fing ich sofort an, nervös zu kichern. »'tschuldigung, ich bin – ich war –, wer bist du?«

»Ich bin Dominic.« Er lächelte mich an und war offensichtlich nicht ansatzweise so nervös wie ich. »Ich wohne einen Stock drüber, im Dachgeschoss. Und du musst dann wohl Billie sein.«

Ich starrte ihn an. *Dieser Typ war mein Nachbar?* Wieso hatte ich ihn noch nie gesehen, wenn ich bei Oma Elfi zu Besuch war? Na gut, genaugenommen hatte ich kaum je einen ihrer Nachbarn gesehen. Den hier hätte ich mir jedenfalls ganz sicher gemerkt. Ich spürte, wie mein Mund trocken wurde. Was hatte er gesagt? Verdammt. Er schien auf eine Antwort zu warten.

»Ähm …«

»Du bist doch Billie, oder?« Er lächelte noch immer, auch wenn er jetzt leicht zweifelnd aussah.

»Ach so! Jaja natürlich. 'tschuldige, es ist nur … ich hab Ohrenprobleme … ähm, aber nur zurzeit, nicht generell und – und natürlich nichts Ansteckendes«, stammelte ich vor mich hin und fragte mich, was um alles in der Welt ich da tat. Verflucht noch mal, Billie, Ohrenprobleme sind echt nicht sexy!

»Oh. Eine Entzündung?«

»Ja. Was? Nein! Nein, nein, keine Entzündung.« Lass dir was Cooles einfallen, Billie! »Ich hab 'ne Rockband und –«

»Echt jetzt?«

Mein Lachen klang vielleicht eine Spur zu laut. »Klar, warum nicht? Und tja, es war so, dass unser Drummer seinen – ähm Tusch zu nah … an meinem Ohr geprobt hat.« Wie bescheuert klang das denn jetzt wieder?

Er starrte mich an. Ich wünschte, von irgendwoher würde jetzt ein Tusch (was war das überhaupt für ein dämliches Wort?) kommen und das Gespräch vergessen machen.

»Was ist denn?«, fragte ich vorsichtig.

Ein Grinsen breitete sich auf seinem Gesicht aus. »Heute muss mein Glückstag sein! Ich brauch nämlich zufälligerweise grade eine Band. Für mein Studium.«

»Tatsächlich?«, murmelte ich und konzentrierte mich darauf, nicht zu entsetzt auszusehen.

»Ich studiere Komposition am Konservatorium –«

»Oh …«

»Normalerweise habe ich eher mit klassischen Orchestern zu tun, aber im nächsten Semester soll jeder von uns eine Pop- oder Rocknummer komponieren und im besten Fall natürlich mit einer Band aufnehmen. Pop ist nicht so meins, also muss es Rock sein.« Mit großer Geste und beiden Händen zeigte er auf mich. Tataaaa. Ich fühlte schon die Hitze des Scheinwerferlichts und atmete die stickige Bühnenluft ein. Von einer Sekunde auf die andere wurde mir elend heiß.

»Also, natürlich gegen Bezahlung«, schob er schnell nach. Offensichtlich interpretierte er mein Schweigen falsch.

»Ach was, das brauchst du nicht«, behauptete ich großzügig. Hilfe! Hilfe! Wo sind nur immer diese verdammten Löcher, wenn man mal eines zum Versinken braucht?

»Und ihr wohnt hier alle zusammen? Jetzt, wo deine Großmutter in Sydney lebt?«

Hä? »Hä … äh, was? Du meinst, ich und die Band?« Was hatte der denn für Ideen?

»Oh, ich dachte nur … Du lebst also allein?«

Ich nickte. »Allerdings.« Hatte er etwa auf ein paar weibliche Bandmitglieder gehofft? Ich verstand nur Bahnhof.

»Und du singst?«, erkundigte er sich weiter.

Ich winkte schnell ab. »Nein –« Doch dann fiel mir ein,

dass Bassistin oder Keyboarderin zu sein, noch blöder wäre, schließlich besaß ich nicht mal eine Gitarre, geschweige denn einen Bass oder ein Keyboard. Selbst die Plastikblockflöte aus der Grundschule, auf der ich es nie über »Alle meine Entchen« hinausgebracht hatte, war verschwunden. Ich versuchte also, möglichst locker zu grinsen und vorzugeben, dass ich mich geschlagen gab. »Okay, na gut, du hast mich erwischt, ich bin die Frontfrau, ja.«

Er lachte laut. »Bist wohl ganz bescheiden, hm?«

Ja, total. Ich machte einen bescheidenen Gesichtsausdruck, was gar nicht so schwer war, weil ich mich vollständig überfahren fühlte und keine Ahnung hatte, wie ich das je wieder hinkriegen sollte. Das einzig Vernünftige wäre, jetzt gleich die Wahrheit zu sagen, ganz klar.

»Bist du den Rest des Sommers hier? Probt ihr mal alle zusammen?«

»Logo«, hörte ich mich sagen. Und: »Du kannst dann gerne dabei sein und meine Leute kennenlernen. Wäre echt lässig, wenn wir einen Song von dir spielen könnten.«

Au-au-auweia.

Memo an mich:

Singen lernen. Band gründen.

»Dominic!«, kreischte in dem Moment eine schrille Frauenstimme von oben herab. Wir zuckten beide zusammen.

»Ach verdammt, ja«, flüsterte Dominic, »ähm, du hast nicht zufällig einen Kater hier im Haus rumstreunen gesehen, oder?«

Der Themen- und Stimmungswechsel vollzog sich so

schnell, dass ich kaum mitkam. Bevor ich antworten konnte, schoss bereits die Besitzerin der schrillen Stimme die Treppe herunter. »Dominic! Was stehst du hier immer noch im vierten Stock herum? Du musst alle Stockwerke abklappern, hab ich gesagt. Du weißt doch, wie Semicanus ist. Er merkt sich die richtige Tür, nicht aber das Stockwerk. Hach, alles muss man selber machen.«

»Ich gehe ja schon, Mamchen –«

»Vergiss den Keller nicht!«

»Ja, Mamchen.« Er schenkte mir einen letzten kurzen Blick, der so intensiv war, dass ich für einen Moment ganz vergaß, wie seltsam es klang, wenn ein Mann seine keifende Mutter »Mamchen« nannte. »Bis bald«, wisperte er.

»Ja«, hauchte ich und wollte mich mit einem geheimnisvollen Lächeln zurückziehen. Bis mir plötzlich einfiel, dass es sicher höflich und nachbarschaftsdienlich wäre, bei der Katersuche zu helfen. Also zog ich die Tür mit einem Ruck wieder auf, nichts ahnend, dass Mamchen soeben beschlossen hatte, ihre Verschnaufpause ausgerechnet an meine Tür gelehnt zu verrichten. Sie stolperte mir entgegen und kreischte interessanterweise gellend auf. Dabei war es *ihr* Absatz, der sich in *meinen* Fuß rammte. Scheiße, tat das weh!

»Au, wie ungeschickt! So unsagbar ungeschickt!«, zeterte sie. Ich war ganz ihrer Meinung – sie trampelte wie Godzilla alles nieder –, doch irgendetwas sagte mir, dass sich ihre Kritik an mich richtete.

»Semi, da bist du ja. Siehst du, Mamchen, alles ist gut.« Dominic angelte sich den Kater, der gerade die Treppe raufkam, seine Mutter stieß einen Freudenschrei aus und stürzte auf die beiden zu.

Mir wurde schwarz vor Augen, ich hielt die Luft an, um nicht zu schreien. Klassischer Loslassschmerz. Zu vergleichen mit dem Gefühl, wenn man nach langem Tragen einer schwere Plastiktüte, deren Henkel bereits in die Haut schneiden, endlich loslassen kann. Der Schmerz ereilte mich genau in dem Moment, als Mamchens Absatz meinen Fuß verließ. Ich quälte mir ein letztes Lächeln für Dominic auf die Lippen, bevor ich die Tür schloss, in die Küche flüchtete und dort endlich laut aufschreien konnte. Auaaaa!

2. Kapitel

in dem eine Idee geboren wird, die alles auf den Kopf stellt, und ein Telefonat mit Folgen stattfindet

Zum zweiten Mal am heutigen Tag ließ ich mich erschöpft auf die Küchenbank fallen und trank meine Limonade aus. Unfassbar, was gerade geschehen war. Ich traf einen Jungen, der mir besser gefiel als alle, mit denen ich es bisher zu tun gehabt hatte, und er schien sich sogar für mich zu interessieren! Etwas, das sonst leider nicht so oft vorkam. Ein Junge aus meiner Klasse hatte mir einmal gesagt, dass ich cool wäre, weil ich ein Mädel war, vor dem jeder Kerl problemlos furzen oder in der Nase bohren konnte. Bei dir braucht man sich nicht verstellen, hatte er gesagt. »Und warum nicht?« – »Weil du der Kumpeltyp bist. Für Männer gibt es nichts Anstrengenderes als eine hübsche Frau.«

Wow. Unanstrengend und unhübsch. Wer wollte das nicht sein? Ob Dominic mich auch so sah? Aber warum hatte er

mir dann so speziell zugelächelt? Und warum hatte er so interessiert getan? Nur wegen der Band? Deswegen brauchte er ja nicht zu schleimen, ich hatte doch ohnehin sofort zugesagt. Auch wenn allein der Gedanke an diese Zusage Schweißausbrüche bei mir auslöste.

Memo an mich:
Das nächste Mal erst denken, dann reden!

Auch seine Frage, ob die anderen Bandmitglieder hier wohnten, war irgendwie komisch gewesen. Vielleicht war er ja auch schwul und wollte meinen Drummer samt seinem lauten Tusch kennenlernen?

»Oder«, entfuhr es mir laut, wobei Limonade aus meinem Mund spritzte, »oder er steht wirklich auf mich und wollte nur abchecken, ob ich allein wohne – oder mit meinem Freund!«

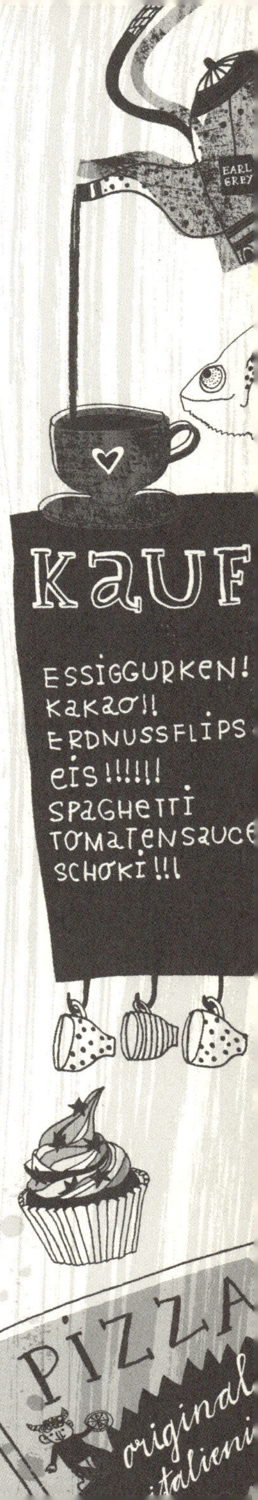

Ha, mit welchem Freund? Guter Witz.

Der Gedanke, dass hier eine ganze Band wohnen würde, hatte allerdings was. Dann bräuchte ich mir auch keinen Job zu suchen, sondern könnte einfach von der Untermiete leben.

»Wie eine WG«, murmelte ich vor mich hin.

Eine WG?

Na ja, Schlafzimmer gab es genügend. Wenn ich drei davon vermieten würde –

»Immerhin war die Wohnung in München.« Jemanden zu finden, konnte doch nicht so schwer sein.

Ja, aber wirklich eine WG?! Ob das so eine gute Idee ist? Fremde Menschen in der Wohnung. In der Küche! Was würde Oma Elfi dazu sagen?

»Wenn Oma Elfi Ja sagt … aber muss ich sie überhaupt um Erlaubnis fragen? Nein. Es ist doch jetzt meine Wohnung. Meine Wohnung«, wiederholte ich extralaut, um auch meine letzten Zweifel zu vertreiben.

Es – ist – meine – Wohnung!

»Dann könnte ich bei einer Filmfirma anheuern und gratis für die arbeiten. Umsonst nehmen die mich sicher. Vermutlich bräuchte ich nur zwei der Zimmer zu vermieten und schon hätte ich keine Geldprobleme mehr.« Oder war ich da zu naiv?

Denkst du auch daran, was du dir für Probleme einhandeln kannst? Unbekannte, die hier überall herumwuseln, die alle Sachen benutzen. Im Wohnzimmer rumlümmeln. In der Küche kochen! Sei nicht so naiv. Das wird nicht alles Friede, Freude, Eierkuchen. Das wird Krieg, Kampf, Blutwurstauflauf!

»Nur vorübergehend«, versuchte ich, mich selbst zu beruhigen. Nur für einen absehbaren Zeitraum, bis ich als Drehbuchautorin selbst mein Geld verdienen konnte. Bedenken, dass ich nicht genügend Interessentinnen zusammenbekam, hatte ich keine. Schließlich lebte ich in einer Universitätsstadt und günstige Wohnungen waren Mangelware. Noch dazu lag meine in der Maxvorstadt und damit im Univiertel. Nach meiner Einschätzung musste ich von meinen Mitbewohnerinnen keine allzu hohe Miete verlangen, um mich über Wasser halten zu können. Zwei Mädels würden schon reichen. (Ein Typ kam mir sowieso nicht in die Wohnung.) Und sollte das Geld doch nicht reichen, konnte ich immer noch die Miete erhöhen oder sogar noch das vierte Schlafzimmer vermieten. Mir gefiel die Vorstellung, mit ein paar netten Mitbewohnerinnen hier zu wohnen. Jetzt, da Maike auf Weltreise war, konnte ich ein paar neue Kontakte bestens gebrauchen.

Und das Geld auf diese Weise einzunehmen, würde mich zeitlich so weit entlasten, dass ich es mir leisten konnte, einen Job anzunehmen, bei dem ich vorläufig nichts verdienen würde, der jedoch die beste Voraussetzung dafür war, meinen Fuß in die richtige Tür zu bringen. Es war schon immer mein Traum gewesen, Drehbuchautorin zu werden. Mittlerweile hatte ich schon von einigen Seiten gehört, dass es wenig brachte, etwas in der Richtung zu studieren, weil letztendlich nur Leute mit praktischen Erfahrungen gesucht wurden. Wenn ich allerdings in eine Fernsehproduktion hineinrutschte und die zuständigen Leute – die, die etwas zu sagen hatten – auf mich aufmerksam machen könnte, dann würde sich dort vielleicht die Gelegenheit ergeben, meine Schreibkünste unter Beweis zu stellen.

Worauf wartete ich noch. Auf Kistenauspacken hatte ich eh keine Lust, da konnte ich genauso gut gleich anfangen – mit der Aktion »Jobsuche starten und Weltkarriere planen«.

Ich ging in den Raum, den ich als Schlafzimmer auserkoren hatte, und fuhr meinen Rechner hoch, denn alles, was ich brauchte, sollte ich im Internet finden. Und Internet war das Erste, das ich in meiner neuen Wohnung installiert hatte (installieren hatte lassen).

Während der Laptop ächzend vor sich hin surrte und stöhnte, veranstaltete ich ein Wetttrippeln zwischen linkem und rechtem Fuß, bis ich das Gefühl hatte, vor lauter Ungeduld gleich vom Boden abzuheben. Schneller, schneller, schneller … Wenn ich schon mal eine Idee hatte, dann musste alles ganz pronto gehen. Pronto und presto und quick und rapide und xùnsù (chinesisch; das hatte ich mir mal auf de.bab.la rausgesucht, als ich ganz, ganz dringend Maikes Rückruf erwartete. Es half. Ich musste nur etwa zweihundertneunzigtausend Mal xùnsù vor mich hin flüstern, da klingelte schon mein Handy).

Ich öffnete die Suchmaschine und fluchte. Das durfte doch nicht wahr sein. Seit Wochen verfolgten mich quer durch die Stadt die Plakate mit der tranig-süßen Rotbraungelockten und ihrem viel zu kitschig schön geratenen »großen Bruder«. Die Serie wurde in München gedreht und die Telefonnummer des verantwortlichen Produzenten sollte sich ja wohl schnell herausfinden lassen. Aber der Titel … Wie lautete nur der verdammte Titel? Irgend so eine bescheuerte Buchstabenkombination, die sich kein Mensch merken konnte … Ich gab *»neue Serie, Deutschland, großer Bruder«* ins Suchfenster ein – und da war sie: GBKS. Die bescheuerte Buchstabenkombination, ein Kürzel für den Seriennamen »Großer Bruder, kleine Schwester«. Na gut, auch wenn der Titel nicht unbedingt hitverdächtig war, ergab GBKS so zumindest einen Sinn. Die Macher scheuten schon jetzt keine Kosten und Mühen, um das Ding zu bewerben, obwohl es bis zur ersten Ausstrahlung noch einige Wochen dauerte. Die kleine Rotbraungelockte und ihr Bruder Marke Wahnsinnstyp stellten zwei vom Schicksal gebeutelte Teenager dar, die mit Humor und Cleverness den Widrigkeiten des Lebens standhielten. Oder so ähnlich.

Das Geniale an meiner Idee, mich dort um ein Praktikum zu bewerben, war, dass sie gar keine Praktikantin suchten. Sonst wäre es mir bestimmt so ergangen wie im letzten Sommer, als ich mich vergeblich auf mehrere ausgeschriebene Stellen gemeldet hatte. In

den Bereichen TV und Theater, wo die Leute für jeden schlecht bezahlten Job Schlange standen, hatte ich ohne Praxiserfahrung einfach keine Chance. Noch dazu, wenn es sich – wie in diesem Fall – um eine Produktion des deutschen Ablegers von Disney Channel handelte. Ja, die hatten sicher schon genügend Drehbuchautoren, aber so mies, wie manche der Daily Soaps waren, ging ich davon aus, dass die Autoren total überlastet waren. Eine Autorin mehr konnte da sicher nicht schaden. Und der Vorteil, den ich gegenüber allen anderen hatte, war, dass ich meine Dienste vollkommen gratis anbieten würde.

Schnell, bevor ich es mir anders überlegen konnte, suchte ich die Telefonnummer der Produktionsfirma *Kienast productions* heraus und rief dort an.

»*Kienast productions,* Ottfried Kienast«, ertönte eine gestresst klingende Männerstimme.

Ich war perplex. Statt dem Geschäftsführer Ottfried Kienast hatte ich am anderen Ende der Leitung eigentlich eine Dame namens Doro Schilfknecht erwartet, die – laut Homepage – *unsere Assistentin und charmante Telefonstimme* war.

Kein langes Herumgerede also, ich musste gleich den Sprung ins kalte Wasser wagen. »Guten Tag, Herr Kienast, mein Name ist Billie Ball und ich möchte mich gerne für ein unbezahltes Praktikum bei Ihnen bewerben.«

Heiseres Husten am anderen Ende. Dann: »Das ist jetzt nicht euer Ernst, oder?«

Euer Ernst? »Doch, es ist mir durchaus ernst«, sagte ich ungewohnt gereizt, während ich krampfhaft nach den passenden Worten suchte.

»Leckts mich doch am Arsch!«, kam die nächste überraschende Meldung.

»Hören Sie –«, doch ich wurde sofort unterbrochen.

»Ihr meints wohl, ich bin ganz deppert. Glaubts ihr allen Ernstes, dass ich nicht weiß, dass das wieder so eine beschissene Finte ist von euch Pressefritzen? Unbezahltes Praktikum, ha! Und ich sag Ja und gelte dann wieder als Unmensch. Kreizteifi noch amoi!«

Ich hörte ein Knacksen und die Nummer der Produktionsfirma verblasste auf meinem Display.

Ich starrte mein Handy an. Lange. Dann unterdrückte ich die Rufnummernkennung und wählte die Nummer ein zweites Mal.

Es dauerte, bis jemand abnahm, sicher zwei Minuten wartete ich und rechnete immer mehr damit, von einem Anrufbeantworter begrüßt zu werden. Doch schließlich hob doch noch jemand ab.

»Film- und Fernsehproduktion Kienast, Mick Kienast am Apparat«, meldete sich eine andere – jünger klingende – Männerstimme.

Womöglich hatte der alte Kienast den jungen erst überreden müssen, dass er sich des nächsten störenden Anrufers annahm.

Ich sprach schnell, wollte mein Anliegen vortragen, ehe ich wieder aus der Leitung geworfen werden konnte. Ich benutzte dieses Mal sogar meinen ungeliebten Vornamen, in der Hoffnung, dadurch seriöser zu wirken.

»Guten Tag, Herr Kienast, mein Name ist Sybille Ball. Ich habe gerade eben mit Herrn Ottfried Kienast gesprochen und da hat es wohl ein Missverständnis gegeben –«

Mick Kienast unterbrach mich mit einem abgrundtiefem

Seufzer. Weiter hörte ich nichts und ergriff meine Chance, einfach weiterzureden: »Es ist so, dass ich gerne ein unbezahltes Praktikum bei Ihrer Produktionsfirma machen möchte. Unbezahlt deshalb, weil mir bewusst ist, dass es keine Stellenausschreibung Ihrerseits dafür gibt. Ich möchte später in diesem Bereich arbeiten und glaube fest daran, dass wir beide – Ihre Firma und ich – etwas davon haben werden. Ich könnte das ganze System von der Pike auf lernen und Sie bekämen eine höchst interessierte und höchst motivierte Mitarbeiterin, die sich für keinen Dienst zu schade ist und die Sie noch dazu nicht bezahlen müssen.«

Er schwieg eine Weile. In meinen Ohren rauschte es, so aufgeregt war ich.

»Und was ist mit einer Krankenversicherung?«, erkundigte er sich. »Sollte die Gewerbeaufsicht sich melden, bekommen wir Riesenprobleme. Alles was länger als drei Monate dauert, ist gesetzwidrig.«

»Dann nennen wir es eben Volontariat«, schlug ich schnell vor. »Und versichert bin ich, solange ich studiere, über meine Eltern.« (Das mit dem Studium war tatsächlich kein Problem, das wusste ich. Ich musste mich im Herbst bloß an der Uni einschreiben.)

»Ich will nicht behaupten, dass wir keine Hilfe gebrauchen könnten, aber ich bin nicht sicher, ob Ihre Vorstellung sich mit dem deckt, was hier bei uns zu tun ist. Gesetzt den Fall, wir würden Sie als Volontärin einstellen, würde sich ihre Arbeit hauptsächlich auf Kabel tragen, Drehbücher kopieren und Kaffee kochen beschränken. Das jedoch 60 Stunden die Woche, da wird für ein Studium keine Zeit bleiben.«

Mein Herz schlug noch höher. Auch wenn er tat, als wollte er mich abschrecken; ich hatte ihn, das spürte ich.

»Ich krieg das schon hin.«

»Wochenenden und Feiertage gibt es in unserer Branche nicht.«

»Find ich toll. Wann darf ich mich bei Ihnen vorstellen?«

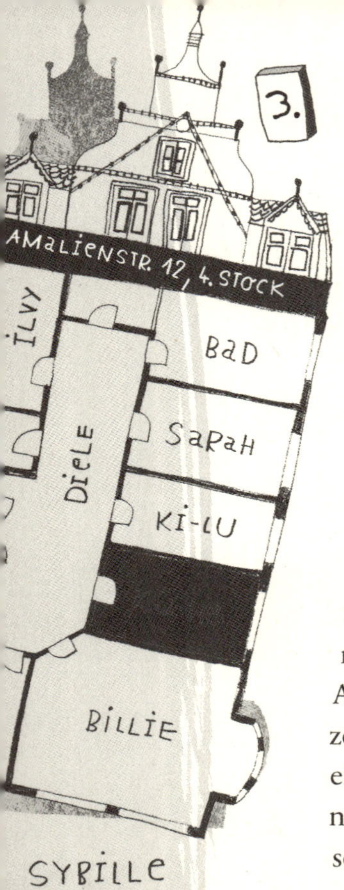

BILLIE, 17

WG-BESITZERIN
BEZIEHUNGEN: 0
BERUFSWUNSCH: DREH-
BUCHAUTORIN

3. Kapitel

in dem klar wird, dass Wohnungsbewerber voller Geheimnisse stecken und das Glück manchmal ganz nah liegt

Ich erwachte mit Rückenschmerzen. Vermutlich die neue Matratze! Ächzend quälte ich mich auf die Beine und schlurfte in die Küche. Erstes Ziel: Milchkaffee. Wenige Minuten später saß ich, bewaffnet mit Koffein und Laptop, wieder in meinem Zimmer und wurde langsam munterer. Gestern Abend noch hatte ich meine Wohnungsanzeige in ein großes WG-Portal gestellt, samt einem kurzen Fragebogen, den Interessentinnen ausfüllen und mir per Mail zuschicken sollten.

Ich öffnete Outlook. Es brauchte ungewöhnlich lange, bis alle neuen Mails geladen waren. Kein Wunder! Ich traute meinen Augen kaum: 164 Nachrichten hatte ich seit

gestern Abend erhalten. Abzüglich ein paar Spammails, einer Mahnmail aus der Bibliothek, dass die geliehenen Bücher bereits überfällig waren, und einer Kürzestnachricht von Maike, die gerade in Bukarest angekommen war und mich daran erinnerte, dass ich ihr ein Video von der Wohnung schicken wollte, blieben 159 Nachrichten übrig. Und alle waren sie von Wohnungsinteressenten.

Aufgeregt scrollte ich mich durch die Absender. Sollte einer von ihnen tatsächlich bald eine wichtige Rolle in meinem Leben spielen? Vielleicht *nico7minnimaus*? Oder *philphilly90*? Oder die Person, die sich hinter den Buchstaben *xyzbond* verbarg?

Eine Stunde später war ich um einige Weisheiten bezüglich WG-Interessenten reicher.

Erstens: Sie füllten nicht gerne Formulare aus.

Zweitens: Sie schickten nicht gerne ein Foto mit.

Drittens: Ein Drittel von ihnen hatte das falsche Alter.

Viertens: Ein Drittel von ihnen hatte das falsche Geschlecht.

Fünftens: Ein weiteres Drittel besaß weder das eine noch das andere, zumindest rückten sie nicht damit heraus.

Die Namen waren bei der Bestimmung des Geschlechts auch nicht besonders hilfreich. Michi Kiekel. Blacky Schwarz. Suns Miller. Momo Rosch. Bergi Bergthaler. Nico Minnim … Nico Minnim. Ni-co Min-nim? Konnte ich davon ausgehen, dass Nico weiblich war, weil in der Emailadresse Minniemaus stand? Ich stöhnte und schloss die Augen.

Die Google- und Facebook-Suche half auch nicht weiter. Mist. Scheinbar hörten die meisten auf die Warnungen ihrer Eltern, nur ja keine privaten Daten unverschlüsselt ins Netz zu stellen. Sehr brav. Und sehr unpraktisch für mich.

Wie sollte das nur weitergehen? Wenn die Kontaktaufnahme per Mail schon so ernüchternd war, wie würde das erst live und in real ablaufen? Was, wenn die alle schnarchlangweilig waren? Oder – viel schlimmer noch – total besserwisserisch? Oder irgendwelche Kriminellen, die mich ausrauben wollten?

Memo an mich:
Bekomm endlich die Ängste deiner Eltern aus dem Kopf. Die haben es da viel zu gemütlich.

Plötzlich kam mir eine Idee. Ein Einfall, wie ich zwei Fliegen mit einer Klappe schlagen konnte – perfekt für jemanden, der mit so wenig Geduld ausgestattet war wie ich. Zehn Minuten später drehte ich mich geschminkt und frisiert vor dem Spiegel hin und her, um den Sitz meiner Shorts zu prüfen. Dann warf ich einen Blick auf die Uhr. Halb neun. Für einen Studenten vielleicht etwas früh. Allerdings handelte es sich in diesem besonderen Fall ja um einen Musiker, der klassische Komposition studierte. Zumindest in meiner Welt klang das ganz schön nach Streber. Hoffentlich erwischte ich ihn überhaupt noch zu Hause!

In Flip-Flops stürzte ich aus der Tür und jagte in den obersten Stock hinauf. Eigentlich war er mir sowieso einen Gefallen schuldig, fand ich, denn schließlich wollte er ja auch meine Hilfe in Sachen Rockband. Na ja.

Ich klopfte – bemüht rhythmisch: poch poch poch *poooch*. Und gleich noch mal: Poch poch poch *poooch*. Obwohl ein lang gezogenes Klopfen zugegebenermaßen nur schwer zu erkennen ist, konnte man mit etwas Wohlwollen durchaus Beethovens Schicksalssymphonie heraushören. Aus dem Innern der Wohnung hörte ich lautes Poltern und gleich darauf jemanden fluchen. Oh, oh! Hatte ich ihn mit meiner Fingerknöchelmusik so erschreckt, dass er gegen irgendetwas gestoßen war? Hoffentlich nicht gegen eine teure Mingvase seiner Mutter, an deren Scherben er sich jetzt den Fuß aufschlitzte, so tief, dass die Sehnen unwiederbringlich zerstört waren und er nie wieder gehen konnte.

Memo an mich:
Dringend diese dramatischen Fantasien abstellen!

Ich war nahe daran, die Flucht zu ergreifen. Doch dann sah ich mich selbst, wie ich an seinem Krankenbett kniete, wie ich seinen Rollstuhl schob und ihn schließlich durch meine Liebe wieder zum Gehen brachte –

Als er die Tür öffnete, befanden wir uns in meiner Vorstellung gerade auf dem Flug in die Flitterwochen.

Ich war hypernervös, doch ich schaffte es, ihm zu erklären, wofür ich seine Hilfe brauchte. Er nickte gleich und versprach, rechtzeitig bei mir zu sein. Den Weg zurück in meine Wohnung schwebte ich förmlich.

Wieder unten suchte ich auf der Stelle die wenigen Mailadressen heraus, deren Besitzerinnen es geschafft hatten, mich davon zu überzeugen, dass es sich bei ihnen um Mädels im gesuchten Alter handelte. Es waren gerade mal acht, die ich für heute Abend um sechs Uhr zum WG-Casting in meine Wohnung einlud. Keine große Ausbeute. Na gut, dann würde ich Minnie Maus alias Nico Minim doch noch eine Chance geben.

4. Kapitel

in dem meine heiligen Hallen umgestaltet werden und ein besorgter Vater auf Knien durch die Gegend robbt

Den Rest des Vormittags und den halben Mittag verbrachte ich mit etwas, worauf ich mich schon die ganze Zeit gefreut hatte: Ich verschönerte meine Wohnung. Schließlich sollten meine künftigen Mitbewohnerinnen sie in bestem Zustand kennenlernen.

Ich ging in den Ramschladen, der gleich um die Ecke lag, und kaufte farbenfrohe Kissen für die Wohnzimmercouch, Schüsseln und überdimensionale Gläser mit Muscheln, Steinchen und duftenden Holzstäbchen darin, die ich auf den deckenhohen Bücherregalen im Wohnzimmer verteilte. Im Badezimmer stellte ich Kerzen auf, die nach Lavendel und Vanille dufteten. In der Gärtnerei drei Quergassen weiter, erstand ich große Töpfe mit Grünpflanzen für die Küche, die laut Auskunft des Gärtners nicht viel Wasser brauchten, was eine erhebliche, lebensverlängernde Eigenschaft für sie bedeutete,

schließlich würden sie bei der Person mit dem ungrünsten Daumen der Welt einziehen. Aber alle zwei Wochen gießen – und im Sommer alle paar Tage –, das könnte *womöglich* selbst mir gelingen. Zuletzt hängte ich zwischen die Bücherregale ein von mir gemaltes Bild auf, das mir ausnahmsweise sogar selbst gefiel. Es war das Portrait einer Frau, die genauso aussah, wie ich es mir selbst auch wünschte. Schwarz gelockte Haare und wunderschöne grüne Augen mit langen, dichten Wimpern. Dazu eine Stupsnase, unter der sich volle Lippen wölbten. Oh ja, so hätte ich auch gern ausgesehen. Doof nur, dass so ziemlich das genaue Gegenteil der Fall war.

Es war eine Buntstiftzeichnung, denn mit dem Pinsel konnte ich gar nicht umgehen. Anders als mein Opa, zu dessen Spezialgebiet das gehört hatte. Das Werk, das mir von ihm am besten gefiel, hing in der Küche. Es war eine Replik von einem der Uhrenbilder von Salvadore Dali. Er war nicht nur ein leidenschaftlicher, sondern auch ein richtig guter Maler gewesen und Oma Elfi

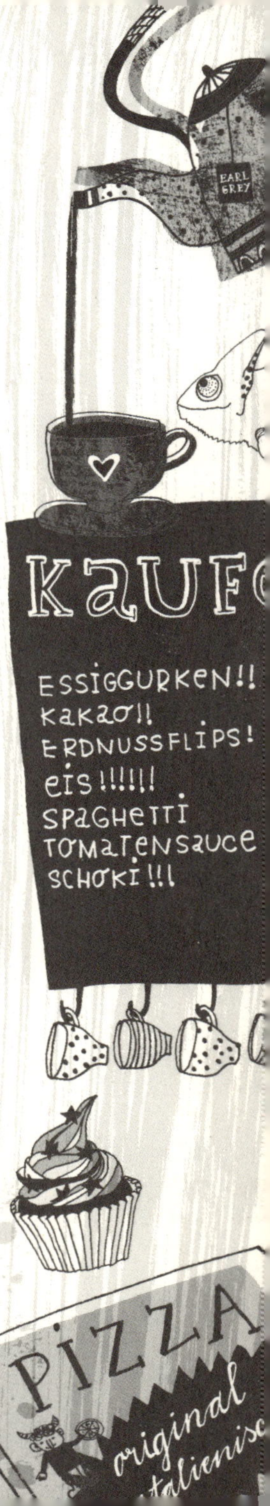

hatte die Wände in der ganzen Wohnung mit seinen Werken geschmückt. Ein paar hatte sie nach Sydney mitgenommen, doch die anderen würden dortbleiben, wo sie jetzt waren, komme, was wolle. Es waren gemalte Kopien von berühmten Werken. Picasso, Dali und Schiele hatten meinem Opa besonders gelegen. Sein einziger Versuch, sich an Da Vinci heranzuwagen, war vielleicht nicht ganz so gut gelungen. Opas Porträt der Mona Lisa sah einfach zu sehr aus wie Oma Elfi.

Ich ging noch einmal in die Küche und ließ meinen Blick über die Einrichtung wandern. Dieser Edelstahl … irgendwie war hier alles zu grau. Ich strich über die dunkelgrüne Kühlschrankfront.

»Da muss Farbe ran, unbedingt«, murmelte ich.

Farbe? Bist du dir sicher? F – a – r – b – e?

»Hmm, vielleicht diese irren Riesenmagneten, die sie in der Fun-Boutique verkaufen –«

Irre Riesenmagneten?

»– oder eine Collage von Filmausschnitten …«

Nee, nee, nee, dann doch lieber die Riesenmagneten!

Oder doch was anderes?

»Jetzt weiß ich's!«

Na toll!

Ich holte den Kübel mit der restlichen Whiteboardfarbe und strich kurzerhand die rechte Seite des Kühlschranks damit an.

Am liebsten hätte ich über die ganze Seite vertikal einen riesengroßen Union-Jack gemalt, doch dafür fehlte mir die nötige Genauigkeit. Lieber irgendetwas, das Fehler verzieh.

Ich überlegte. »Blumen!«, kam mir schließlich in den Sinn.

Blumen? …

Ja, genau, Blumen im Retro-Style, das war doch eigentlich genau meins.

Ich setzte einen weißen Marker an, holte tief Luft und zeichnete einen ersten Kringel. Jetzt noch Blüten drum herum. Darüber ein Blümchen mit sternförmigen Blütenblättern und rundem Innern. Hieß das Stempel, das Ding in der Mitte, das mit den Pollen? Egal, jedenfalls begann der Kühlschrank jetzt, richtig zu leuchten. Das sah ja großartig aus!

Ich stockte plötzlich – irgendetwas kam mir merkwürdig vor. Es war auf einmal so still in der Wohnung. Fast schon gespenstisch still. Ich lauschte. Und begriff endlich, was sich geändert hatte. Der Kühlschrank hatte sein Dauerbrummen eingestellt. Ich war richtig gerührt. »Oooooh, du bist froh, dass dich endlich mal jemand verschönert, gell?«

Das Brummen setzte wieder ein, lauter als jemals zuvor. Wie ein Schnurren klang das nicht gerade. Trotzdem malte ich meine Blümchen weiter.

Als ich mit der Aktion Kühlschrank-Verschönern fertig war, wusch ich mir die Haare und wickelte die einzelnen Strähnen um Taschentücher herum – was sogar noch bescheuerter aussah als die Plastikwickler meiner Oma, doch das Endergebnis war besser.

Bald darauf begann ich, an die hundert Mal auf die Uhr

zu sehen. Die Zeit wollte einfach nicht vergehen. Ich wusste nicht, ob ich aufgeregter war, weil die Wohnungsinteressentinnen kamen oder aber weil Dominic dabei sein würde, um mich zu unterstützen und womöglich auch zu beschützen. Ich versank gerade in einen wunderbaren Tagtraum, als das grelle Schrillen der Türglocke die Stille zerriss. Zum 101. Mal starrte ich auf die Uhr. Gerade mal fünf. War das etwa schon Dominic? Aber hätte der nicht eher direkt an meiner Wohnungstür geklingelt? – schließlich besaß er einen Schlüssel für das Haus. Außerdem hatten wir ausgemacht, dass er um halb sechs kommen sollte, eine halbe Stunde vor dem offiziellen Besichtigungsstart, für den Fall, dass einer der Anwärter zu früh dran war.

»Ja?«, fragte ich in den Hörer der Sprechanlage und betete inständig, dass Dominic noch auf sich warten ließ, schließlich hatte ich immer noch die Taschentücher im Haar.

Jemand räusperte sich ausgiebig und sagte dann: »Ich bin's, dein neuer Mitbewohner!«

Ich runzelte die Stirn. Okay, einerseits gut, er klang nicht nach Dominic, andererseits … ich hatte doch keinen einzigen männlichen Bewerber eingeladen. Wenn man mal davon absah, dass ich *Michi, Suns Nico und Momo* eine Einladung geschickt hatte, in der Hoffnung, dass sich hinter den Pseudonymen Frauen versteckten. Einer Eingebung folgend, fragte ich: »Bist du Minnie Maus?« Augenblicklich setzte ein irrsinnig blödes Lachen ein.

»Ähm, ich suche nur nach Mitbewohner*innen* und das hab ich auch klar und deutlich in meiner Anzeige geschrieben.«

»Warum hab ich dann deine freundliche Einladung per Mail erhalten? Die war doch ziemlich eindeutig …«

»Ganz offensichtlich, weil du dich als Frau ausgegeben hast! Und jetzt hau ab!« Ich knallte den Hörer zurück in die Halterung und spürte mein Herz durch die Brust galoppieren. Ich war komplett überrascht von meiner heftigen Reaktion, so kannte ich mich gar nicht. Normalerweise war ich nett und freundlich, viel zu nett und viel zu freundlich, wenn es nach Maike ging, die nichts lieber tat, als ihrem Umfeld ständig und ungefragt die Meinung zu sagen.

Ich hetzte zum Wohnzimmer-Fenster, das sich schräg über dem Hauseingang befand, schob den Vorhang etwas zur Seite und sah zwei Typen – Jungs in meinem Alter – vor der Tür stehen, die anscheinend gerade jede Menge Spaß hatten. Sie lachten und einer packte den anderen an den Schultern und schob ihn Richtung Tür. Es schrillte wieder, ich zuckte zusammen und ärgerte mich, dass ich so schreckhaft war. Was sollte schon passieren? Das waren doch nur zwei Typen, die sich auf Kosten eines naiven Mädchens einen Spaß machten. Vielleicht hatten meine Eltern ja doch manchmal recht, wenn sie mir erklärten, dass ich zu blauäugig war. Aber was hätte ich denn machen sollen? Das erste Treffen mit den WG-Anwärtern an einen öffentlichen Ort verlegen?! Das wäre doch absurd. Schließlich sollten sie nicht nur mich, sondern auch die Wohnung kennenlernen. Zum Glück würde Dominic gleich auftauchen. Trotzdem hatten diese Idioten da unten jetzt für immer meine Adresse.

Nervös sah ich noch einmal aus dem Fenster und entdeckte zu meiner Erleichterung, dass sich andere Leute näherten, friedlich wirkende Leute, ich tippte auf Mann mit Frau und Teenietochter. Die zwei Idioten lachten immer noch, als der Mann sich an ihnen vorbei zur Tür vorarbeitete. Doch wenigstens verzogen sie sich jetzt. Auf das nächste Klingeln war ich nicht vorbereitet. Wollten Vater, Mutter und Kind etwa zu mir in die WG ziehen?

Wie sich herausstellte, war es nicht ganz so schlimm. Übel wurde die Sache dennoch.

Als ich die drei in die Wohnung ließ, erkannte ich als Allererstes, dass die vermeintliche Teenietochter dem Teenealter mit Sicherheit längst entschlüpft war. Ich schätzte sie auf Ende zwanzig.

»Wer von Ihnen möchte denn in die WG ziehen?«, versuchte ich einen Scherz. Doch keiner lachte. Der Vater musterte mich, zog die Brille bis auf die Nasenspitze, sodass er mich über den Rand hinweg beobachten konnte. Nicht mal mein eigener Vater hatte mich je so streng angeguckt. Schon wieder begann ich, mich zu fürchten.

Memo an mich:
Schreckhaftigkeit ablegen. Sofort!

Wenn es nur schon halb sechs und Dominic bereits hier gewesen wäre. Ich wollte mich an die Mutter wenden, doch die sah noch verschreckter aus, als ich mich fühlte.

»Mein Fräulein.« Die Stimme des Mannes löste spontan einen Anflug von Übelkeit in mir aus. »Kann es sein, dass Sie etwas vergessen haben?«

Ich verstand, dass er die Taschentuchwickler meinte, die immer noch meinen Kopf zierten, beschloss aber, nicht darauf einzugehen. Diese Herrschaften waren satte fünfzig Minuten zu früh dran, sie konnten froh sein, dass ich vollständig bekleidet war und keine Gurkenscheiben im Gesicht hatte. Ich straffte meinen Rücken und erwiderte den strengen Blick.

»Können wir jetzt endlich mal über mich reden?«, meldete sich die Endzwanzigerin zu Wort. Als ich sie noch mal betrachtete, verstand ich, warum ich sie anfangs für viel jünger gehalten hatte. Sie war vollkommen in Rosa und Pastellgrün gekleidet, hatte einen Rucksack in Form eines Einhorns umgeschnallt und trug die Haare zu einem endhohen Pferdeschwanz gebunden. Wäre sie nicht so groß gewesen, hätte ich sie von Weitem auf sieben geschätzt. Doch sie hatte Linien um die Augen und um die Mundwinkel und über beiden Augenbrauen je eine senkrechte kleine Falte.

Der Mann marschierte los in Richtung Wohnzimmer.

»Ähm …«, begann ich, war aber zu perplex, um ihn aufzuhalten. Sein Töchterchen erledigte das für mich.

»Papiii!«, kreischte sie. »*Ich* will mir die Wohnung als Erstes anschauen! Das ist *meine* Wohnung.«

»Genau genommen ist es *meine* Wohnung«, murmelte ich, so leise, dass es nur die Schüchti-Mutti hören konnte.

»Mami!«, drang es im Befehlston aus dem Wohnzimmer. »Mami, komm!«

Okay, nix Schüchti-Mutti. Schüchti-*Mami*.

Aber wenigstens schien sie nett zu sein und wusste ganz offensichtlich als Einzige in der Familie, was sich gehörte. Sie zog ihre Schuhe aus, sah mich abwartend an und überließ mir schließlich den Vortritt.

»Danke«, sagte ich und fragte mich gleichzeitig, wofür.

Als wir ins Wohnzimmer kamen, fanden wir Papi am Boden auf allen vieren vor, die Steckdosen abklappernd.

Töchterchen saß auf sämtlichen Sesseln Probe, bevor sie sich auf meine frisch geerbte, heiß geliebte weiße Ledereckcouch lümmelte.

»Die gehört ausgetauscht und die auch«, murmelte der Vater vor sich hin und kroch weiter zur nächsten Steckdose. »Die hier sicherheitshalber auch –« Er wandte sich an mich: »Die müssen selbstverständlich noch vor dem Einzug meiner Tochter neu gemacht werden.«

In meinem Bauch bildete sich ein Kloß, der rasch an Größe gewann. »Sie wissen aber schon, dass ich hier wohnen bleiben werde?«

Von der Couch kam ein Kichern. »Darüber wird der Papi noch mit dir reden.«

»Der Papi?«, entfuhr es mir, während eben jener gerade die Wand um den Kamin herum abklopfte. »Der wird aber nicht wirklich benutzt, hoffe ich.«

Ich war absolut überfordert mit den beiden und wandte mich flehend an die Mutter. »Bitte – ich hab schon anderen Bewerbern zugesagt –«

»Was?«, kreischte es aus den Tiefen der Couch. »Wir kommen extra eine Stunde früher und dann … Papi!«

Papi baute sich vor mir auf. »So geht das wirklich nicht, Fräulein. Sie können doch nicht vor dem verabredeten Termin schon jemandem zusagen.«

Der Kloß in meinem Bauch explodierte, ich war so wütend, dass ich zu zittern begann. »Verstehen Sie denn nicht, dass Sie auch vor dem verabredeten Termin da sind? Was machen Sie überhaupt schon hier? Sie sollten erst um sechs kommen. Scheiße noch mal!« Ein wenig leiser schob ich hinterher: »Aber echt jetzt.«

Er sah konsterniert aus, woraufhin ich mich gleich besser fühlte.

»Celeste, ich weiß nicht, ob das der richtige Umgang für dich ist.«

»Aber ich will diese Wohnung, Papi! Ich will diesen Kamin und ich will diese Couch!« Ihre Stimme stand kurz vorm Kippen, gleich würde sie in Tränen ausbrechen.

»Heute geht es aber darum, was ich will«, entgegnete ich. »Und ich will eine andere Mitbewohnerin.« Mit Entsetzen merkte ich, dass ich selbst den Tränen nah war. Was sollte das, ich war doch nicht traurig, ich war einfach nur wahnsinnig wütend!

Celeste sprang von der Couch, schoss in meine Richtung und baute sich so nah vor mir auf, dass ich ihren rosa Kaugummiatem riechen musste. »Verstehst du denn nicht, dass der Papi dir alles Geld der Welt zahlt, wenn ich hier einziehen darf?«, fragte sie eindringlich. »Das ist die Wohnung, nach der wir seit Jahren suchen. Ganz nah an unserem Haus.«

Ganz nah an unserem Haus? Das waren ja großartige Neuigkeiten.

Memo an mich:
Nur noch verkleidet aus dem Haus gehen.

Wie durch ein Wunder meldete sich in diesem Moment die Türglocke. Ich ließ die drei stehen und marschierte, bis aufs Äußerste geladen, ins Vorzimmer. Dort riss ich automatisch den Hörer aus der Halterung und blaffte ein »Ja?« hinein. Hoffentlich nicht die Idioten von vorhin, wobei, sogar die wären mir momentan lieber gewesen als dieses abartige Mutter-Vater-Kind-Spiel.

Es klopfte sachte an der Wohnungstür. »Ich bin hier –«

»Ach so!« Dankbar riss ich die Tür auf.

Dominic wirkte leicht irritiert. Kein Wunder bei der wütenden Aura, die mich umgeben musste. Erleichtert zog ich ihn herein und flüsterte: »Bin ich froh, dass du da bist. Es sind schon Leute da wegen der Wohnung. Total schlimme Leute. Und ich krieg sie einfach nicht raus.«

»Könnten Sie uns dann beizeiten wieder mit Ihrer Anwesenheit beehren, junge Frau?«, tönte es wie aufs Stichwort aus dem Wohnzimmer.

Ich kniff die Augen zusammen und stieß die Luft durch meine zusammengebissenen Zähne aus. »Siehst du?«

Dominic berührte sacht meinen Rücken, was mir trotz der angespannten Situation einen wohligen Schauer bescherte. »Bleib du hier«, sagte er leise und machte sich selbstsicher auf den Weg ins Wohnzimmer. Ab jetzt würde ich mich nie wieder über kitschige Filme aufregen, in denen Frauen einen Mann brauchen, um sich retten zu lassen. Egal, wie stark man ist, manchmal ist es auch einfach schön, sich retten zu lassen. Ich hörte, wie Dominics Stimme lauter wurde, und machte mich sofort auf, um meinerseits ihn zu retten. Doch als ich ins Wohnzimmer trat, stellte ich fest, dass Dominic scheinbar alles im Griff hatte. Er nickte mir diskret zu, bevor er Papi und seiner Horrorfamilie den Weg Richtung Flur und Ausgang wies. Nur seine geröteten Wangen deuteten auf eine gewisse Aufregung hin. Er war einfach unpackbar süß.

Papi polterte beim Hinausgehen, Töchterchen kreischte und stieß Verwünschungen aus und Mami vergaß vor lauter Nervosität beinahe ihre Schuhe. Sie tat mir leid.

Dominic schloss die Tür hinter ihnen und sah mich an. Wie auf Kommando mussten wir beide lachen. Und es wurde noch besser. Dominic hob die Hand und berührte federleicht meine Haare. »Deine Frisur gefällt mir.«

Memo an mich:
Ab jetzt ganz oft Locken tragen.

Ich spürte, wie ich rot wurde vor Freude. Doch dann fiel mir ein, dass ich ja noch gar keine Locken hatte. Ein kurzer hoher Celeste-Ton drang über meine Lippen, dann machte ich mich, begleitet von Dominics Grinsen, eiligst daran, die Taschentücher aus den Haaren zu ziehen – er war wirklich zum Anbeißen.

5. Kapitel

in dem ein Mädel vom Land reinschneit und ein gewisser Altersunterschied für Unstimmigkeiten sorgt

Die nächsten Ankömmlinge waren ein Pärchen, bestehend aus einer Kunststudentin und einem Bildhauer, der mir sofort seine Visitenkarte überreichte: »Für den Fall dass irgendwann mal Interesse an einer Skulptur aus Speckstein oder Marmor besteht.« Ich zeigte den beiden zwar die Wohnung, gab aber auch ihnen zu verstehen, dass ich ausschließlich auf der Suche nach Mitbewohner*innen* war.

»Warum hat sich niemand von denen meine Kriterien durchgelesen?«, fragte ich Dominic, nachdem wir die beiden rauskomplimentiert hatten. »Zwischen siebzehn und neunzehn Jahren und weiblich, das kann doch nicht so schwer sein!«

»Die Leute probieren es einfach überall. Und«, er lachte und hob die Hände, als ob er sich ergeben müsse, »nicht bös sein, neue Nachbarin, aber siebzehn bis neunzehn ist schon echt hart.«

Es klingelte. Während wir zur Tür gingen, erklärte ich ihm, warum ich definitiv mit keiner Frau zusammenwohnen wollte, die älter als neunzehn war. »Ich hab mir das natürlich überlegt, aber zwanzig ist schon noch mal ein Sprung, finde ich. Die benimmt sich dann vielleicht wie die Übermutter und ich bin nicht bei meinen Eltern ausgezogen, um mich dann von jemand anderem bemuttern zu lassen.« Ich öffnete die Tür und schob neugierig hinterher: »Wie alt bist du eigentlich?«

»Ist das die Wohnung? Mist, verfluchter!«

Ich war komplett perplex. Innerhalb von einer Sekunde waren drei Dinge gleichzeitig geschehen. Das Mädchen, das vor der Tür auf uns wartete, begann sofort zu schimpfen, während ihr Handy die Titelmelodie aus den alten Miss-Marple-Filmen dudelte und mein Nachbar – der Mann meiner Träume – sagte: »Sechzehn.«

Ich starrte ihn an. Er starrte mich an. Das Mädchen vor der Tür starrte uns beide an und bellte dann in ihr Telefon. »Ich bin in der Bibliothek! Und da darf man zufällig nicht telefonieren!«

Ich riss meinen Blick von Dominic los, der ja verdammt noch mal nichts dafürkonnte, dass er so jung war und dass ich mir selbst einen Eid geschworen hatte, niemals mit einem Jungen zusammenzukommen, der auch nur einen einzigen Tag jünger war als ich.

Das Mädchen ließ zornig ihr Handy sinken und funkelte uns an. Dann holte sie tief Luft, hielt das Handy wieder ans Ohr und zischte hinein: »Ich bin aber in der Bib. Warum glaubst du mir nie?«

Spontan räusperte ich mich und sagte mit gehobener Stimme: »Junges Fräulein, mir scheint, Sie haben unser

Schild nicht gelesen? In der Bibliothek sind Handys und laute Gespräche strikt verboten.«

Ein Strahlen huschte über das Gesicht der Unbekannten, sie streckte mir einen erhobenen Daumen entgegen und murmelte dann ungehalten zum Abschluss ins Handy: »Da hast du es. Wegen dir werde ich hier noch rausgeschmissen.« Sie schaltete das Handy umständlich aus und verstaute es in ihrer Tasche. »Was hab ich getan, um mit so einem Bruder bestraft zu werden?« Dann packte sie mit beiden Händen meine Arme: »Du bist spitze! Oh Mann, das ist *die* Stadt, das ist München! Yeah! Du hättest ihn hören müssen, ach was hören, er war *stumm* vor Schreck. Das erste Mal, dass ich ihn *stumm* erlebt habe.«

Sie streckte erst mir, dann Dominic artig die Hand entgegen. »Ich bin übrigens Ilvy.« Sie war hübsch. Jemand, bei dem man vielleicht ein zweites Mal hinsehen musste, um das festzustellen. Sie war klein, hatte blondes feines Haar, das sie sich ständig aus den Augen streichen musste, und ein rundes, weiches Gesicht, das ihr ein bisschen Ähnlichkeit mit einem Disney-Tierchen verlieh. Niedlich, dachte ich und kam mir neben ihr auf einmal ziemlich riesig und un-disney-mäßig vor.

Mit einiger Beunruhigung nahm ich das Lächeln wahr, mit dem Dominic sie musterte. Ach, komm schon, Billie, vergiss ihn. Er ist *sechzehn*, also what shall's?

»Komm doch rein.«

»Wow«, rief sie, sobald sie über die Schwelle trat.

Ich musste grinsen. Ilvy war echt süß.

Und sie hatte nicht nur das richtige Geschlecht, sondern auch noch das richtige Alter, um meine Traummitbewohnerin zu werden – siebzehn. Sie kam aus einem kleinen Ort in der Nähe von Rosenheim, wo sie mit ihren Eltern, Geschwistern, Großeltern und ihrer Uroma auf einem Biobauernhof lebte.

»Das nenn ich mal ein Großfamilie«, sagte Dominic anerkennend und Ilvy nickte düster. »Ratet mal, wie viele Schwestern ich habe.«

»Drei?«

»Vier?«

Sie nickte. »Vier. Und jetzt ratet noch mal, wie viele Brüder ich habe.«

»Auch vier«, versuchte ich es.

»Jackpot«, sagte sie und hob die Hand. Ich schlug ein.

»Deine Eltern haben neun Kinder?«, stellte Dominic seine Rechenkünste und Kombinationsfähigkeit unter Beweis.

»Tatsache. Mensch, die Wohnung ist schön. Und München ist so toll, ich mag hier gar nicht mehr weg.«

Ich bat Ilvy, auf der Couch Platz zu nehmen, damit wir uns ein bisschen unterhalten konnten, während Dominic in die Küche verschwand, um Kaffee zu kochen. Was für ein Mann. Also eigentlich: was für ein Junge. Sechzehn. Und ich wurde dieses Jahr noch achtzehn. Es war furchtbar.

»Sorry, was hast du gesagt? Das hab ich grade nicht mitbekommen«, gestand ich Ilvy, die in einer Tour durch redete.

»Oh. Kein Problem. Ab wann?«

Hmm … ab alles?

»Ähm, du ziehst nach München, weil –?«

»Oh ja. Offiziell werde ich hier mit dem Studium anfangen. Jura. Weil das so ein alter Traum meiner Mutter ist.«

Oh, oh. Nicht grade der beste Grund, um sich für eine

Studienrichtung zu entscheiden. »Und inoffiziell?«, fragte ich neugierig nach.

Ilvy warf einen raschen Blick in Richtung Flur, als müsse sie sich vergewissern, dass die Luft rein war. Dann beugte sie sich verschwörerisch zu mir und flüsterte: »Ich wollte immer schon – wirklich, seit ich denken kann – Automechanikerin werden. Und ich habe vor, mir meinen Traum hier in München zu erfüllen. Aber –« Ihr Gesicht bekam einen gequälten Ausdruck. »Das darfst du niemals jemandem aus meiner Familie erzählen … Und du wirst meine Familie garantiert kennenlernen, falls ich hier einziehe. Die lassen sich das nämlich nicht nehmen, mir auf die Pelle zu rücken.«

Ich kratzte mich am Kopf. »Aber irgendwie – ich meine, ich weiß, dass genügend Eltern von ihren Kindern erwarten, dass sie studieren, und nicht zufrieden sind, wenn die Kinder sich für eine Lehre entscheiden, aber –« Verflucht, ich hatte keine Ahnung, wie ich das formulieren sollte.

Doch Ilvy wusste bereits, worauf ich hinauswollte: »Aber du hättest nicht gedacht, dass so was auch bei einer Bauernfamilie vorkommt?«

Mist, erwischt! Keinesfalls wollte ich herablassend klingen, aber ja, in die Richtung waren meine Gedanken gegangen.

Ilvy blieb ganz locker. »Ist ja auch nicht ganz so. Bei meiner Familie stellt sich – wie auf den meisten Höfen – viel eher die Frage, welches von den Kindern bereit ist, den Hof zu übernehmen. Dafür haben wir zum Glück Lukas, meinen älteren Bruder. Aber nicht der allerälteste. Das ist der, der mich immer nervt. Er ist neunzehn und studiert hier in München. Restauration.«

»Restau… was?« Gab es ein Studium, wie man am besten ein Restaurant betrieb?

»Restauration. Er will sich auf Bilder spezialisieren.«

»In – Restaurants?« An Ilvys spontanem Lachen erkannte ich, dass ich mich gerade fürchterlich blamierte. Und das obwohl ich mich dank Opa doch eigentlich mit Bildern auskannte.

»Genau das dachte ich am Anfang auch! Wir ticken echt gleich.« Sie strahlte und ich kam mir gleich weniger bescheuert vor.

»Ein Restaurator ist für die Instandhaltung und die Instandsetzung von Kunstgegenständen zuständig. Dabei kann es sich um antike Möbelstücke handeln, manchmal sogar um historische Gebäude oder eben auch um Bilder. Ohne Restaurator wäre die Mona Lisa zum Beispiel heute schon so verblasst, dass man sie gar nicht mehr erkennen könnte. Zumindest behauptet das mein Bruder immer.«

»Echt? Das klingt ja spannend.«

»Ja, und nachdem er selbst ein wirklich guter Maler ist, kann er sogar Bilder, die stark beschädigt wurden, wiederherstellen.«

»Cool.«

»Hm, aber das ist auch das einzig Coole an ihm. Seit ich hier in München bin, führt er sich auf wie eine Glucke. Darum will ich ja unbedingt weg aus seiner WG.«

»Verstehe ich gut.« Bereits der Gedanke, zusätzlich zu meinen besorgten Eltern noch einen bemutternden Bruder zu haben, löste bei mir Fluchtinstinkte aus. Wobei die Sache mit den Gemälden klang eigentlich ganz cool.

Sie nickte. »So, aber wo waren wir vorhin? Ach ja, also

Lukas wird den Hof übernehmen, was meinen Eltern sehr recht ist. Eigentlich sind sie ja ganz locker. Sie hätten auch kein Problem mit einer Mechanikerlehre – allerdings könnte ich dann nicht nach München ziehen. Denn Automechanikerin kann ich auch zu Hause werden.« Ilvy seufzte. »Und mir geht es ja darum, endlich mal rauszukommen von daheim. Ja und –«, sie warf die Arme in die Luft. »Und eine unglückliche Liebesgeschichte möchte ich auch hinter mir lassen. Bei uns im Dorf kann man sich einfach nicht aus dem Weg gehen.« Ihr Blick glitt zur Tür. Sie klatschte in die Hände. »Hurra, Kaffee!«

Dominic lächelte sie breit an, während er ein Tablett mit vollen Kaffeetassen zum Couchtisch balancierte. Ich war hin- und hergerissen. Einerseits mochte ich diese Ilvy, Biobauernhoftochter mit Berufswunsch Automechanikerin, vom ersten Augenblick – aber jedes Mal, wenn Dominic sie so begeistert anlächelte, versetzte es mir einen Stich. Da konnte ich mich noch so oft ermahnen, dass er nur freundlich war und ich selbst ihn gebeten hatte, bei dem Treffen dabei zu sein. Es nutzte alles nichts. In meinem Innern brodelte es. Auch mit der rosa Celeste und mit der Kunststudentin hatte

Memo an mich:
Entspann dich, Billie!

ich mich automatisch verglichen, bei denen war ich allerdings nicht so schlecht weggekommen. Aber würde für mich wirklich das Aussehen einer Person als Kriterium gelten, ob sie in die Wohnung ziehen durfte? Alle Mädels, die hübscher waren, schieden aus? Das war doch verrückt.

Schließlich war ich es eigentlich gewohnt, in Sachen Aussehen eher die zweite Geige zu spielen. So war das eben als Maikes beste Freundin. Vielleicht lag aber genau darin das Problem. Jetzt war Maike zum ersten Mal weg und ich hatte endlich die Chance, nicht mehr im Schatten einer anderen Person zu stehen. Mir fiel ein, was Oma Elfi mir immer geraten hatte. »Billie, vergiss nie, dass du was ganz Besonderes bist. Du brauchst keine schwarzen Locken bis zum Po und auch keine Rehaugen, um gemocht zu werden. Du hast Persönlichkeit und du hast es nicht nötig, dein Licht so unter den Scheffel zu stellen!«

Mensch, hatten mich ihre Vorträge manchmal genervt. Doch nun verstand ich zum ersten Mal, was sie mir da eigentlich gesagt hatte, und ich fühlte mich gleich stärker. Gerade wollte ich Ilvy zu ihrem neuen WG-Zimmer gratulieren, da meldete sich erneut ihr Handy.

Dominic hob fragend die Augenbrauen. »Hattest du es nicht ausgeschaltet?«

»Das ist jetzt mein anderes. Da rufen vor allem meine Freundinnen an.« Sie angelte es aus ihrer Handtasche hervor und runzelte die Stirn. »Unterdrückte Nummer.« Dann nahm sie fröhlich ab: »Ilvy Reifenbach.«

Dominic und ich wechselten einen belustigten Blick. Sie war echt süß, diese Ilvy Reifenbach. Doch dann verdunkelten sich ihre Gesichtszüge. Sie drückte den Anrufer weg und verkündete genervt, dass ihr Bruder ein paranoider Stalker sei. »Ich kapiere das nicht. Zu Hause war er nie so. Aber jedes Mal, wenn ich von München spreche, kriegt er die Krise. So als hätte ich überhaupt keine Ahnung vom Leben! Dabei ist er genauso im Dorf aufgewachsen wie ich. Oh, ich schwöre euch, das wird schlimm. Er wird ständig hier aufkreuzen, wie ein völlig hysterisches Muttertier. Dabei war er mal der coolste meiner Brüder! Wahrscheinlich wird er im Herbst schon in der Früh vorm Haus stehen und kontrollieren, ob ich auch ja einen warmen Schal um den Hals habe. Und im Sommer, ob ich auch an die Sonnencreme gedacht habe. Mann, was wird der nerven.«

Ich nickte langsam. Da war er – der Haken an der Sache.

So leid es mir tat, aber ich konnte Ilvy unmöglich hier einziehen lassen, wenn ihr Bruder uns dauernd belauern würde. Unmöglich. Da bekam ich ja jetzt schon Verfolgungswahn. Aber Ilvy absagen? Sie war doch so nett.

»Ich ruf dich an«, sagte ich. »Sobald ich mich entschieden habe.«

Ilvy nickte begeistert. »Du wirst es nicht bereuen – falls du mich nimmst.« Sie lachte.

Es war zum Verzweifeln. Im Laufe des Abends tauchten zwar noch einige Damen auf und zwei von ihnen waren sogar wirklich zwischen siebzehn und neunzehn, doch keine von ihnen war mir auf Anhieb so sympathisch wie Ilvy. Aber vielleicht ging es in einer funktionierenden WG auch nicht hauptsächlich um Sympathie? Vielleicht musste ich von dem Gedanken loskommen, mir *Freundinnen* suchen zu wollen.

Nachdem auch der letzte Bewerber auf der Liste die Wohnung wieder verlassen hatte, beschloss Dominic, nach oben in seine Wohnung zu gehen. Halb hoffte ich, dass er mir einen Abschiedskuss geben würde – Altersunterschied hin oder her. Als er vor die Tür trat, drehte er sich tatsächlich noch einmal um, aber leider nur, um mir die unangenehme

Frage zu stellen, die die ganze Zeit schon zwischen uns stand. Ob ich enttäuscht sei, weil er erst sechzehn war? Natürlich behauptete ich, dass ich mir bisher noch nicht die geringsten Gedanken über sein Alter gemacht und infolgedessen gar keine Erwartungshaltung gehabt hätte. Trotz dieser Notlüge konnte ich mir die Frage nicht verkneifen, ob er wirklich ein Student am Konservatorium war oder nicht doch noch zur Schule ging.

Sein Gesicht wurde eine Spur dunkler, offenbar hatte ich einen empfindlichen Nerv getroffen.

»Na ja, Abi hab ich noch nicht. Ich gehe also schon noch zur Schule. Aber seit zwei Jahren bin ich als außerordentlicher Student am Konservatorium eingeschrieben. Ich verbringe dort fast genauso viel Zeit wie auf dem Gymi.« Er senkte den Kopf leicht und sah mich mit diesem ganz speziellen Augenaufschlag an, den die anderen Jungs, die ich kannte, immer nur für Maike übrig hatten. Ach, scheiß auf sein Alter, Billie!

Die anschließende Pause dauerte ziemlich lange. Sag was, Billie, sag was.

»Ach ja, ach ja!« Ich dankte allen Geistern dieser Welt, dass mir eine Frage eingefallen war. »Wie wird man denn als außerordentlicher Student aufgenommen? Ich meine, wer ist überhaupt auf die Idee gekommen, dass du schon während der Schulzeit dorthin gehen sollst? Dein Klavierlehrer oder so?«

»So einen hatte ich nie. Klavierspielen hab ich mir selber beigebracht.«

Allmählich bekam ich eine Ahnung davon, wie grundlegend verschieden Dominic und ich in ein paar Punkten doch waren. »Du bist also so ein Musikgenie? Oder ganz generell ein Genie?«

»Ein Musikgenie war Mozart. Andere Genies waren Einstein oder Kepler. Ich habe nur per Zufall ein eidetisches Gedächtnis.«

Maike behauptete immer von sich, ein fotografisches Gedächtnis zu haben, doch mir schwante, dass zwischen ihrer Begabung und seiner Welten lagen.

»Und inwiefern hilft dir das bei der Musik?«

»Nun, es hilft mir enorm bei den Partituren. Und ja ... das absolute Gehör tut das Seinige.« Er lief rot an und in dem Moment hätte ich ihn am liebsten selbst geküsst. Es war so süß, wie er diese tollen Dinge über sich erzählte und sich dabei krampfhaft bemühte, nicht eingebildet zu klingen.

Nachdem Dominic – natürlich ungeküsst – nach oben gegangen war, zog ich mich auf die Eckbank in der Küche zurück und beschäftigte mich lange mit der Frage, warum ich meinen Kosmos unbedingt auf Menschen zwischen siebzehn und neunzehn beschränken musste. Die Mitbewohnerinnen durften nicht älter sein und der Mann meiner Träume durfte nicht jünger sein. Mensch, Billie, wo liegt da der Sinn? Egal. Heute Nacht würde ich sowieso keine Antwort mehr darauf bekommen. Immerhin wurde mir eines klar: Dass ich nämlich Dominic kein bisschen weniger mochte als vorher, als ich noch gedacht hatte, er wäre ein richtiger Student und mindestens schon achtzehn.

6. Kapitel

in dem ein paar Eitelkeiten ignoriert werden (müssen) und ein Eibrötchen eine Freundschaft besiegelt

Als ich aufwachte, erschien mir die Welt gleich weniger trüb und rätselhaft als am Vorabend. Und auch die Rückenschmerzen hatten sich glücklicherweise verabschiedet. Mein Gespräch mit Herrn Kienast würde um zehn Uhr stattfinden. Ab halb sieben hielt ich es vor Aufregung nicht mehr im Bett aus.

Ich stellte mich vor den Spiegel und probte, was ich Mick Kienast sagen wollte. Ganz locker-flockig ungezwungen wollte ich sein. Charmant, selbstbewusst, witzig und natürlich geistreich. Was mir in neuer Gesellschaft oft etwas schwerfiel. Dabei war ich doch wirklich nicht blöd. Ich drehte dem Spiegel meine rechte Gesichtshälfte (meine Schokoladenseite) zu, lächelte, flirtete, übte Augenaufschläge. Augenaufschläge?

Memo an mich:
Nachschlagen, ob es dieses Wort gibt

Ja, ich gefiel mir richtig gut. Warum klappte das vorm Spiegel, aber nie in real? Egal. Diesmal musste es einfach auch *in echt* funktionieren.

In der Küche putschte ich mich mit Koffein auf und übte weiter meinen Text.

»Ja, so bin ich nun mal. Total verrückt, ständig neue Ideen. Mein Kopf – ich kann da gar nichts gegen machen – sprudelt ständig über vor neuen Ideen. Da muss ich ja einfach Autorin werden, oder?« Lach, lach, Augenaufschlag, lach. »Tja, das Problem ist nur, dass meine Einfälle too much für irgendeinen Roman sind. Wohin also mit mir?« Kopf schief legen und gleichzeitig Schokoseite zeigen. »Zum Fernsehen! Natürlich, Sie sagen es. Ab zum Fernsehen mit mir.« Lach, Augenaufschlag, lach. Oh Gott, das war einfach nur zum Heulen.

Ganz, ganz schlimmer Eitelkeitsausbruch. So geht's sicher nicht. Da kommen einem ja der Kaffee und sämtliche Lebensmittel hoch. Das wird ein schönes Stück Arbeit werden, na prost Mahlzeit!

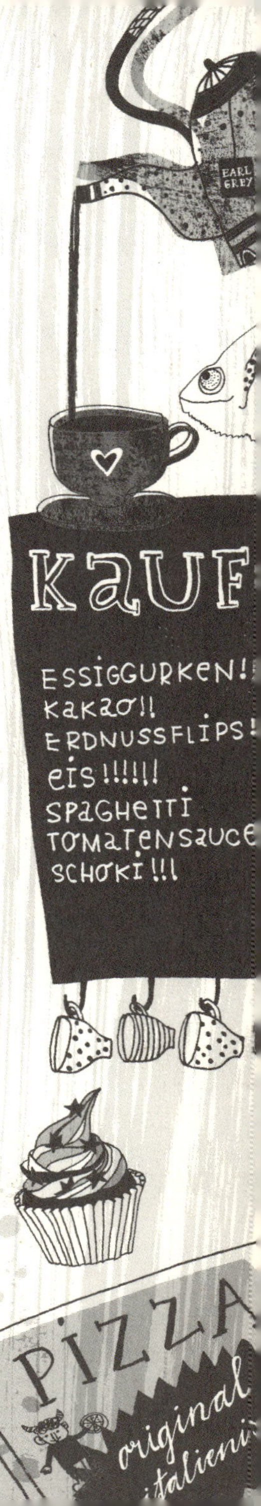

Bevor ich mit Schnellbahn und Tram zum Vorstellungsgespräch fuhr, lief ich rasch zum Supermarkt, um mir ein Frühstück für unterwegs zu besorgen. Bei jedem Geschäft, das hier im Umkreis lag, war es merkwürdig, zum ersten Mal hineinzugehen. Schließlich wusste ich schon jetzt, dass all diese Läden mir bald ganz vertraut sein würden. Es würden *meine* Geschäfte sein. *Mein* Supermarkt, *mein* Bäcker, *meine* Drogerie, *mein* kleiner Buchladen namens *Buchladen*.

In *meinem* Supermarkt entschied ich mich für ein Eibrötchen an der Bäckertheke. Die waren bereits fix und fertig hergerichtet und ich schon knapp dran. Gedankenverloren griff ich nach einem – und stieß prompt mit einer anderen Hand zusammen. Sofort zog ich meine Hand zurück und sah auf. Vor mir stand eine bildschöne junge Frau und ich brauchte ein paar Sekunden, bis ich kapierte, dass ich sie erstens kannte und dass sie zweitens nicht viel älter war als ich selbst.

»Sorry«, sagte sie. »Nimm du, ich hatte eigentlich eh vor, mal ein paar Tage vegan zu leben.«

»Im Ernst? Ich könnte das nicht – ähm, Sarah?«

Sie hob die Augenbrauen und inspizierte mich genauer. Ich schüttelte gleich den Kopf. »Du wirst mich nicht kennen, aber ich war auch am Richard-Strauss-Gymnasium, ein Jahr unter dir.« Ich grinste. »Aber seit drei Wochen bin auch ich die Schule für immer und ewig los.«

Sie nickte langsam, dann sagte sie: »Du kommst mir schon bekannt vor, aber dass du sogar meinen Namen weißt, finde ich … witzig.«

Nett von ihr, das so auszudrücken. Es klang nämlich eher, als ob sie es gruselig fände. Hoffentlich hielt sie mich jetzt nicht für eine Stalkerin.

»Das ist doch immer so, dass die jüngeren sich an die älteren erinnern, aber umgekehrt nicht«, beeilte ich mich zu erklären. »Oh, aber meine Freundin kennst du vielleicht. Maike Kuntze?«

Sie sog die Luft ein. »Ist das die, die vor zwei Jahren in der Nacht einen Schaufelbagger geklaut hat und damit aufs Schulgelände gefahren ist?«

Ich nickte. Klar, Maike kannte eben jeder.

»Was macht sie denn jetzt?«, fragte Sarah interessiert.

»Oh Moment –«, ich warf einen Blick auf meine Armbanduhr, was kompletter Blödsinn war. Aber irgendwie schien Sarahs Anwesenheit mich nervös zu machen. Genauso wie früher in den Schulpausen, wenn sie und die anderen »Unerreichbaren« aus den höheren Klassen an mir vorbeigekommen waren. »Also, jetzt gerade ist sie in Moskau. Wobei – ja eigentlich müsste sie jetzt schon in die Transsibirische Eisenbahn gestiegen sein. Zur Weltreise. Mit ihrem Freund.«

Sarah hob anerkennend die Augenbrauen. Und ich konnte sie verstehen. Natürlich war es toll, was Maike da machte. Allerdings wäre auch ich mehr als bereit für so ein Abenteuer gewesen, wenn meine Eltern es mir erlaubt und gezahlt hätten. Hätte Maike meine Eltern, wäre sie sicher nur noch halb so cool.

»Dafür bin ich gerade in meine eigene Wohnung gezogen«, informierte ich Sarah ungefragt über mein Leben. Ganz toll, Billie. Wenn man sich als cool verkaufen will, sollte man das vielleicht etwas unauffälliger anstellen. Ich hatte wieder mal den neonpinken Comic-Gummihammer ausgepackt. Bämm Bumm. »Wobei, so mega ist es auch nicht, plötzlich ohne die Kohle der Eltern auskommen zu müssen«, ruderte ich etwas zurück. »Gestern hatte ich WG-Casting, das war so schräg.« Ich schüttelte seufzend den Kopf. »Du bist nicht zufällig auf der Suche nach einer netten WG?« In hunderttausend Jahren hätte ich nicht mit Sarahs Antwort gerechnet.

»Doch, das bin ich tatsächlich. Ziemlich dringend sogar.«

»Oh-okay. Ja dann …«

In der Rekordzeit von weniger als einer halben Minute besprachen wir die gröbsten Fakten – Miethöhe, Quadratmeter der Wohnung sowie Größe und Lage der zur Auswahl stehenden Schlafzimmer. Sarah war begeistert und so kam es, dass ich ihr, circa drei Minuten nachdem wir beide zum selben Eibrötchen gegriffen hatten, meinen Wohnungsschlüssel überreichte, damit sie gleich damit beginnen konnte, ihre Sachen vorbeizubringen. Als ich auf die Kasse zusteuerte, stahl sich ein breites Grinsen auf mein Gesicht. Die Königin des Richard-Strauss-Gymis würde bei mir einziehen. Das musste ich unbedingt Maike erzählen.

Kurz bevor ich die Bavaria Filmstadt erreichte, verging mir das Grinsen. Wie war das noch mal mit den hübschen Mädchen in meiner WG? Klar, ich hatte gestern beschlossen, dass ich über diesen Dingen stand. Aber *Sarah*? Die war nicht einfach nur hübsch, die war wahnsinnig schön. Oh mein Gott, ich war anscheinend selbst so geblendet von Sarahs Strahlkraft, dass ich ihr gleich erlegen war. Was würde sie erst mit Dominic machen?

Ich rief mir noch mal Oma Elfis Worte in Erinnerung und schaffte es, mich zusammenzureißen. Scheiß drauf, du musst Sarah halt einfach charakterlich übertrumpfen, Billie. Ja genau, das würde ich machen.

7. Kapitel

in dem ein neuer Job vergeben wird, unter widrigsten Umständen eine neue Bekanntschaft zustande kommt und aus zwei plötzlich drei werden

Name: Billie Ball
Alter: ~~17~~ 18
Höchster Schulabschluss: Abitur
Abgeschlossene Berufsausbildung: /
Berufserfahrung: ~~Babysitten~~ /
Ich bewerbe mich als: unbezahlte Praktikantin (später Drehbuchautorin)

Ich saß in einem Besprechungsraum mitten in den Bavaria Filmstudios und überflog noch einmal das Formular, das mir eine gestresst wirkende Mittvierzigerin überreicht hatte. Okay, was ich da ausgefüllt hatte, wirkte irgendwie nicht sehr professionell. Hastig sah ich mich nach einem neuen Formular um, doch abgesehen von einem langen Tisch mit jeder Menge Stühlen befand sich fast nichts in diesem Raum. Nur die Wände waren vollgepflastert mit Film- und Fernsehplakaten. Ich empfand richtiggehend Ehrfurcht, an diesem Ort zu sein. Als Kind war ich ein paar Mal in den Bavaria Studios gewesen und hatte stolz und begeistert auf Fuchur, dem Originaldrachen aus der Unendlichen Geschichte, gesessen. Ich konnte mich noch ganz genau an meine Freude und das Triumphgefühl erinnern, als ich endlich die erforderliche Mindestgröße von einem Meter zwanzig für das 4-D-Erlebniskino erreicht hatte. Doch das heute war noch mal was ganz anderes. Ich hatte einen Termin mit einem waschechten Filmproduzenten. Meine Augen wanderten die Plakatwand entlang. Viele der Filme kannte ich. *Das Boot, Die unendliche Geschichte, Ödipussi, (T)-Raumschiff Surprise, Der Baader Meinhoff Komplex* und, und, und … Aber auch Fernsehserien waren reichlich vertreten, zum Beispiel: *Sturm der Liebe* oder *Die Rosenheim-Cops*. Und natürlich: *Großer Bruder, kleine Schwester.*

»So, Frau … äh … Ball.«

Ruckartig hob ich den Kopf. Mick Kienast war klein, dünn und komplett in Schwarz gekleidet. Sein Gesicht und seine Frisur wirkten, als hätte er seit einer Woche nicht mehr geschlafen. Ich fuhr vom Stuhl hoch, der Bewerbungsbogen glitt von meinem Schoß und beim hastigen Versuch, ihn noch in der Luft zu erwischen, knallte mein Kopf gegen die Brust des Mannes. Ansonsten lief der Beginn des Vorstellungsgesprächs gut.

»Ja, das bin ich, wir haben letzte Woche telefoniert. Ähm – Billie ist mir aber lieber als Frau Ball.« Ich versuchte, ein charmantes Lächeln aufzusetzen.

»So, so, Billie Ball, mmhm, mmhm.«

Er nickte und fügte etwas munterer hinzu: »Na, wenigstens sehen Sie nicht aus, als ob Sie Schauspielerin werden wollen.«

»Ganz bestimmt nicht«, versicherte ich ihm, im ersten Moment richtig beglückt, gleich mit etwas punkten zu können.

Bis mich meine gewohnte Panik überfiel. »Wie meinen Sie das eigentlich?«

Er sah zu mir hoch und ich wünschte, ich hätte auf die Stöckelschuhe verzichtet. »Sagen Sie jetzt nicht, Sie wollen doch Schauspielerin werden.«

»Nein!« Ich schüttelte den Kopf. »Ich wollte nur wissen, warum Sie das gesagt haben. Warum Sie es mir gleich ansehen.«

Doch Mick Kienast wandte sich bereits wieder ab. »Kommen Sie, ich hab nicht viel Zeit. Wir müssen unser Gespräch im Gehen fortführen.«

Ich stöckelte ihm hastig hinterher. Sah ich etwa so auffallend unspektakulär und langweilig aus? So langweilig, dass ich nicht mal selbst auf die Idee kommen könnte, Schauspielerin zu werden?

Beruhige dich, Billie, versuchte ich, meine Fassung zu wahren. Der Typ hat vielleicht gemeint, dass du viel zu vernünftig dafür aussiehst. Der konnte ja nicht wissen, dass er es mit Miss Unsicherheit in Person zu tun hatte.

Im Gehen warf er einen Blick auf meinen spärlich ausgefüllten Bewerbungsbogen. »Am Telefon haben Sie älter geklungen. Wie alt sind Sie denn nun?«

»Achtzehn«, schoss ich hervor.

»Noch nicht lange, wie?«

»Mmhm.« Was sollte ich ihm denn sagen? Dass ich log,

weil die Siebzehn, als ich sie hingeschrieben hatte, so jämmerlich ausgesehen hatte? Dieses klitzekleine fehlende Vierteljahr sollte nicht der Grund sein, warum ich die womöglich größte Chance meines Lebens verpasste.

Ich räusperte mich, versuchte, Blickkontakt herzustellen. Unmöglich. Die spitze Nase von Mick Kienast zeigte stur geradeaus. Ich hob die Stimme: »Na ja, mein Geburtstag ist schon ein Weilchen her, aber ich hab's nicht so mit Zahlen … Oh, damit meine ich nicht, dass ich Legasthenikerin bin oder an Dyskalkulie leide oder so – mein Abiturzeugnis ist gar nicht so schlecht. Ich meine, wenn ich nicht gerade Molekulare Biotechnologie studieren will. Aber wer will das schon?« Ich lachte, schrill und unecht, aber das machte nichts, denn der Typ war mittlerweile dabei, eine Nummer in sein Smartphone zu tippen, und schien mir gar nicht mehr zuzuhören.

Sei endlich still, ermahnte ich mich, während ich weiter neben ihm herlief und mich neugierig umsah. Wir bogen um eine Ecke und eilten einen weiteren engen weißen Gang entlang. Wie aus dem Nichts überkam mich ein Glücksgefühl. Was hatte Mick am Telefon gesagt? Er müsse sein Dasein in den Studios fristen. Das wollte ich auch! Obwohl ich annahm, dass für Drehbuchautoren nicht unbedingt ständig Anwesenheitspflicht bestand.

»Scriptwriting, so so.«

Er hielt das Smartphone ans Ohr gepresst, während er zwischen meinem Bewerbungsbogen und mir hin und her sah. »Das ist es also, was Sie eigentlich machen wollen?«

Ich nickte. Mist, warum hatte ich nur das fade deutsche Wort *Drehbuch* hingeschrieben. »Ja, genau. Aber erst mal das unbezahlte Praktikum, das Volontariat, und dann später Scriptwriting.«

Er legte die Stirn in Falten und den Zeigefinger an die Lippen. Streng schüttelte er den Kopf. Ich spürte, wie ich rot wurde.

»Was hast du gesagt?«

Ich zuckte zusammen. Er starrte mich an und ich begann zu stottern: »Ich – i-ich hab …«

»Pssst!«

Ich schloss den Mund, dann öffnete ich ihn wieder, schnappte nach Luft.

Endlich wandte er den Blick von mir ab und blaffte ins Smartphone: »Ach, du Scheiße, jetzt reicht's mir mit ihr! Bin gleich da, Felix.« Er stopfte das Gerät in die Brusttasche und zog wieder das Tempo an.

Irgendwie bekam ich das Gefühl, dass ich einen ziemlich schlechten Zeitpunkt für mein Vorstellungsgespräch erwischt hatte. Dennoch rannte ich einfach weiter neben ihm her. So leicht würde ich mich nicht abschütteln lassen.

»Dieses kleine …« Er presste die Zähne aufeinander und ich bekam plötzlich Angst, dass er losbrüllen könnte. Gleichzeitig verspürte ich eine Art Rausch. Wahnsinn, wenn das das Berufsleben war! Action, Flüche, Emotionen. Wie genial war das denn!

Plötzlich blieb er stehen und starrte mich an. »Sehen Sie, Frau … äh … Billie Ball – momentan ist grade ein ziemlich schlechter Zeitpunkt …«

»Eben nicht!«, hörte ich mich zu meiner eigenen Überraschung ausrufen. »Wenn ich als Praktikantin hier anfange, dann bin ich doch genau für diese Momente da. Für die Momente, in denen Unterstützung gebraucht wird. Geben Sie mir Arbeit. Wo kann ich mich nützlich machen? Wie kann ich Ihnen den Arbeitsalltag erleichtern? Ihnen die mühsamen Dinge abnehmen? Belasten Sie mich! Sagen Sie mir, was ich tun soll –«

»Schon mal als Auftragskillerin gearbeitet?«

Ich stockte nur kurz. »Nein, aber meine Oma sagt immer, es gibt für alles ein erstes Mal.«

Er nickte wohlwollend und machte eine kleine Bewegung mit dem Kopf. Ich verstand. Ich durfte weiter mitrennen.

Vor einer unscheinbaren braunen Tür kamen wir zum Stehen. Über dem Türrahmen war eine Glühbirne angebracht, die rot leuchtete. Ich nahm an, das bedeutete, dass niemand hineindurfte, doch falls dem so war, hielt Mick sich nicht daran.

Er flüsterte mir zu, dass ich ganz leise sein solle. Dann wurde er selbst gleich wieder laut. Hinter der Tür wurden nämlich gerade keine Aufnahmen gemacht, sondern heftig gestritten. Ein junges, sehr dünnes Mädchen mit Püppchengesicht und jeder Menge rotbrauner Locken, die sie zum Pferdeschwanz gebunden hatte, schrie ihren Ärger heraus. »Ich habe geschlafen, letzte Nacht! Außerdem sehe ich nicht ein, wieso die Figur nicht auch mal Augenringe haben kann! Ihr seid wieder mal alle gegen mich!«

»Das stimmt doch gar nicht!«, rief Mick. »Wir stehen voll hinter dir. Auch heute. Auch nachdem, was letzte Nacht anscheinend passiert ist.«

»Nichts ist passiert! Es ist ja wohl völlig normal, dass ich ein Leben haben möchte, oder? Ihr habt doch auch alle eins.« Jetzt erkannte ich sie. Sie war das Mädchen vom Plakat. Kira-Luise Neuwald. Bestimmt magersüchtig, war der erste Gedanke, den ich bei ihrem Anblick hatte. Dagegen hatte sie auf den Fotos richtig gesund ausgesehen.

Der Typ neben ihr zog meine Aufmerksamkeit auf sich. Ich hatte seinen Namen vergessen, doch es handelte sich bei ihm ganz eindeutig um diesen Schönling, der ihren Bruder spielte. In »echt« sah er sogar noch besser aus als auf den Plakaten. Und weniger arrogant. Er schien wenig beeindruckt von der Diskussion. Entweder war er viel zu cool, um sich aufzuregen, oder er war solche Situationen bereits gewöhnt. Ob es immer so am Filmset zuging? Während Mick weiter zu beschwichtigen versuchte, verließ »der große Bruder« mit ein paar gemurmelten Worten seinen Platz und kam direkt auf mich zu. Ich machte einen Schritt zur Seite, um den Weg zur Tür freizugeben. Als wir auf gleicher Höhe waren, trafen sich unsere Blicke. Er war viel kleiner, als ich ihn mir vorgestellt hatte. Kaum größer als ich, doch er hatte die schönsten Augen, die ich je gesehen hatte und die zusammen mit seinem dichten dunkelblonden Haar einfach perfekt in sein gebräuntes Gesicht passten. Ich konnte nicht aufhören, ihn anzustarren, und überlegte fieberhaft, was ich tun sollte – bevor ich jedoch nur die Chance hatte, den Mund aufzumachen und irgendetwas Peinliches zu sagen, war er schon wieder abgerauscht. Puh! Mein Herz klopfte bis zum Hals. Dieser Schauspieler war zweifelsohne der bestaussehendste Typ, den ich je aus der Nähe begutachten konnte. Kurz dachte ich an Dominic, der natürlich auch wahnsinnig süß war, doch dieser Typ hatte einfach eine unglaubliche Ausstrahlung. Und er war so verdammt erwachsen. So komplett älter als ich. Dazu noch die ganze aufgeheizte Atmosphäre hier drin. Mir schwirrte der Kopf. In was für ein verdammt geiles Showbiz-Leben war ich da nur reingeraten!

Ein Mann mit grauen Haaren (vielleicht der Regisseur?) ging auf Kira-Luise zu, die die Hände vors Gesicht schlug und Kiekslaute von sich gab. Mick trat zu einem weiteren Mann, der hinter einer großen Kamera saß, und fing an, mit ihm zu tuscheln. Links von mir lehnte eine junge Frau an einen Kerl im Skaterlook und kicherte vor sich hin. Verstohlen sah ich mich nach der Tür um, durch die der Schauspieler abgerauscht war. Normalerweise stand ich ja eher auf schlaksige, dunkelhaarige Jungs – wie Dominic – und nicht auf so muskelbepackte Surfertypen. Aber der hier … der hier war einfach der Hammer. Hoffentlich kam er gleich wieder zurück. In diesem Moment ertönte die anklagende Stimme der klapperdürren Schauspielerin: »Was? Was soll denn das jetzt heißen?«

Das Kieksen hatte sie komplett eingestellt, jetzt sah sie kampflustig aus. Mick beugte sich zu ihr und schien sie beruhigen zu wollen. Doch je länger er auf sie einflüsterte, desto lauter wurde sie. »Niemand von euch bestimmt darüber, wo ich wohne! Ich kann mir den Scheiß auch selbst zahlen! Ist es das? Ist es das, was ihr wollt?«

Mick, sehr geduldig, immer noch zu ihr gebeugt. Flüster, flüster, tröst, tröst. Aus der Ecke des Kameramannes war ein Murren zu hören. Ich konnte ihm ansehen, dass auch er kurz davor war, das Handtuch zu werfen. Ein plötzliches Geräusch hinter mir ließ mich kurzfristig erstarren. Dann drehte ich mich um und stand direkt vor dem Surfertyp. Seine Augen leuchteten blau, so blau, als spiegelte sich der Ozean in ihnen ... Oh, Billie! Da kommt einem ja das Essen hoch. Sei nicht so kitschig!

Memo an mich:
Nicht mehr so viele Liebesschnulzen schauen.

»Hat sie sich beruhigt?«, flüsterte er und ich zuckte zusammen. Er sprach mit mir. Wahrscheinlich war seit seiner Frage erst eine Nanosekunde vergangen, doch ich hatte das Gefühl, dass ich unendlich lange brauchte, bis ich es endlich schaffte, den Mund aufzumachen.

»Du kennst sie doch, die kleine Drama-Queen.«

Verblüfft schloss ich den Mund wieder. Das hatte jedenfalls nicht ich gesagt. Ich sah zu dem Surfertyp, der wiederum der Person hinter mir ein wissendes Lächeln zuwarf. Wie doof kann man eigentlich sein? Hatte ich wirklich geglaubt, der Superstar würde mich sofort anquatschen?

Ich drehte den Kopf so unauffällig wie möglich und schielte hinter mich. Natürlich, es war die Kichernde. Skaterlook stand jetzt ein Stückchen abseits und beobachtete sie – etwas zu betont unauffällig. Die Kichernde hatte traumhaftes Haar, hochgesteckt zu einem lässigen Knoten, in einem leuchtenden Hellbraun, das perfekt mit ihrer Lederjacke harmonierte. Ihre Luxusbeine steckten in knallengen weißen Jeans. Die Frau war mir von oben bis unten unsympathisch.

»Hey, du musst hier mal weggehen«, wandte sie sich plötzlich an mich. »James macht jetzt sicher noch ein paar Übungen, bevor es losgeht. Nicht wahr, James?« Sie lächelte meinen Traummann an. Blöde Kuh. Aber wenigstens kannte ich jetzt seinen Vornamen. James grinste zurück. »Meinst du, heute ist wieder einer dieser Tage? An denen ich meine Übungen brauche?« Sein Grinsen wurde noch breiter, woraufhin sie wieder in dieses selbstgefällige Kichern verfiel (Boah!), das Frauen wie sie so gut draufhatten und das bei Typen unverständlicherweise immer wieder gut anzukommen schien.

Warum nur musste eine hübsche Frau bloß einmal doof kichern und schon lagen ihr alle zu Füßen? Auch die meisten anderen im Raum starrten die Schönheit jetzt an.

Oh Gott, ich hoffte inständig, dass sie bloß eine winzig kleine Rolle in der Serie hatte. Und nur diesen einen Tag am Set war. Bitte nicht die Kameraassistentin oder sonst irgendeine Person, die sich ständig hier aufhielt. Bitte, bitte!

James verzichtete nun doch auf seine Übungen. Stattdessen ging er zum Brötchentisch und ließ sich einen Becher Kaffee eingießen. Ich beschloss, der Tussi auf den Zahn zu fühlen. Mit möglichst neutraler Stimme fragte ich sie: »Bist du Schauspielerin?«

Ihre Antwort fiel noch schlimmer aus, als ich es mir vorgestellt hatte. Statt zu sprechen, angelte sie sich Skaterlook, dem der Schritt seiner Hose mittlerweile bis in die Knie hing. Miss Kicher packte ihn am Arm und zeigte auf mich. »Hast du das gehört? Die hat mich gefragt, ob ich Schauspielerin bin!«

»Yeah, du hast es drauf, Babe«, lachte er und tippte sie mit dem Zeigefinger an, nur um ihn gleich wieder zurückzuziehen, als hätte er sich an ihrem Traumkörper verbrannt. »Du bist so hot«, sagte er jetzt, damit auch der Dümmste im Raum kapierte, was er mit seiner Geste andeuten wollte. Okay, Schauspielerin war sie vermutlich nicht, sonst hätte dieses ganze Affentheater keinen Sinn gemacht.

Generv fragte ich: »Und was machst du dann hier?«

»Du meinst, wenn ich nicht gerade schauspielere?« Sie und ihr Typ brachen erneut in Gelächter aus.

»Hahaha«, machte ich, auch nicht sehr geistreich.

»Hey! Hey du – Billie Ball!«

Ich zuckte zusammen, als ich meinen Namen hörte. Mick kam auf uns zu. »Billie Ball – der Name ist übrigens phänomenal, der einzige Name, den ich mir je auf Anhieb merken konnte –, du solltest hier nicht herumstehen und lachen, sondern kannst gleich mal ein bisschen Einsatz für dein Volontariat zeigen.« Er senkte die Stimme. »Kannst du unseren Superstar bitte zum Klo begleiten –«

»Was? Ich –« War das sein Ernst? Ich spürte, wie ich knallrot anlief, sah mich aber artig nach James Superstar um.

Mick fuhr fort: »Ja, damit sie nichts Dummes anstellt.«

Sie? Ach ja, na klar. »Klar«, sagte ich laut und öffnete gleich darauf Kira-Luise die Tür.

Das Mädchen rannte einfach drauflos. »Ähm. Entschuldige bitte, aber –«

Sie fuhr herum. »Was?«

Etwas außer Atem kam ich bei ihr an.. »Na ja, ähm –«

»Sag bloß nicht, dass sie dich mir hinterherschicken, als wäre ich ein verdammtes Kleinkind!«

Ich blickte mich um und sah, dass Mick den Kopf zur Tür rausstreckte.

»Ähm –«

»Kannst du eigentlich auch was anderes sagen? Ähm, ähm, ähm, ähm«, äffte sie mich nach.

»Du bist ganz schön fies«, war das Einzige, was mir darauf einfiel. Traumjob hin oder her, aber meinen Stolz würde ich nicht aufgeben.

Sie verdrehte zwar erst die Augen, packte dann jedoch meinen Arm und zog mich mit sich. »Komm. Du kannst ja nichts dafür.«

Obwohl ich keine Ahnung hatte, warum Kira-Luise den Geleitschutz überhaupt zuließ, freute ich mich, dass Mick nun sehen konnte, wie gut ich meine Sache machte.

»Was meinst du damit, dass ich nichts dafürkann?«, erkundigte ich mich misstrauisch, als sie die Tür zu den Damentoiletten aufzog.

»Na, dass du nicht schuld daran bist, dass die mich so aufgeregt haben. Tut mir leid wegen gerade, ich wollte das nicht an dir auslassen.«

Wolltest nicht oder solltest nicht? Ich biss mir auf die Zunge. Schließlich hatte ich mittlerweile begriffen, dass meine Chancen auf das Volontariat stiegen, wenn ich es schaffte, mit Kira-Luise klarzukommen. Ich musste ihr Vertrauen gewinnen.

Sie stützte sich mit beiden Händen am Rand eines Waschbeckens ab.

»Warum soll dich denn überhaupt jemand aufs Klo begleiten?«

Sie starrte ins Waschbecken. »Ach so. Nur falls ich wieder versuche abzuhauen. Oder mich umzubringen.« Sie schob die letzten drei Worte so lapidar hinterher, dass mir nicht klar war, ob sie sie ernst meinte oder ob sie bloß einen leicht abartigen Humor hatte.

Vielleicht wollte sie mich auch nur schockieren, doch den Gefallen würde ich ihr nicht tun. »Ich bin heute da, um mich als Volontärin zu bewerben. Sollte ich die Stelle kriegen, verspreche ich, dass ich dir zur Seite stehe – wenn du Verstärkung gegen die anderen brauchst.«

Sie sah mich an. Lange. Und ich hielt ihrem Blick stand. Plötzlich schoss sie giftig wie eine Schlange zurück: »Du denkst, du kannst mich erpressen!«

»Was?« Ich war verwirrt.

»Erpressung nennt man das. Du bist nur dann auf meiner Seite, wenn ich dir helfe, den Job zu bekommen!«

»Wie kommst du auf so was? Erstens habe ich dich nie gebeten, mir zu helfen, den Job zu bekommen, und zweitens ... dir ist schon klar, dass ich dir nur dann beistehen kann, wenn die mich nehmen?«

»Natürlich ist mir das klar. Denkst du, ich bin dumm?« Ihr Blick war eine einzige Herausforderung.

»Ich denke, dass du nicht gerne anderen Menschen vertraust. Das ist alles, was ich denke.«

Passenderweise sah sie mich jetzt äußerst misstrauisch an. Ich entschied mich für einen Themenwechsel. »Sag mal, wer ist denn diese doofe, kichernde Schönheit in der hellbraunen Lederjacke?«

Sie schnitt eine Grimasse, die eindeutig war. Offensichtlich war auch sie kein Fan von Miss Kicher. »Das ist – wie heißt sie doch gleich? Nena? Nina? – Na jedenfalls ist sie eine unserer Statistinnen. Die Produzenten haben einen Narren an ihr gefressen und setzen sie jetzt dauernd ein. Dabei ist die Frau völlig unbegabt.«

Ich nickte zufrieden und auch Kira-Luise schien etwas aufzutauen. Tja, am Ende half unter Frauen doch nichts so gut wie Lästern, um sich näherzukommen. Da unterschied sich die Filmwelt um nichts von der Schulwelt.

Während Kira-Luise in der Klokabine verschwand, rief ich: »Ich warte draußen auf dem Gang!«

»Nein, bleib hier! Bitte.«

»Okay.«

Sie war echt schräg. Und litt im Gegensatz zu mir anscheinend nicht an einer chronischen Klosperre. Sobald jemand auf mich wartete, und erst recht, wenn derjenige direkt vor der Klotür wartete, konnte ich nicht pinkeln. Keine Ahnung, warum. Kira-Luise lieferte den hörbaren Beweis, dass sie dieses Leiden in der Tat nicht hatte.

Mittendrin fing sie sogar an zu quatschen. »Du bekommst dein Volontariat«, sagte sie.

Hatte ich mich verhört? Hatte sie tatsächlich – »Was?«, rief ich.

Die Spülung ertönte. Gleich darauf erschien Kira-Luise und wischte sich mit Klopapier um die Augen herum.

»Na, deinen Job«, wiederholte sie.

»Aber wie kannst du …?«

Ihr Lächeln hatte etwas Boshaftes, als sie sagte: »Glaub mir, *ich kann.*«

Und sie konnte tatsächlich. Sobald sie verkündet hatte, dass sie mich mochte, gratulierte mir Mick – auf seine Weise – zum Volontariat. »Du gehörst jetzt zu uns, Billie Ball. Ich sag dir gleich, das wird dich ein paar Jahre deines Lebens kosten und du wirst in wenigen Monaten Unmengen für Psychiaterrechnungen ausgeben – von welchem Geld, weiß ich nicht, denn dein Volontariat ist bekanntermaßen unbezahlt.« Er hob bedauernd die Schultern. »Ich gratuliere dir dennoch.«

»Danke«, sagte ich und meinte es auch so.

Im Lauf des Nachmittags war ich zum ersten Mal in meinem Leben live bei Dreharbeiten dabei. Es war unglaublich aufregend und ich verstand nicht, dass einer der Schauspieler (er hieß Claus und fraß mir am Brötchentisch sämtliche Eibrötchen weg) ständig meckerte, dass es langweilig sei, jede Einstellung bis zum Erbrechen zu wiederholen – wie er es ausdrückte. Ich fand gerade diese Wiederholungen spannend. Denn ich wartete jedes Mal gebannt darauf, ob die Schauspieler die Korrekturen so hinbekamen, wie es sich der Regisseur – Felix Burger, der Herr mit dem grauen Bart – vorstellte.

Aufregender als die Dreharbeiten fand ich nur noch James. Jedes Mal, wenn er in meine Nähe kam, wurde ich hibbelig. Eigentlich brauchte ich ihn nur anzusehen, um kurzfristig zu erstarren oder nervös zu zwinkern. Gleichzeitig zog es mich fast magisch zu ihm hin. Als er in einer Drehpause von der Journalistin eines Jugendmagazins interviewt wurde, erfuhr ich seinen vollständigen Namen. James T. (Ti nicht Te) Lawrence ... Seine Mutter war Amerikanerin und er hatte großes Glück bei der Namenswahl gehabt, erzählte er.

»Mein Vater, ein eingefleischter Münchener Metzger, hielt nicht allzu viel davon, seinem Sohn einen englischen Namen zu geben. Doch letztendlich konnte meine Mum ihn überreden, denn es gab einen Amerikaner, den er richtiggehend verehrte, und zwar James Tiberius Kirk, seines Zeichens Kapitän auf der Ursprungs-Enterprise. Ich durfte also James heißen, meine Mutter musste nur als Zweitname Tiberius akzeptieren. Das tat sie mit knirschenden Zähnen. Beim Nachnamen hat er sich dann zum Glück nicht so gesträubt, er heißt nämlich Hermann Tidlich. Aber James Ti Tidlich ...«

Die Journalistin lachte begeistert. Zu begeistert für meinen Geschmack, denn so Hammer war die Geschichte auch wieder nicht. Und wer wusste schon, wie ich an ihrer Stelle reagiert hätte. Wenn ich nicht hier an der Wand gestanden hätte, ein paar Meter von ihm entfernt, sondern dort neben ihm gesessen hätte so wie diese coole Frau mit der Flatterbluse und dem bunten Tuch in den Haaren.

Mick riss mich aus meinen Tagträumen. »Schau doch bitte mal nach, was für Hotels es hier in der Nähe gibt – außer dem Stadthotel, da haben sie Kira-Luise heute rausgeschmissen –, und sieh dir genau die Preise an.«

»Natürlich«, murmelte ich und versuchte, noch einen letzten Blick auf James zu ergattern. »Was darf es denn kosten?«

»Der Laden darf von mir aus schon vier Sterne haben, sollte aber nicht teurer sein als einer mit drei. Capisci? Sie wird dort dauerwohnen. Da musst du auf jeden Fall eine Pauschale rausschlagen.«

Dauerwohnen? Im Hotel? Plötzlich kam mir eine wahnwitzige Idee. »Und was ist, wenn sie zu mir zieht?« Die Worte waren raus, bevor ich richtig darüber nachgedacht hatte.

»Was?« Mick zwinkerte heftig.

»Ich habe noch ein Zimmer in meiner Wohnung frei.« Zwei eigentlich. (Zum Glück hatte ich trotz akutem Heiligenschein – erst Sarah gerettet, jetzt Kira-Luise – noch genügend Überlebensinstinkt, um Kira-Luise nicht auch noch ein eigenes Wohnzimmer anzubieten.)

»Ist das tatsächlich ein Angebot, dass du sie bei dir wohnen lassen würdest?«

Ich nickte, erst zögerlich, dann entschiedener. So abwegig, wie es klang, war der Gedanke vielleicht gar nicht. Ich brauchte dringend noch eine Mieterin, um mir meine neue Gratisarbeit und die Wohnung parallel leisten zu können. Ganz dringend. Und nach den seltsamen Gestalten, die gestern aufgetaucht waren, hatte ich wirklich keine Lust auf ein weiteres WG-Casting. Ganz abgesehen davon, dass mein neuer Fulltime-Job mir dafür auch sicher erst mal keine Zeit lassen würde.

»Wenn sie will«, sagte ich schließlich.

»Natürlich will sie.« Mick war komplett aus dem Häuschen. »Kira-Luise ist hoffnungslos verloren in einem Hotel. Sie braucht ständig Menschen um sich. Kira-Luise! Moment noch, Billie Ball, was kostet der Spaß?«

Sicher weit weniger als ein Hotel, selbst wenn ich das Doppelte von dem verlangen würde, was ich mir ausgerechnet hatte. Zahlte ja ohnehin die Produktionsfirma.

»Sechshundert plus Nebenkosten im Monat. Es ist auch möbliert«, sprudelte ich heraus.

»Gebongt. Fürs Hotel zahlen wir mindestens das Sechsfa… na, jedenfalls etwas mehr.«

Kira-Luise trat zu uns und hakte sich bei mir unter. Ungewohnt brav hörte sie zu, als Mick ihr erklärte, was geplant war. Am Ende zuckte sie mit den Schultern: »Okay.«

Mick klatschte erfreut in die Hände. »Okay! Sie sagt okay!« Ja, das tat sie und sah dabei alles andere als begeistert aus. Na das konnte ja heiter werden.

So kam es also, dass ich an diesem Abend nicht alleine nach Hause fuhr, sondern mit einer sechzehnjährigen Schauspielerin im Schlepptau, die zu hysterischen Anfällen neigte und einen abartigen Humor besaß. Wo ihre Eltern waren und warum sich – außer den Filmleuten – keiner um sie kümmerte, wusste ich noch nicht.

»Das Einzige, was du wissen musst, Billie Ball«, hatte Mick gesagt, »ist, dass sie jetzt mal zu dir ziehen wird und wir dich als ihre persönliche Assistentin anstellen. Im Zuge des unbezahlten Volontariats natürlich. Ihre Sachen werden morgen vom Hotel geliefert. Alles kein Problem.«

Na, wenn das mal stimmte. Ich musste einfach versuchen, die positiven Dinge an der Sache zu sehen. Dank Kira-Luises Einzug konnte ich mir den gänzlich unterbezahlten Job bei *Kienast productions* leisten und endlich, endlich meine ersten praktischen Erfahrungen in der Fernsehbranche sammeln. *Scriptwriting*-Karriere gestartet! Außerdem war ich nun erst mal gerettet vor den Michi Kiekels, Bergi Bergthalers, Nico Minims und allen anderen unberechenbaren WG-Bewerbern dieser Welt. Casting beendet. Insgeheim hoffte ich, dass vielleicht sogar der schöne James ab und an zu Besuch zu »seiner kleinen Schwester« kommen würde. Das Beste an meiner neuen Mitbewohnerin aber war, dass ich, statt im Bus zu sitzen, gerade gemeinsam mit ihr nach Hause chauffiert wurde. Anscheinend hatten alle Schauspieler der Hauptrollen einen privaten Fahrer.

»Oh, hier ist es schon. Ja, Nummer vierunddreißig, genau.«

»Ciao, Lorenz!«, rief Kira-Luise lässig und hüpfte aus dem Auto.

»Ciao, ciao, die Damen. Wir sehen uns morgen um fünf Uhr dreißig, hier an dieser Stelle.«

Ich hatte gerade meinen schlappen Körper auf die Straße gehievt – von Aus-dem-Auto-Hüpfen konnte bei mir keine Rede sein – und beugte mich entsetzt zum Beifahrerfenster »Was? Um halb sechs? Morgens?«

Lorenz lachte, Kira-Luise gähnte. »Klar. Wir beginnen meistens um sieben mit dem Dreh. Eine Stunde vorher sollte ich in der Maske sitzen.«

»Und ich?« Ich hatte das Gefühl, kurz die Nerven zu verlieren. Ja gut, ich hatte gesagt, ich wolle belastet werden und außerdem mein Dasein im Studio fristen, aber das war vor circa zwölf Stunden gewesen. Mittlerweile war es Nacht und ich *hatte* mein Dasein im Studio gefristet.

»Denkst du, ich muss auch so früh da sein?«, fragte ich Lorenz verzweifelt.

Er hob die Schultern. »Ich bin nur der Fahrer. Aber wenn du mich so fragst ... ich denke schon, ja. Wir müssen alle immer so früh da sein.«

»Aber jetzt ist es zehn Uhr am Abend. In siebeneinhalb Stunden kommst du uns schon wieder abholen?« Hallo?! Merkte denn niemand außer mir, dass das verrückt war?

»Mädchen, das ist Showbusiness. Du wirst dich schon dran gewöhnen. Ciao, Ciao!«

Kira-Luise und ich starrten dem davonfahrenden VW-Bus nach.

»Die spinnen ja wohl«, grummelte ich. »Findest du nicht auch Kira-Luise?«

»Ich muss in die Falle.« Meine neue Mitbewohnerin gähnte leidenschaftlich. »Und ach ja, weil du dauernd Kira-Luise zu mir sagst ... Ich bin Ki-Lu.«

»Ja? Okay, dann Ki-Lu. Trotzdem finde ich das unmöglich, was uns da zugemutet wird. Wir müssen um fünf aufstehen!«

»Wehe, du weckst mich um fünf. Ich stelle mir den Wecker immer auf fünf Minuten vor dem Abholen.«

Ich sah sie zweifelnd an.

»Zähne putzen und anziehen, mehr brauche ich nicht zu machen.« Sie zuckte mit den Schultern. »Nicht mal kämmen muss ich mich. Wird ja alles in der Maske erledigt.«

Ja, für dich, dachte ich. Wenn ich James T. morgen halbwegs ansehnlich gegenüberstehen wollte, musste ich die nötigen Maßnahmen wie zum Beispiel schminken zu Hause treffen.

Ich führte Ki-Lu zur Haustüre und klingelte. »Also Hausnummer vierunddreißig, vierter Stock, rechts«, trichterte ich ihr ein. Sie nickte ungeduldig. »Und diese Sarah ist auch erst heute eingezogen?«, erkundigte sie sich dann, obwohl wir das im VW-Bus schon durchgekaut hatten.

Ich drückte noch einmal die Klingel, heftiger diesmal – als ob das etwas nützen würde –, und musste an die Typen von gestern denken, die mich über die Sprechanlage genervt hatten. Unglaublich, dass das erst einen Tag her war.

»Moment mal«, sagte Ki-Lu. »Wenn die Wohnung *dir* gehört und *sie* erst seit heute hier wohnt, wieso hat dann *sie* einen Schlüssel und *du* nicht?«

Das klang fast nach einer mathematischen Gleichung und unweigerlich baute sich in meinen Gedanken mein ehemaliger Mathelehrer auf, der sagte: *Quod erat demonstrandum. Was zu beweisen war.* Ich würde die Schule echt nicht vermissen.

Ki-Lu sah mich abwartend und eindeutig herausfordernd an. Ich zuckte mit den Schultern und quälte erneut den Klingelknopf, während das Unwohlsein in meinem Bauch auf den ganzen Körper überschwappte. Nicht mal das kleine unreife Girlie neben mir wäre so naiv, einer praktisch Fremden den Schlüssel zu überlassen.

»Sie ist eine gute Freundin von mir, das passt schon«, versuchte ich, mich selbst zu beruhigen.

Durch die Sprechanlage war plötzlich ein krächzendes Husten zu hören. »Ja?« Ich erkannte die weibliche Stimme nicht auf Anhieb, hoffte aber fest, dass sie meiner »guten Freundin« Sarah gehörte.

»Hi, ich bin's. Billie.«

Es dauerte ein paar Sekunden, bis das erlösende Surren zu hören war.

»Siehst du, alles in Ordnung«, konnte ich mir nicht verkneifen zu sagen, während ich die Haustür aufdrückte und Ki-Lu zur Treppe führte.

»Welcher Stock noch mal?«, fragte sie.

»Vierter.«

»Gibt's hier keinen Lift?«

»Kaputt«, erwidere ich knapp. Ich hatte wirklich keine Lust, mich nach dem stressigen Tag noch wegen meiner Aufzugspanik rechtfertigen zu müssen.

Im ersten Stock ächzte sie: »Ich brauch 'ne Pause.«

Im zweiten: »Wasser!«

Im dritten: »Trägst du mich?«

Letztendlich schob ich sie in den vierten Stock hinauf. Packte meine Hände auf ihren knochigen Rücken und gab einfach Gas.

Als wir oben ankamen, rang sie nach Luft und sagte dann mit ernster Stimme: »Wenn der Lift morgen nicht repariert ist, kann ich aber nicht hierbleiben.«

Na, das konnte ja lustig werden.

Sarah erwartete uns in der Tür, in Schlabberpulli und Jeans. Die schwarzen Haare standen chaotisch von ihrem Kopf ab und ließen sie wirken, als wäre sie gerade aus dem Bett gekommen.

»Hi«, begrüßte sie uns beide. Sie sah in der Tat unglaublich müde aus.

»Haben wir dich geweckt?«, fragte ich.

Sie schüttelte den Kopf und gähnte.

Ki-Lu warf ihre Haare zurück, ehe sie Sarah die Hand hinstreckte. »Hey du«, sagte sie lässig. »Ich bin Ki-Lu, und wie es aussieht –«, ihr Blick wanderte kurz zu mir, dann zurück zu Sarah, »sind wir drei Süßen ab sofort eine Familie.«

Während Ki-Lu die Wohnung inspizierte, erklärte ich Sarah, wie wir uns kennengelernt hatten. Während ich erzählte, schien mir der Verlauf, den mein Tag genommen hatte, plötzlich ziemlich erheiternd. Wann passierte es schon, dass man sich um einen seriösen Job bewarb, na ja um dieses leidige unbezahlte Volontariat eben, und am Ende nicht nur den Job ergatterte, sondern auch eine sechzehnjährige Diva mit nach Hause nahm, ich meine, hallo?

Doch Sarah nickte nur und gähnte erneut. »Sorry«, sagte sie, »ich bin einfach so fix und alle.«

»Klar, hast ja sicher einen anstrengenden Tag hinter dir. Hat alles geklappt mit deinen Sachen? Welches Zimmer hast du dir ausgesucht? Und wie gefällt dir die Wohnung überhaupt?«

»Ich hab das Zimmer genommen, das neben dem Bad liegt, ist das okay?«

»Klar.« (Mein ehemaliges Fitnesscenter. Na für Sport würde ich in den nächsten Monaten ohnehin keine Zeit haben.)

»Ich nehme das Zimmer neben der Küche!«, verkündete Ki-Lu, die plötzlich wieder neben uns auftauchte.

(Mein ehemaliges Schlafzimmer.) Moment. »Ähm, das ist aber mein Zimmer«, sagte ich. Mensch, das hatte ich ihr doch im Auto dreitausendmal erklärt.

»Nicht das große auf der anderen Seite der Küche, sondern dieses hier.« Sie zog mich in das kleinste Zimmer. (Mein ehemaliges Arbeitszimmer.)

»Aber du könntest ein größeres Zimmer haben.« (Mein ehemaliges Gästezimmer.)

»Will ich aber nicht. Mir gefällt dieses hier. Ich hab auch schon meinen Kram reingestellt.«

Ich war komplett baff. Niemals hätte ich gedacht, dass Ki-Lu sich ein anderes als das größte aller Zimmer aussuchen würde. »Aber es ist *ziemlich* klein –«

Ki-Lu zuckte ungerührt mit den Schultern. »Ich brauche nicht mehr Platz. Mir ist so was nicht so wichtig wie anderen Leuten.«

»Billie.« Sarah berührte mich am Arm. »Ich wollte mich noch mal bedanken, du hast mir wirklich sehr geholfen.«

»Keine Ursache.« Ich war gerade dabei, vor Freude rot zu werden, da machte Sarah sich schon auf den Weg ins Bett.

»Gute Nacht«, rief ich ihr nach. Jetzt erst erfasste ich den Sinn ihrer Worte: *Du hast mir wirklich sehr geholfen …* das hörte sich irgendwie nach Problemen an. Ich würde sie morgen fragen, wie sie das meinte, und außerdem sollte ich wohl bald die erste Monatsmiete kassieren.

Ich fühlte mich nicht wohl dabei, trotzdem machte ich

einen prüfenden Rundgang durch die Wohnung und kontrollierte anschließend in meinem Zimmer, ob mein Bargeld noch in der Schreibtischschublade lag. Alles war an seinem Platz und ich schwor mir, nie wieder so paranoid zu sein.

8. Kapitel

in dem ein Monster für Panik sorgt und die Nacht zum Tag gemacht wird

Als ich wenig später zu Ki-Lu in die Küche kam, lehnte sie lässig auf der Eckbank, vor sich ein Glas Leitungswasser.

»Wir haben auch Mineralwasser, wenn du willst.«

»Nie im Leben! Sprudel macht Orangenhaut!« Und mit einem Blick auf mein Glas mit prickelndem Inhalt ergänzte sie: »Noch gar nicht bemerkt?« Fast hätte ich ihr die Zunge rausgestreckt.

Obwohl mein Körper todmüde war, fühlte ich mich zu überdreht, um jetzt schlafen zu gehen. Heute war einfach zu viel passiert. Auch Ki-Lu wollte noch nicht ins Bett. »Ich kann nicht länger als fünf Stunden pro Nacht schlafen. Danach tritt mein Körper über in eine Art Komaschlaf. Nichts und niemand kriegt mich dann mehr wach. Für die nächsten vierundzwanzig Stunden. Und am nächsten Tag bin ich depressiv.« Mit einem zufriedenen Seufzen legte sie ihre nackten

Füße auf den Küchentisch und ich erstarrte kurzzeitig.

Natürlich positionierte ich meine Füße auch gerne dort oben, aber es war ja auch mein Tisch, den ich bis jetzt nicht hatte teilen müssen. Ich überlegte und kam zu dem Schluss, dass es wahrscheinlich nur eine Möglichkeit gab, wenn ich auch in Zukunft meine Füße nach dem Frühstück gegen die Tischplatte stemmen wollte. Ich musste es bei den anderen auch akzeptieren.

Wir saßen eine Weile stumm da, beide mit den Füßen auf dem Tisch und lauschten dem Brummen des Kühlschranks. Zum ersten Mal an diesem Tag spürte ich, wie die Anspannung von mir abfiel. Jetzt erst entdeckte ich den monströsen Blumentopf, den Sarah in der Ecke neben dem Kühlschrank geparkt hatte. Eine riesige Pflanze mit verschlungenen Blättern befand sich darin, zwischen denen orangene Blüten hervorblitzten.

»Ganz schön Hammer«, sagte ich schließlich.

»Hmm?«, machte Ki-Lu, offensichtlich genauso redefaul wie ich.

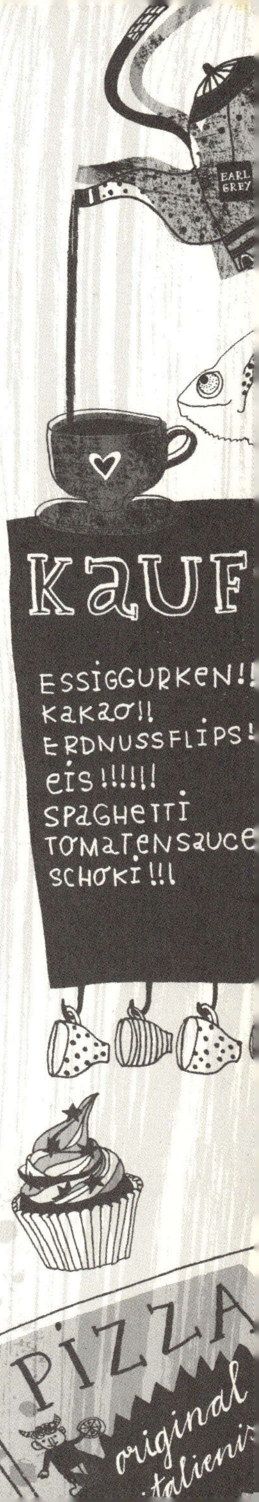

Ich atmete seufzend ein und aus, bevor ich ihr antwortete. »Dieser Tag. Alles.«

»Mmhm.« Sie nickte und nippte an ihrem Glas, als wäre darin statt Wasser etwas Hochprozentiges, das man nicht leicht hinunterbekam.

»Wie gefällt dir die Wohnung denn?«

Sie zuckte mit den Schultern. »Ich fühle mich überall wohl.«

»Oh. So gut also.« Ich versuchte ein ironisches Lachen, das leider genauso eingeschnappt klang, wie ich mich fühlte.

»Hey«, mit einem Knall stellte sie die Füße auf den Boden. »Das ist keinesfalls eine Beleidigung, diese Wohnung ist bestimmt allererste Sahne. Aber es ist genau wie mit dem Zimmer. Du hast gedacht, ich würde das größere nehmen. Aber das, was ich vorhin gesagt habe, dass mir solche Sachen nicht so wichtig sind – das ist die Wahrheit.« Sie packte mich am Arm und sah mich eindringlich an. »Ich sehe solche Dinge anders als andere Menschen.«

Ooo-kay, war das jetzt der Punkt, an dem sie mir gestand, dass sie etwas ganz Besonderes war, etwas Bedeutenderes als alle anderen?

»So etwas wie Wohnungen oder Autos oder irgendwelche teuren Kleider oder sonst irgendein Plim-Plim – das ist mir völlig egal. Ich kann nichts dagegen machen, ich bin einfach so. Verstehst du?«

Ich nickte langsam. Ja, ich verstand. Verstand, dass Ki-Lu vielleicht doch nicht komplett in die Schublade passte, in die ich sie hineingesteckt hatte. Warum machten wir das eigentlich? Warum steckten wir Leute in Schubladen? Aus

Bequemlichkeit? Um uns nicht damit auseinandersetzen zu müssen, was sonst noch in den Menschen stecken könnte?

»Warum wolltest du, dass ich bei dir einziehe?«, fragte sie plötzlich ganz direkt.

Ich stockte. Die Wahrheit? »Ich fand dich nett«, log ich. Na ja, in den letzten paar Minuten war sie ja auch tatsächlich nett gewesen.

»Und?«, hakte sie nach.

»Und?«, wiederholte ich und entschloss mich diesmal für die Wahrheit. Mit einer weiteren Lüge würde ich sowieso nicht durchkommen. »Wenn ich ehrlich bin, kommt es für mich auch ganz gut aus. Ich brauche dringend noch eine Mieterin – der Unterhalt für die Wohnung ist einfach zu teuer, um hier alleine oder zu zweit zu wohnen. Vor allem, weil ich ja für die Arbeit beim Fernsehen nicht bezahlt werde. Außerdem wollte ich unbedingt mit Mädels in meinem Alter zusammenwohnen und die sind gar nicht so leicht zu bekommen.« Ich grinste und versuchte zu ignorieren, dass sie streng genommen eigentlich eher ein Mädel in Dominics Alter war. Hoffentlich fiel ihm das nicht auch auf.

»Was war denn eigentlich mit deinem vorigen Zuhause? Hast du wirklich wochenlang in einem Hotel gewohnt?«

Sie zuckte mit den Schultern. »War gar nicht so übel, wie es sich anhört. Die waren dort alle sehr nett.« Sie grinste. »Der Chef hat sich immer ein bisschen aufgespielt, weil er meinte, ich halte seine Leute vom Arbeiten ab.« Von einem Moment auf den anderen verschwand das Grinsen und ihr Blick wurde vorwurfsvoll. »Die haben sich gern mit mir unterhalten. Aber es gibt so Chefs, die es nicht ausstehen können, wenn ihre Angestellten Spaß haben und gut drauf sind.«

»Und darum musstest du von dort weg?«

Sie winkte ab. »Ach das. Lange Geschichte.«

Ich sah sie abwartend an.

»Na gut. Also, letzte Nacht haben wir in meiner Suite ein bisschen gefeiert ...«

In ihrer Suite? Wie beiläufig sie das sagte. Ich würde vermutlich mein ganzes Leben lang keine Suite betreten.

»Meine Freunde vom Hotel waren dabei und ein paar vom Set. Lorenz – unser Fahrer, Jessy – die Maskenbildnerin, und Lino – der Aushilfsmann vom Catering.« Sie starrte vor sich hin, offensichtlich versunken in eine Erinnerung vom Vorabend.

»Und irgendwas ist schiefgelaufen?«, half ich ihr auf die Sprünge.

»Oh ja.« Jetzt grinste sie wieder. »Aber es hat sich ausgezahlt. Wir hatten letzte Nacht so einen Mörderspaß.« Sie kicherte. »Und natürlich waren wir laut. Ich meine, was soll das sonst für eine Party sein? Wir dachten auch, es kann uns nichts passieren, weil in der Nacht keine Angestellten da sind.« Sie verzog das Gesicht, als würde sie in eine Zitrone beißen. »Und plötzlich stehen zwei Polizisten vor der Zimmertür. Kannst du dir das vorstellen?«, fragte sie sichtlich fassungslos. »Da hat ein Hotelgast wegen dem bisschen Lärm die *Polizei* angerufen.«

Ich überlegte kurz, ob ich sie darauf hinweisen sollte, dass der Hotelgast ein Recht auf seinen Schlaf und seine Ruhe hatte, doch ich wollte nicht wie eine besserwisserische Erziehungsberechtigte daherkommen, also sagte ich nur: »Und was ist dann passiert?«

»Zum Glück hab ich gecheckt, dass es die Bullen sind, bevor ich die Tür aufgemacht habe. Ich hab die anderen alle ins Bad geschickt und ihnen gesagt, sie sollen ja leise sein.«

»Und dann?«

»Tja, die Bullen haben meine Personalien aufgenommen, durften aber zum Glück nicht das Zimmer durchsuchen, weil man dafür einen Durchsuchungsbeschluss braucht.«

»Hattet ihr Drogen dort?«

»Bist du irre?« Jetzt sah sie wirklich empört aus. »Auf meinen Partys läuft so was nicht. Ich trinke ja nicht mal Wein. Das eine Mal vor zwei Jahren hat mir gereicht. Das war ein ekliges Gefühl. Ich war gar nicht bei mir; wie als hätte ich mich selbst verloren.« Sie schüttelte sich. »Aber ich bin kein Unmensch. Wer will, darf sich zu meinen Partys Bier oder Wein mitbringen. Aber keine Drogen.« Ich musste lächeln. Sie klang wie eine strenge, aber verständnisvolle alte Gouvernante. Und im nächsten Moment wieder wie ein kleines Kind. »Das war alles so unfair. Die Bullen haben natürlich den Hotelmanager informiert und der hat heute Morgen plötzlich in meinem Zimmer gestanden und die ganzen Möbel und Geräte kontrolliert. Als wäre ich eine Schwerverbrecherin. Ich meine, natürlich waren die Sachen teilweise zerkratzt oder fleckig. Hallo? Ich soll dort doch auch leben, oder? Ich komm für den Schaden auf, hab ich ihm gesagt, aber er hat mich trotzdem rausgeschmissen.«

»Ganz schön unfair!«, gab ich ihr recht und meinte es auch so. »Wenn du ihm die Sachen sowieso ersetzt hättest, dann kann es ihm doch ganz egal sein, ob irgendwas davon abgenutzt ist!«

Sie zuckte mit den Schultern. »Wem sagst du das … Wenigstens hat sonst keiner Schwierigkeiten bekommen. Das

Wichtigste war, dass die anderen nicht mit reingezogen wurden. Die vom Hotel hätten wahrscheinlich ihren Job verloren, wenn rausgekommen wäre, dass sie meine Party nicht nur gebilligt haben, sondern sogar dabei waren. Und Lorenz, Jessy und Max hätten Riesenprobleme mit Mick bekommen.«

»Und du hast keine Probleme bekommen?«

»Nicht so, wie es bei ihnen gewesen wäre. Letztendlich ist jeder im Beruf ersetzbar, aber als Hauptdarstellerin einer Serie – von der noch dazu schon fünf Folgen abgedreht sind – kann man sich schon ein paar Dinge leisten.«

»Ist aber trotzdem sehr nett von dir, dass du alle Schuld auf dich genommen hast.«

»Das sind meine Freunde«, sagte sie voller Überzeugung. Ich nickte nachdenklich. Irgendwie musste es toll sein, Ki-Lu als Freundin zu haben.

Plötzlich hob sie den Kopf. »Was war das?«

»Was denn?«, fragte ich.

»Hast du eine Katze oder so was?«

»Nein, und auch kein anderes Haustier.« Plötzlich war ich alarmiert. »Was hast du denn gesehen?«

»Nicht gesehen. Gehört. Kann's nicht beschreiben –« Sie packte erneut meinen Arm. »Da war es grad wieder … hör mal.«

Und ich hörte mal. Da war wirklich etwas. Hörbare Stille.

»Der Kühlschrank.« Ich stand auf. »Er brummt nicht.«

»Was?«, fragte Ki-Lu irritiert. »Ich meine doch nichts, was *nicht* brummt, sondern etwas, das *sehr wohl* brummt.«

»Und das soll sich anhören wie eine Katze?«, fragte ich zweifelnd.

»Na ja, vielleicht kein Brummen, eher ein Fauchen oder was in der Art. Ich kenn mich mit so Zeug nicht aus.«

Ich öffnete den Kühlschrank.

»Denkst du, es ist da drin?«, fragte Ki-Lu skeptisch.

Ich zog den Kopf aus dem Kühlschrank. »Quatsch. Ich wollte nur sehen, ob das Licht noch brennt und ob er noch kühlt. Er brummt sonst immer, musst du wissen. Manchmal schnurrt er sogar.«

»Faucht er auch?«

»Nicht dass ich wüsste.«

Jetzt hörte ich es plötzlich auch. Ki-Lu quietschte. »OMG! Da war es wieder!«

Beschwörend hob ich die Hand und machte: »Pssssst.«

Dann bückte ich mich, denn das seltsame Geräusch schien von unten gekommen zu sein. »Hört sich an, als käme es aus Sarahs Pflanze da.« Ich sah mich zu Ki-Lu um. »Denkst du, das ist eine fleischfressende?«

In Nanosekunden hatte Ki-Lu sich auf die Eckbank gebeamt, wo sie nun mit zitternden Knien stand.

»Du brauchst doch keinen Schiss vor einer Pflanze zu haben«, sagte ich lauter als nötig, um mein eigene Angst zu überdecken. Klassischer Fall von Panikübertragung. Wäre Ki-Lu nicht so ausgeflippt, hätte ich mich schon längst auf den Boden gesetzt, um das seltsame Grüngewächs genauer inspizieren zu können. Zumindest redete ich mir das ein. Erneutes Fauchen. Ki-Lu quietschte wieder und ich – unschuldig angesteckt wie ich war – kreischte auf und machte einen Satz zurück zum Tisch.

Als ich wieder Luft bekam, wurde ich streng. »Ki-Lu, *bitte, bitte* kreisch nicht mehr so. Ich bekomm noch 'nen *Herzinfarkt.*«

»Ich finde, *du* hast gekreischt«, maulte sie. »Ich hab höchstens ein bisschen gequietscht.«

Plötzlich wurde mir klar, dass die kommenden Minuten etwas Schicksalhaftes haben konnten, was meine Rolle hier in der WG betraf. Entweder meine Mitbewohnerin würde mich auf alle Ewigkeit als Waschlappen-Billie ansehen, deren mutigste Leistung darin bestand, ihren Körper in Lichtgeschwindigkeit aus jeder Gefahrenzone zu katapultieren, oder aber sie würde mich als Draufgänger-Billie abspeichern, die der Gefahr ins Auge sah und –

Da war es wieder. Ki-Lu und ich wechselten einen bemüht unerschrockenen Blick, ganz offensichtlich hatte auch sie erkannt, dass es nun wichtig war, Haltung zu bewahren.

Vorsichtig legte ich meine Fingerkuppen an eine Blüte von dem Gewächs. Ich machte mich darauf gefasst, dass sie aufgehen und mir ihren Schlund entgegenstrecken würde. Doch nichts geschah.

»Das ist doch kindisch«, sagte ich schließlich und ließ die Hand in den Topf sinken. In dem Moment setzte ein lautes Brummen ein, so unerwartet, dass ich zusammenzuckte, obwohl ich sofort wusste, was es war.

»Was war das?«

»Nur der Kühlschrank. Endlich hört man ihn wieder, ich hab mir schon Sorgen gemacht.«

»Geh da lieber weg, Billie.«

Ich drehte mich lachend zu ihr um. »Warum? Meinst du, der Kühlschrank will mich warnen?«

Sie zuckte ratlos mit den Schultern.

Plötzlich spürte ich etwas an meiner Hand, etwas Feuchtes. Entsetzt riss ich sie aus dem Topf. Den Schreckensschrei konnte ich mir diesmal nicht verkneifen.

»Shit! Was ist?«, rief Ki-Lu.

»Ich weiß nicht.« Heldenhaft hielt ich mich davon ab, zu Ki-Lu auf die Bank zu springen, obwohl alles in mir danach schrie, eine möglichst große Entfernung und am besten auch ein paar Höhenmeter Unterschied zu dem Pflanzentopf herzustellen.

»Was ist los, Billie?«, fragte Ki-Lu mit seltsamer Kleinmädchenstimme.

Ich starrte erst meine Hand – die unversehrt war – und dann den Topf an.

»Da war irgendwas Glitschiges –«

»Iiiih!«

Alarmiert fuhr ich herum. »Was ist denn, Ki-Lu?«

Sie sah mich mit großen Augen an. »Was meinst du jetzt?«, fragte sie.

»Na –«, ich deutete auf sie. »Weil du ›iiiih‹ geschrien hast!«

»Ja, weil *du*«, sie zeigte auf mich, »*›Glitschiges‹* gesagt hast!«

»Ach so.« Ich blies die angestaute Luft aus. Was war das bloß für ein bekloppter Tag?

»Mir reicht's jetzt«, verkündete ich und setzte mich diesmal wirklich direkt vor die Pflanze auf den Boden. Dann beugte ich mich so nah vor, dass ich das feine Muster auf den Blättern und kleine Erdflecken auf dem holzigen Stamm erkennen konnte.

»Da muss irgendwas in der Erde sein.«

»Schieß mich tot, bitte keine Ratte!«, kam es von der Eckbank her.

»Ich könnte mir Schlimmeres vorstellen«, erwiderte ich,

während ich den Topf drehte, um alle Seiten begutachten zu können. »Und woher sollte hier eine Ratte kommen? Sarah hätte mir doch gesagt, wenn sie ein Haustier hat.«

»Ich geh sie fragen!«

»Was?« Ich fuhr herum. »Auf keinen Fall! Das wäre total peinlich. Soll sie glauben, wir haben vor so was Schiss?«

Ki-Lu verharrte gehorsam auf ihrem Aussichtsplatz. »OMG«, murmelte sie vor sich hin, oder besser gesagt: o em geh, die deutsche Version von *oh my god*. Und dann: »Gooott, das ist einfach *so* o em geh.«

Ich verdrehte heimlich die Augen. Wie hasste ich diese Abkürzungen. Trotzdem rutschte mir gleich darauf das allererste OMG meines Lebens raus. Mir fehlten derart die Worte, dass mir nichts anderes einfiel, außer dem, was ich seit drei Minuten gehört hatte. »O em geh«, stammelte ich. Und dann viel lauter: »O em geh! Ahhhhh!«

Ich sprang zu Ki-Lu auf die Bank, die solidarisch mitkreischte, obwohl sie gar nicht wusste, was los war.

»Da ist ein – dieses Tier!« Ich zeigte auf die Pflanze.

Ki-Lu riss den Mund auf. »Scheiße noch mal, was für ein Tier? Ein echtes? Ein – ein großes?«

Ich nickte, deutete mit den Händen einen knappen Meter an.

»Ein – ein – wie heißen die? Mit Farbe«, stammelte ich und erwartete von Ki-Lu, dass sie erriet, was ich meinte.

Sie fuchtelte konfus mit den Händen. »Ein – ein – ein Farbenbär!«, rief sie schließlich.

»Nein!« Ich stockte kurz. »Bitte was? Ein Farbenbär?«

Wir sahen uns beide an. Und plötzlich brüllten wir los vor Lachen. Wir lachten so unkontrolliert und hysterisch, dass wir beinahe beide von der Bank gefallen wären – woraufhin wir nur noch mehr lachen mussten.

Keine Ahnung, wie lang Sarah schon dastand, als wir sie bemerkten. Ich wischte mir die Tränen von den Wangen und musste mich zusammenreißen, um nicht wieder loszuprusten.

»Entschuldigung, Sarah. Wir wollten dich nicht wecken.«

Ki-Lu deutete auf Sarahs Pflanze. »Es war nur –«

»Ein Farbenbär«, fiel ich ein und wir kicherten erneut los.

Sarah stürzte zum Pflanzentopf. »Shit, Esmeralda, ich hab dir doch gesagt, dass du im Terrarium bleiben sollst!«

»Äh, Sarah? Hast du ein Haustier?«, erkundigte ich mich scheinheilig.

Sie stand auf und drehte sich zu uns um. Auf ihren verschränkten Armen thronte der Farbenbär.

»Ein Chamäleon!«, rief Ki-Lu.

Genau, das war die richtige Bezeichnung. Auf den zweiten Blick war es gar nicht so ein außergewöhnlich großes Exemplar. Nicht mal einen halben Meter lang. Das Tier kuschelte sich auf Sarahs Hand und Unterarm zusammen.

»Wow«, hauchte Ki-Lu. »Guck doch, Esmeralda verfärbt sich.«

Es war unglaublich. Vorhin noch hatte das Chamäleon dunkel, grünlich schwarz geglitzert – und war für mich in dem Pflanzengewirr nicht zu erkennen gewesen –, jetzt war sie bräunlich und wurde langsam heller.

»Nimmt sie jetzt die Farbe deiner Haut an?«, fragte Ki-Lu ehrfürchtig.

Sarah lächelte. »Nein, das ist ein Irrglaube, dass Chamäleons sich farblich dem Hintergrund anpassen. Wenn Esmeralda sich wohlfühlt, sieht sie so aus. Das vorhin war sozusagen ihr Paniklook.«

Esmeralda öffnete ihr Maul und machte es lautlos wieder zu. Kein Fauchen mehr. Ki-Lu und ich wechselten einen belustigten Blick.

»Heute Morgen, als ich dich getroffen hab, Billie«, begann Sarah, »da wusste ich noch nicht, dass ich Esmeralda mitnehmen muss.«

»Wo hättest du sie sonst gelassen?«

»Na ja, sie war eigentlich nicht *mein* Haustier, sondern gehört, gehörte meinem Ex. Man kann sagen, sie war sein Lieblingsspielzeug. Er hat sie ständig seinen Kumpels vorgeführt. Aber immerhin hat er sich um sie gekümmert. Doch jetzt hat er eine neue Flamme – die wahrscheinlich gerade in dem Bett liegt, aus dem ich heute Morgen ausgezogen bin – und die war heute schon wieder so hysterisch wegen Esmeralda, dass mein Ex beschlossen hat, sie wegzugeben.« Sie sah mich leicht zerknirscht an. »Ich wusste natürlich nicht, ob dir das recht ist, aber ich konnte einfach nicht zulassen, dass sie zu irgendwelchen Leuten kommt, die sie gar nicht kennt. Sie ist scheu und braucht ein vertrautes Umfeld. Und wenn du jetzt Nein sagst, dann verstehe ich das. Dann such ich mir gleich morgen eine andere Bleibe.«

Ich winkte ab. »Quatsch. Ich habe überhaupt nichts gegen Haustiere, ganz egal welche. Ähm na ja, so beharrte Riesenspinnen müssen es vielleicht nicht unbedingt sein.«

»Och, die finde ich süß.« Ki-Lu geriet regelrecht ins Schwärmen. »Gerade wegen ihrer Behaarung. Wie kleine Fellknäuel sehen die aus, fast wie Hundewelpen.«

Mir stand der Mund offen. Eine derartige Beschreibung

einer Tarantel oder Vogelspinne hatte ich noch nie gehört. »Du ... bringst aber keine hierher, oder?«, fragte ich in einem leichten Anflug von Panik.

»Na gut, dann halt nicht.« Ki-Lu grinste.

Sarah räusperte sich: »Und was sagst du zu Esmeralda, Ki-Lu? Stört es dich, wenn sie hierbleibt?«

»Mich? Ich liebe sie!«

Die Erleichterung war Sarah anzusehen. Sie ließ sich auf die Eckbank fallen und atmete tief durch. Ki-Lu und ich gaben unseren Stehposten auf und setzten uns neben sie.

Irgendwie wurde ich das Gefühl nicht los, dass Sarah noch etwas anderes auf dem Herzen hatte. Aber weil ich selbst nichts mehr hasste als Verhöre über meinen Gemütszustand – vor allem von meiner Mutter –, entschied ich mich, erst mal nicht nachzufragen.

»Und sonst ... ich meine, ist alles in Ordnung?«, fragte ich zwei Minuten später. Bravo, Mutter Billie.

Sarah nickte leicht abwesend. Dann fragte sie zurück: »Hier drin darf ich sicher nicht rauchen, oder?« Ich zögerte kurz. »Besprechen wir das morgen, wie wir das mit dem Rauchen generell regeln, okay? Jetzt grade ist sowieso eine Ausnahmesituation. Hast du einen Aschenbecher? Sonst nimm eine Untertasse, die sind da rechts oben im Schrank.«

Mit leiser Beunruhigung stellte ich fest, dass Sarah ihre Zigaretten samt Feuerzeug aus der rüschenbesetzten Tasche ihrer Snoopy-Pyjamahose zog. Eine 24/7- Raucherin. Auch das noch.

Memo an mich:
Entspann dich, Billie!

Wir saßen bis kurz nach Mitternacht in der Küche. Esmeralda wanderte zurück in ihr Terrarium, Sarah schaltete die Wärmelampe aus und legte eine schwarze Decke auf das Glas. »In der Nacht, wenn es dunkel ist, bleibt sie immer da drin«, versprach sie.

Sie rauchte und erzählte Ki-Lu und mir von ihrem miesen Ex und ihren Spießereltern. Ihr Vater war ein bekannter Prominentenanwalt, der so gut wie jeden Star – egal, was der verbrochen hatte – vor dem Gefängnis bewahrte. Ihre Mutter hatte ein riesiges Baustoffunternehmen von ihren Eltern übernommen und war letztes Jahr zur erfolgreichsten Geschäftsfrau in Bayern gewählt worden.

»Sie haben so viel Kohle«, erklärte Sarah. »Aber trotzdem drohen sie mir ständig damit, den Geldhahn abzudrehen, wenn ich nicht endlich nach ihren Vorstellungen lebe.«

»Und was stellen sie sich vor?«

Sie zuckte mit den Schultern. »Tja, wenn alles nach Wunsch gelaufen wäre, hätte ich letzten Herbst mein Jura-, Medizin- oder Wirtschaftsstudium beginnen müssen. Nur geht das leider nicht ohne Abi. Und bis ich das online nachgeholt habe, dauert es noch.«

Sie sah nicht so aus, als ob ihr das wirklich leid täte.

»Du hast das Abi geschmissen?«, fragte ich überrascht. »Das hab ich gar nicht mitbekommen.«

Sie blies Rauch aus und sagte. »Wenn's einem beschissen geht, bekommt das nie jemand mit.«

»Da sagst du was.« Ki-Lu nickte düster.

»Damit bist natürlich nicht du gemeint, Billie. Sondern die Leute, mit denen ich damals rumgehangen hab. Meine Freunde.« Sie stieß ein trockenes Lachen aus.

Wow, Sarahs bisheriges Leben schien ganz anders verlaufen zu sein, als ich es mir immer ausgemalt hatte.

»Und was machst du, wenn sie dir den Geldhahn zudrehen?«, fragte Ki-Lu pragmatisch.

Sarah lächelte, sah dabei aber traurig aus. »Das würden die nie machen. Wie würde das denn ausschauen? Wenn die Tochter von Herrn Staranwalt und Geschäftsfrau des Jahres in der Gosse landet? In deren Kreisen spricht sich alles herum. Braucht mich ja nur einer von ihren feinen Bekannten mit einem Becher auf der Straße hocken sehen.«

Ich schüttelte den Kopf. »Wie kann einem das Ansehen wichtiger sein als sein eigenes Kind?«

»Aber wenigstens sind deine Eltern da«, warf Ki-Lu ein. »Meine sind so weit weg, dass ich sie eigentlich nie sehe. Ein paarmal im Jahr flieg ich zu meiner Mutter nach Frankreich, da verbringen wir dann einen halben Tag zusammen, an dem sie ständig am Handy hängt und meistens noch irgendeine Freundin oder ihren neusten Typ im Schlepptau hat.«

Okay, vielleicht waren meine Eltern doch nicht ganz so schlimm, wie ich immer dachte.

»Ich versteh dich, Ki-Lu«, sagte Sarah. »Denn im Prinzip geht's mir mit meinen Eltern ähnlich. Sie sind zwar da, aber sie sehen mich nicht. Nicht wirklich. Am meisten Aufmerksamkeit hab ich von ihnen bekommen, als ich das Abi geschmissen hab.«

Oh nein, jetzt reicht es aber. Da bekommt man ja Depressionen. Das ist alles so tieftraurig, dass es kaum zum Aushalten ist.

Ich sprang auf. »Wisst ihr, was wir jetzt machen?«

Ich holte ein paar wasserfeste Marker aus der Schublade und ging zum Kühlschrank. »Ihr beiden verewigt euch jetzt hier. Ich hab das schon gestern gemacht, jetzt seid ihr dran.«

Ki-Lu klatschte in die Hände. »Ich liebe malen und zeichnen!« Sie nahm sich einen Marker und murmelte: »Ich hoffe nur, ich bekomme die Blümchen so gut hin wie du.«

»Es müssen keine Blumen sein. Jede soll das zeichnen, was sie möchte. Nur bitte jugendfrei, meine Eltern werden hier hin und wieder auftauchen.«

Sarah malte ein schwarzes Peace-Zeichen zwischen meine Blumen und begann, es bunt anzumalen. Ki-Lu schnappte sich einen roten Marker und verkündete: »Ich mal ein Herz.«

Ein Herz? Hat sie ernsthaft gesagt, sie malt ein Herz?

»Was ist denn mit dem Kühlschrank los?«, fragte Sarah.

»Keine Ahnung, der spinnt heut schon den ganzen Tag.« Ich klopfte ihm auf die vibrierende Seite. »Hey, beruhige dich, alter Knabe.«

Beruhigen?! Ommmm. Gute Idee! Wollen wir uns alle beruhigen?! Vorhin der Farbenbär, dann die Deprigeschichten und jetzt noch die Herzchen. Es muss wieder friedlich werden.

»Komm schon, fang wieder friedlich an zu schnurren. Hm, ich glaub, ich schick meiner Oma morgen mal eine Nachricht und frag sie, ob er das öfter macht. Erst brummt er, dann plötzlich nicht, dann – Gott, jetzt hör ich mich schon an wie meine Oma. Die hat immer so einen Wirbel um den amerikanischen Krachmacher gemacht.«

Krachmacher?! Ja, das trifft's. Alles Krachmacher.

Als ich endlich im Bett lag, konnte ich trotz Müdigkeit nicht gleich einschlafen. Immer wieder sah ich uns drei, wie wir gemeinsam den Kühlschrank verschönerten. Wie wunderbar wir harmoniert hatten. Zufrieden ließ ich meine Gedanken schweifen: Das Leben in der WG würde sicher spitze werden.

9. Kapitel

in dem das Terrain sondiert wird und die ersten Katastrophen ihren Lauf nehmen

Das Leben ist schön, einzigartig, kostbar und gut. Stumm betete ich mir die Worte meiner Oma immer wieder vor. Schön, einzigartig, kostbar und gut! Es war spätabends, eine knappe Woche nach dem Einzug von Sarah und Ki-Lu und wir saßen bei einem kargen, mitternächtlichen Abendessen am Küchentisch. Während ich mich an mein Mantra klammerte, lagen Sarah und Ki-Lu sich so lautstark in den Haaren, dass die Gläser in den Regalen klirrten. Das Leben ist schön, einzigartig, kostbar und gut. Ich hatte nicht vor, mich in irgendeiner Form von der geladenen Stimmung anstecken zu lassen. Ich würde bloß weiter hier zwischen ihnen sitzen und genügend Gelassenheit für uns drei ausstrahlen. Außerdem war morgen drehfrei und ich konnte endlich ausschlafen. Herrlich. Das Leben ist schön, einzigartig, kostbar und –

»Was bitte?«, entfuhr es mir gleich darauf und ich wiederholte ungläubig Ki-Lus letzten Satz.

»*Und Billie hätte doch auch Klopapier kaufen können?*« Das war's dann mit der Gelassenheit. »Und wann genau hätte ich das machen sollen? Ich bin heute Morgen um halb sechs aus dem Haus –«

»Ich weiß«, unterbrach mich Ki-Lu. »Ich war dabei.«

»Genau. Aber du warst nicht dabei, als ich vor einer Dreiviertelstunde nach Hause gekommen bin, denn da warst du schon etwa fünf Stunden hier. Während ich mir das Geflirte zwischen Mick und eurer Cutterin ansehen musste!«

Ki-Lus anklagender Zeigefinger stach gefährlich nah vor mir in die Luft. »Jetzt wirst du aber unfair! Du tust ja so, als hättest du mir einen Gefallen damit getan. Dabei bin ich nicht im Geringsten dafür verantwortlich, dass du dort arbeitest. Du wolltest das schließlich unbedingt, nicht ich.«

Verdammt, sie hatte recht. Vergeblich suchte ich in mir nach der Größe, die es brauchte, um das laut auszusprechen. Ich starrte sie an und stöhnte schließlich einen Satz vor mich

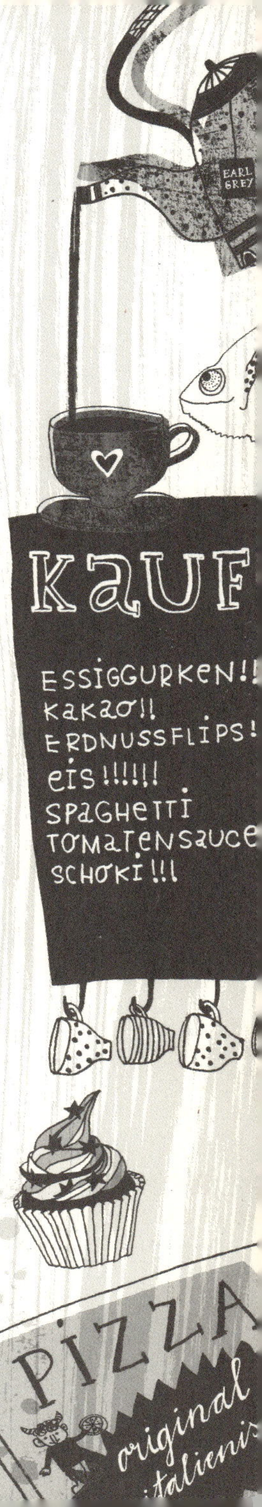

hin, den man mit viel gutem Willen als Einlenkung interpretieren konnte.

»Sag, dass du unfair warst!«

Ich schnalzte mit der Zunge. »Jaaa. Ich war unfair.«

»Ha!«

»Ki-Lu, meine Liebe«, sagte Sarah streng. »Koste deinen Triumph nicht zu sehr aus. Trotzdem hättest du Klopapier kaufen müssen. Und was zu essen.«

Ki-Lu setzte ihren Zickenlook auf. Sie warf den Kopf nach hinten, die Augenbrauen schossen rauf bis zum Scheitel und ihre Lippen pressten sich so fest aneinander, als wollte sie demonstrieren, dass sie zur jeweiligen Sache *nichts mehr* sagen würde – was sie, seit ich sie kannte, noch nie geschafft hatte. Sarah und ich wussten mittlerweile, dass der Zickenlook ein sicheres Zeichen dafür war, dass Ki-Lu mit ihrem Latein am Ende war. Eine Kapitulation bahnte sich an.

Ich atmete auf.

In den wenigen Tagen, die wir mittlerweile zusammenwohnten, hatten wir uns schon ein wenig an die Macken der anderen gewöhnen können und das bislang ohne größeren Streit. Von Sarah hatte ich gleich zu Beginn das Geld für die erste Monatsmiete bekommen und Ki-Lus Miete war mir heute von *Kienast productions* überwiesen worden. Der Betrag auf meinem Konto machte mich ein bisschen stolz. Abgesehen von den Kleinstbeträgen, die ich als Babysitterin verdient hatte, war dieses Geld das erste, das nicht von meiner nahen oder fernen Verwandtschaft stammte. Fast fühlte es sich an, als hätte ich das Geld durch Arbeit verdient. Und ein bisschen war das ja auch so. Allein schon die Erstellung des Einkaufsplans fühlte sich an wie Arbeit. Und kaum war

der endlich fertig, kamen die beiden auch schon mit Änderungswünschen an.
»Natürlich haben wir was zu essen!«, trompetete Ki-Lu jetzt los.

Geht's etwas leiser? Mir fallen gleich die Ohren ab.

Was sollte das jetzt? Wo war die Kapitulation? Ich sah überrascht zu Sarah. Leider etwas zu auffällig, denn Ki-Lu bemerkte unseren Blickwechsel und wurde gleich noch wütender. Sie riss den Kühlschrank so ruckartig auf, dass sie mir fast die Tür gegen den Kopf geknallt hätte.

Autsch!

»Da ist ja gar kein Joghurt drin!«

Ach nein, sag bloß. Seit Tagen war keine von euch mehr einkaufen und plötzlich soll irgendwas fehlen? Huch! Das ist doch nicht die Möglichkeit.

»Was kochst du denn mit Joghurt?«, fragte Sarah leicht spöttisch.

Nichts. Ist ja keiner da.

»Nichts. Ist ja keiner da.« Ki-Lu schloss die Tür wieder, drehte sich zu uns um und verschränkte die Arme vor der Brust. In ihren Augen blitzte es herausfordernd.

»Was hättest du denn mit dem Joghurt kochen wollen?«, formulierte Sarah ihre Frage um.

»Tzaziki«, kam es wie aus der Pistole geschossen.

»Wir haben aber keine Gurken«, konterte Sarah ebenso schnell.

Na-tür-lich haben wir Gurken. Drei Stück, die du selbst beim Einzug mitgebracht hast, Sarah. Und seither vergammeln die im Gemüsefach und schrumpeln vor sich hin. Eigentlich nicht zu überriechen.

»Ja dann –«

»– dann Pizzaservice«, übernahm ich.

»Aber ich zahle«, stieß Ki-Lu hervor.

»Na klar, was denkst du denn?« Sarah war in solchen Dingen erbarmungslos. Das hatte ich schnell gemerkt. Ki-Lu schnalzte genervt mit der Zunge. »Sorry, aber das sind die Regeln. Du wärst mit Einkaufen und Kochen dran gewesen. Sei froh, dass ich nicht von dir verlange, morgen früh um sechs Brötchen holen zu gehen. Denn fürs Frühstück morgen warst du ja auch zuständig.«

Ki-Lu stemmte die Hände in die Hüften. »Wofür brauchst du um sechs Uhr morgens was zu essen? Du stehst ja doch erst fünf Stunden später auf! Immer!«

»Na und? Das ist meine Sache.«

»Aber es ist meine Sache, wenn du mir vorwirfst, dass du wegen mir morgen früh nichts zum Essen haben wirst! Denn bis du wach bist, war ich längst einkaufen.«

So, jetzt langt's. Könnt ihr eure überschüssige Energie nicht für was Sinnvolles nutzen? Zum Beispiel zum Gemüsefachputzen? Mensch, kriegt euch mal wieder ein, Mädels!

»Kriegt euch mal wieder ein, Mädels«, sagte ich laut – und wurde postwendend von beiden mit einem so bösen Blick bestraft, dass ich es für das Beste hielt, die Küche zu verlassen. Ich verzog mich in mein Zimmer und schloss mit einer gewissen Erleichterung die Tür. Plötzlich überkam mich eine heftige Sehnsucht nach Maike. Am liebsten hätte ich sie angeskypt, aber sie war nicht online. Kein Wunder, schließlich war es mitten in der Nacht – auch da, wo Maike sich gerade befand. Irgendwo am Ende ihrer Reise mit der Transsibirischen Eisenbahn. Eine witzige Vorstellung, wie mein Leben sich innerhalb einer Woche so vollkommen geändert hatte, während Maike fast die ganze Zeit über in der Eisenbahn saß. Da ich keine Lust hatte, eine längere Nachricht auf den winzigen Tasten meines Smartphones zu tippen, fiel auch WhatsApp aus. Warum also nicht eine schöne altmodische E-Mail schreiben?

Wann kommst du endlich heim???, schrieb ich in die Betreffzeile und darunter:

Hi, meine liebe Maike,
tut mir total leid, dass ich mich so lange nicht mehr gemeldet habe! In den letzten Tagen bin ich zu gar nichts gekommen, weil sich hier so viel Neues getan hat. Halt dich fest: Ich habe eine WG gegründet. Ja, eine echte WG! Zwei Mädels wohnen jetzt bei mir, wobei du eine von ihnen kennen müsstest.

Sarah, die ein Jahr über uns war, du weißt schon, die Freundin von Gregor! (Also damals war sie das.)
Sie ist sehr nett – momentan nerven grade beide, aber das wird schon wieder – viel netter, als ich gedacht hatte. Natürlich hätte ich am allerliebsten DICH in der WG! Ein Zimmer ist übrigens noch frei! ;-) Also, wenn du irgendwann zurückkommst … mi casa es tu casa.
Meine zweite Mitbewohnerin heißt Ki-Lu und ist Schauspielerin. Und weißt du, wie ich zu ihr gekommen bin? Ich habe mir einen Job bei einer Fernsehproduktionsfirma besorgt! Einen echten Job! Okay, ohne Bezahlung. Aber trotzdem. Die Leute sind total nett und … Oh ja, ein Schauspieler ist dabei, der ist sooo UNGLAUBLICH süß …

Ich schwärmte Maike von James T. vor und im Anschluss auch gleich von Dominic – wobei ich sie um ihre Einschätzung bezüglich des Altersunterschieds bat.

Nachdem ich die E-Mail abgeschickt hatte, fiel mir auf, dass ich kaum etwas von meiner Arbeit am Set erzählt hatte. Warum eigentlich nicht, immerhin hatte ich mir da einen richtig coolen Job geangelt … Ich ließ mich gegen die Rückenlehne fallen. Die Wahrheit war, dass der Job, den ich seit gerade mal einer Woche machte, mich zeitweise heillos überforderte. Ich war oft sechzehn Stunden am Set. Noch auf dem Heimweg klingelte meistens schon mein Handy und Mick hatte bereits wieder Anweisungen für den nächsten Tag. Fiel ich um Mitternacht gerädert ins Bett, spulten sich in meinen Träumen die Ereignisse des Tages noch mal ab. Alle Probleme, für die *Billie Ball* eine Lösung finden sollte.

Wobei das Hauptproblem die Menschen waren. Schon nach wenigen Tagen am Set hatte ich begriffen, dass nicht nur die Schauspieler gern einen auf Diva machten. Oh nein. Gegen viele andere am Set war Ki-Lu das reinste Lamm. Viel schlimmer waren zum Beispiel Marlies und Ludo, die beiden ausführenden Produzenten, die sogenannten *Executive Producer*, die zwar im Gegensatz zu Mick nicht dafür verantwortlich waren, dass das Budget für die ganze Staffel gesichert war, dafür aber ein Vielfaches an Entscheidungsgewalt besaßen. Und diese Entscheidungsgewalt nutzten sie am liebsten, um zu entscheiden, dass ihnen irgendetwas nicht passte: Die Protagonisten kamen zu ernst rüber, das Drehbuch war schlecht geschrieben, die kleine Schwester sollte keinen Kaffee trinken wegen ihrer Vorbildfunktion für die jungen Zuschauer und die Tischpulte beim Schuldreh glänzten zu stark, als dass sie echt sein konnten.

»Man kann natürlich an allem was zu meckern haben, wenn man sich nur genügend anstrengt«, hatte ich Anfang der Woche der Chefin vom Catering zugewispert, die darauf leider *not amused* reagierte. Aber ich konnte ja auch nicht wissen, dass sie die Schwägerin von Ludo war – und – wie ich von Ki-Lu erfuhr – ein Verhältnis mit ihrem Schwager hatte.

Das war auch so ein Phänomen. Jeder am Set war mit irgendwem verwandt oder sonstwie verbandelt und man musste fürchterlich aufpassen, um sich nicht den Mund zu verbrennen. Insbesondere bei der Catering-Chefin, die sich sofort mit einem brennend heißen Kaffee und den Worten »trink schnell, sonst ist er kalt« für meine Kritik an ihrem Liebsten gerächt hatte.

Manchmal stellte ich mir schon die Frage, ob diese Branche wirklich das Richtige für mich war. Bisher war ich stets zu derselben Antwort gelangt, und deshalb blieb ich bis auf Weiteres Micks Assistentin. Meine Hauptaufgaben: das Terrain zu sondieren und die Wogen zu glätten. Oder anders ausgedrückt: allen Anwesenden den Hintern zu putzen.

10. Kapitel

in dem sich wieder einmal zeigt, dass Geschmäcker verschieden sind, und die eine und andere Überraschung offenbart wird

Aus Ki-Lus Zimmer drangen sphärische Klänge und intensiver Rosengeruch von Räucherstäbchen. Der Duft mischte sich mit den Resten des chinesischen Essens, das ich heute auf dem Rückweg vom Set für uns alle besorgt hatte. Bestelltes Essen war einfach genial. Keine Streitereien, wer kocht, und keine Streitereien über den Abwasch. Ich kam gerade aus der Badewanne und lauschte.

Bestimmt machte Ki-Lu wieder irgendwelche Atemübungen und durfte nicht gestört werden. Kurzentschlossen drehte ich mich um und klopfte an Sarahs Tür.

»Komm rein!«

Sarah sah kaum hoch, als ich eintrat. Sie saß-lag im Bett, ihr Tablet gegen die aufgestellten Beine gelehnt. Sarahs Lieblingsposition, die Ki-Lu ganz treffend auf sitz-liegen getauft hat-

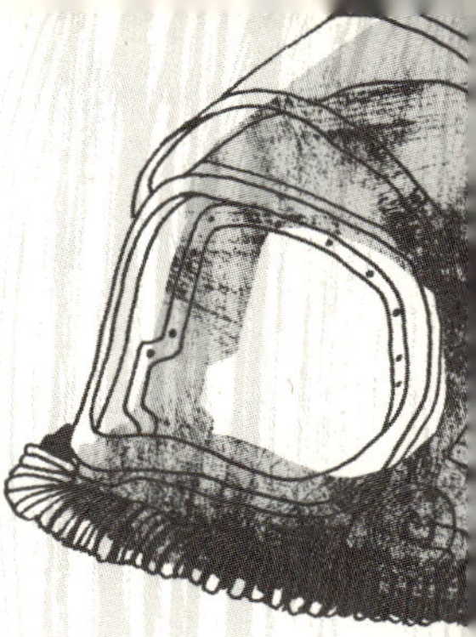

te. Wann immer man zu Sarah ins Zimmer kam, saß-lag sie genauso da. Den Rücken flach auf dem Bett, den Kopf aufrecht gegen die Kissen gedrückt, die Knie aufgestellt und den Blick starr aufs Tablet gerichtet.

»Hi. Wollte nur Gute Nacht sagen.«

Jetzt sah sie mich an. Sie blinzelte, als hätte jemand mitten in der Nacht das Licht angeknipst, und fragte verwirrt: »Schon so spät?«

»Für mich schon. Ich muss mich dringend in Hypnos' Arme flüchten.«

Ich war schon halb aus der Tür, als ihr Lachen mich zurückhielt. »Wohin bitte?«

Ich unterdrückte ein Gähnen. »Was?«

»In wessen Arme musst du flüchten?«

Ich spürte, wie ich rot anlief. »Ach so. Das sagt meine Oma immer.«

Sarah kämpfte sich in Sitzposition. »Sind das nicht Morpheus' Arme, in die man sich begibt?«

Ich seufzte. »Für jeden normalen Menschen, ja. Aber meine Oma, die nicht nur Sprichwörter und weise Sprüche, sondern auch die griechische Mythologie liebte, die nimmt es da ganz streng. Hypnos war der Gott des Schlafes, Morpheus war sein Sohn.«

Sarah starrte mich an und ich kam

SARAH, 18

TRAUMBERUF:
ASTRONAUTIN

NEBENJOB:
WAHRSAGERIN

HAUSTIER:
Esmeralda,
EIN CHAMÄLEON

PROFESSIONELLE WAHRSAGERIN 30 min 60€

mir plötzlich total blöd vor. Hypnos! Als ob das jemanden wie Sarah interessieren könnte.

Memo an mich:
Mehr denken, weniger reden.

»Wow!«

Ich hob fragend die Augenbrauen. Wow, was?

»Ich finde das mega-cool von deiner Oma. Dass sie sich informiert und nicht einfach alles nachplappert wie so viele andere Menschen, die ich kenne.« Sie lachte kurz auf. »Siehste, sollte ich jemals meinen Dad wiedersehen, dann reib ich ihm das unter die Nase. Der redet nämlich immer nur von Morpheus, wenn er müde ist.«

Ich war so verblüfft, dass ich erst nicht wusste, was ich sagen sollte. Sarahs Reaktion überraschte mich komplett. Und nicht nur das – ich fragte mich auch, ob es tatsächlich sein konnte, dass meine Oma mega-cool war.

Sarah hatte den Blick wieder gesenkt und tippte auf dem Tablet herum. »Was machst du eigentlich immer mit dem Ding? Chattest du, spielst du, siehst du dir was an?«

Sie nickte.

Ich wartete ab. »Ja, du chattest? Ja, du spielst? Ja, du siehst dir was an?«

Sie nickte wieder.

»Ja, ich nerve?«, startete ich einen neuen Versuch, während ich hoffte, dass genau das nicht der Fall war.

Ohne den Blick vom Display zu nehmen, sagte sie langsam: »Ich chatte. Und ich sehe mir was an. Und ein Spiel ist es auch manchmal.« Sie tippte auf ein Foto, um es zu vergrößern, und sagte dann mit deutlich mehr Elan: »Sieh dir den an? Kann der echt sein?«

Neugierig inspizierte ich den Typ auf dem Foto. Man sah ihn von der Seite. Sein Profil erinnerte mich an eine der griechischen Statuen, die auf den Titeln von Opas alten Bildbänden zu sehen waren. Der »Grieche« war abartig gut aussehend – mit einer edel geformten, leicht gebogenen Nase, vollen Lippen und langen, geschwungenen Wimpern. »Was für eine Verschwendung für einen Mann!«, rief ich und Sarah nickte vehement. »Die Wimpern, nicht wahr?«

»Unglaublich. Wobei – wer sagt uns denn, dass da nicht Wimperntusche und Wimpernzange im Spiel waren?«, gab ich zu bedenken.

Sarah schüttelte leicht verzweifelt den Kopf. »Das vorhandene Grundmaterial ist trotzdem eine Frechheit. Selbst mit der stärksten Wimpernzange der Welt würde ich meine so nicht hinkriegen.«

Obwohl ich ganz genau wusste, wie sie aussah, musterte ich Sarah. »Das ist aber schon jammern auf einem sehr hohen Niveau«, stellte ich fest.

»Wie meinst du das?«

»Na, du siehst wahnsinnig gut aus. Viel zu gut für eine einzelne Person, wenn du mich fragst. An dir ist alles perfekt, oder?«

Von einer Sekunde auf die andere verdunkelte sich Sarahs Blick. »Blödsinn. Mich stören mehr als genug Dinge an meinem Aussehen.«

»Und was?«

»Nun, zum Beispiel ist mein Oberkörper zu kurz geraten.« Ich hatte alle Mühe, nicht laut zu lachen.

»Das heißt doch im Umkehrschluss, dass deine Beine zu lang sind. Und was soll daran bitte ein Problem sein?«

»Ich hab Schwimmhäute zwischen den Zehen.«

»Echt?« Jetzt war ich fasziniert. Es gab also tatsächlich eine Stelle, an der mein Körper »perfekter« war als ihrer? Doch dann wurde mir bewusst, worüber wir hier sprachen. »Ach komm, die sieht doch kein Mensch!«

Sie zuckte mit den Schultern. »Aber ich weiß, dass sie da sind, und sie stören mich.«

Ich grinste. »Zeig mal.«

Sarah verdrehte die Augen, begann aber brav, sich ihrer Füßlinge zu entledigen.

Ich hielt mir ein imaginäres Mikro vor den Mund. »Oh yeah, Bab-ey.« Ich imitierte typische Joe-Cocker-Zuckungen, während ich zu sprech-singen begann: »You can take off your shoes, you can take off your socks, but you can leave –«, ich warf einen Blick auf ihre abgespreizten Zehen, »your Schwimmhäute on, oh you can leaeaeaeaeave your Schwimmhäute ooo-o-o-o-ooon.«

Ich verbeugte mich ausgiebig, Sarah warf ihre Socken nach mir und wir fingen beide an zu kichern.

Ich sah sie mit gespieltem Ekel an. »Also echt, da behalte ich doch lieber meine unreine Haut und meine Hakennase –«

»Hakennase? Wovon im Himmel redest du?«

»Na hier, sieh doch.« Ich präsentierte ihr mein Profil.

»Was soll ich da sehen? Du hast ein paar Hugos, okay –«

»Hugos?«

»Na, die paar Mini-Pickelchen. Die hat doch jeder Mal.«

»Du auch?« Ich warf einen zweifelnden Blick auf ihren makellosen Teint. Da war nicht eine einzige Pore zu sehen, nicht ein einziger Mitesser, von Pickeln ganz zu schweigen.

»Natürlich hab ich die auch. Ich überschminke meine nur.«

»Jetzt bist du aber nicht geschminkt.«

»Oh doch, ich bin immer geschminkt. Foundation und Puder. Immer. Auch wenn ich zu Hause bin.«

»Wow, wie machst du das, dass du nicht geschminkt aussiehst? Ich sehe sofort angemalt aus, wenn ich Make-up benutze.«

»Du musst nur den richtigen Farbton finden. Ich kann dir helfen, wenn du willst.«

Vor meinem geistigen Auge sah ich bereits mein zukünftiges Ich vor mir, strahlend schön, gepflegt und stets alle Blicke auf sich gerichtet. Gleichzeitig wusste ich aber, dass ich – was Make-up und Styling betraf – mit einer unglaublichen, schier unüberwindbaren Faulheit gestraft war.

Außerdem war da noch eine Sache. Ich ergriff die Gelegenheit und fragte verlegen: »Weil du vorhin so getan hast, als wüsstest du nicht, was ich meine – du siehst aber schon, dass ich eine Hakennase habe, oder?«

»Billie ...«, sie runzelte die Stirn. »Ich weiß nicht, wie ich dir das sagen soll ... Ich befürchte, es könnte dein ganzes bisheriges Bild, das du von dir hast, zerstören ...« Sie sah mich zögernd an, dann platzte sie lachend heraus: »Bist du komplett verrückt? Hast du dir deine Nase schon mal angesehen? Die ist 1 a, allererste Sahne.«

Ich spürte, wie ich rot anlief, purpurrot vermutlich, so sehr freute ich mich – auch wenn ich eigentlich kein Wort davon glauben konnte. »Sieh doch mal, dieser Höcker –«

Sarah nickte ausgiebig. »Ja, dieser Höcker ist nichts anderes als genau das: ein Höcker. Noch dazu ein sehr kleiner, ziemlich niedlicher Höcker.«

Ich fuchtelte mit den Händen herum: »Er ist nicht – er ist riesig – ich bin ein Kamel!«

Sie fing erneut an zu lachen. »Ein Kamel hat aber zwei Höcker.«

»Dann eben ein Dromedar.«

Jetzt prusteten wir beide los. »Das Dromedar und der Frosch«, kicherte sie. »Du bist wenigstens ein edles Tier, ich dagegen bin schleimig und grün und quakend und –«

»Aber womöglich eine verwunschene Prinzessin, die nur geküsst werden muss, damit sie ihre Schwimmhäute abwirft!«

Als wir uns wieder etwas beruhigt hatten, fragte ich Sarah, wo sie den schwarzhaarigen griechischen Halbgott gefunden hatte.

»Auf www.date_and_more.com – *Die Seite für coole junge Singles, die lange genug alleine waren!*«

Sarah auf so einer Seite? Abgesehen von meiner entfernten Tante Helmi, der durchgeknallten Cousine meiner Mutter, kannte ich niemanden, der Dating-Portale nutzte.

Ich erzählte Sarah von ihr. »Helmi hat noch nie jemanden von ihren Netz-Bekanntschaften getroffen. Sie will das gar nicht.«

»Das verstehe ich.«

»Echt?« Ich sah sie zweifelnd an. »Also, ich weiß nicht. Ich dachte, es geht genau darum, jemanden kennenzulernen, und zwar fürs Leben.«

»Aber was, wenn derjenige sich dann als Niete entpuppt?«, fragte Sarah. »Online ist er vielleicht der witzigste, verständnisvollste Typ, den man sich vorstellen kann, und *in echt* kriegt er dann vor Panik den Mund nicht auf.«

»Aber was hab ich denn davon, wenn er *online* der witzigste und verständnisvollste und überhaupt allertollste Typ ist, den die Welt je gesehen hat? Ich muss ihn doch auch ...« Ich machte eine Greifbewegung mit den Händen, ohne recht zu wissen, was genau ich damit andeuten wollte.

Jetzt hatte ich Sarahs ganze Aufmerksamkeit. Sie ließ das Tablet aufs Bett rutschen und fixierte mich belustigt. »So eine bist du also. Bei dir muss es immer gleich ans Eingemachte gehen.«

Ich konnte spüren, wie ich schon wieder knallrot anlief.

Memo an mich:
Gesichtsfarbe unter Kontrolle kriegen!

»Was? Nein. Was meinst du überhaupt? Meinst du Sex? Das kann ich klar verneinen.«

»Ohoho, wird da jemand nervös?«

»Hey, hör auf.« Ich ärgerte mich schrecklich über mich selbst, weil ich tatsächlich total nervös geworden war. Unwillig brummte ich etwas vor mich hin, von dem ich nicht *wirklich* wollte, dass Sarah es hörte.

Sie beugte sich vor und schien sich köstlich zu amüsieren. »Wie meinen? Was murmelt die Dame in ihren nicht vorhandenen Bart?«

»Ich murmle nie. Ich flüstere höchstens in meinen sichtbaren Höcker«, korrigierte ich und schnitt eine Grimasse.

Sarah lachte. »Ich wüsste zu gerne, was du geflüstert hast.«

Betont gelangweilt verdrehte ich die Augen. »Also gut. Ich hab gesagt, dass es mir ganz bestimmt nicht nur ums Eingemachte geht, sonst hätte ich nämlich schon längst mal –«

Ein lautes Pochen gegen Sarahs Zimmertür durchbrach meine Beichte.

»Gib uns einen Moment«, rief Sarah und fragte dann leise: »Alles okay?«

Ich nickte übertrieben enthusiastisch. Klar, war alles okay. Ich kam mir zwar vor wie eine vorsintflutliche Nonne, aber klar, alles okay.

»Kann ich rein?«, rief Ki-Lu ungeduldig vom Flur.

»Klar«, murrte ich und riss die Tür mit so viel Schwung auf, dass Ki-Lu das Gleichgewicht verlor und mir entgegenstolperte.

Sie sah von Sarah zu mir und wieder zurück. »Über was habt ihr grade geredet?«

»Über Sex«, schleuderte ich ihr entgegen und wappnete mich innerlich gegen das Unvermeidbare.

Ki-Lu: O em geh! Sex ist sooo toll!

Sarah: Jedenfalls gehört Sex zu einem normalen Leben einfach dazu. Findest du nicht, Billie?

Ki-Lu: Was? Du findest das nicht, Billie?«

Sarah: Na ja, ich meine ja nur … Ich glaube, sie hat noch nie …

Ki-Lu: Du meinst doch nicht etwa noch nie noch nie?

Sarah: Ich fürchte schon.

Ki-Lu: O em geh! Noch nie Sex?!

Ich brummte etwas vor mich hin und seufzte schließlich, als Sarah sagte: »Echt? Du hattest noch nie Sex?«

Was denn jetzt? Musste ich es nicht mal laut aussprechen?

»Nö«, antwortete Ki-Lu statt mir. »Ich bin doch nicht blöd.«

»Was?« Ich starrte sie an.

Ki-Lu ging in Verteidigungshaltung. »Du brauchst mich gar nicht so anzugucken, Billie. Bin ich eine Aussätzige deswegen?«

»Was?« Jetzt verstand ich überhaupt nichts mehr.

»Früher durfte man sich Zeit lassen, bis man zwanzig war, oder so. Jetzt wird man schon doof angeguckt, wenn man mit fünfzehn noch Jungfrau ist.« Ki-Lu verschränkte die Arme vor der Brust und sah böse von mir zu Sarah.

»Ach komm«, beruhigte sie Sarah. »Niemand hier guckt dich blöd an deswegen. Ist doch gut, dass du dir Zeit lässt.«

Ich schielte zwischen den beiden hin und her. Ich war also nicht die Einzige? Konnte das wirklich sein?

»Du hattest wirklich noch nie –?«, fragte ich schließlich.

»Ist doch egal«, mischte Sarah sich ein, die offensichtlich das Gefühl hatte, unser jüngstes WG-Mitglied in Schutz nehmen zu müssen.

»Ich hab's auch noch nie getan!«, platzte ich heraus.

Ki-Lu starrte mich verblüfft an, dann lächelte sie hoffnungsvoll: »Findest du Typen auch so eklig wie ich?«

Ich stockte. »Ähm … ich – nein, ich glaub nicht.«

Ki-Lu verzog das Gesicht. »Aber sie sind haarig und stinken. Und wenn ich mir vorstelle, dass sie ausgerechnet mit ihrem – mit ihrem, na ja, mit dem sie … auch an einen Baum pinkeln, wenn ich mir vorstelle, dass sie *damit* – dann … dann –«

Sie sah dermaßen angeekelt aus, dass ich mir ein Kichern nicht verkneifen konnte. Es dauerte keine zwei Sekunden, dann prusteten auch Sarah und Ki-Lu los.

Mir tat der Bauch weh vor Lachen, als Ki-Lu in den nächsten Minuten zum Besten gab, was sie alles am anderen Geschlecht auszusetzen hatte.

Danach war Sarah mit ihrem Bericht an der Reihe. »Ich hatte bisher drei Typen«, erzählte sie. »Gregor, Urs und Julian.«

»In der Reihenfolge?«, wollte Ki-Lu wissen.

»In der Reihenfolge«, bestätigte Sarah. »Julian war der letzte – der, von dem ich Esmeralda habe.«

»Und mit welchem war es am besten?«

Dafür, dass es für Ki-Lu angeblich nichts Grauenvolleres als Sex gab, hatte sie ganz schön viel Interesse an Sarahs Erfahrungen. Gut für mich. Ich musste nicht mal neugierig wirken und erfuhr trotzdem alles.

»Schwer zu sagen«, überlegte Sarah. »Jedenfalls hat es geholfen, dass das erste Mal mit Gregor passiert ist, mit dem ich damals schon ewig gut befreundet war, denn da ist so viel schiefgegangen, dass wir mehr lachen mussten als sonst was. Die ersten paar Male eigentlich.« Sie lächelte in Erinnerung daran.

»Was ist denn alles schiefgegangen?«, flüsterte Ki-Lu gebannt und ich beugte mich automatisch vor, um ja kein Detail zu verpassen.

Sarah grinste. »Also erstens war er schon fertig, bevor wir überhaupt angefangen haben. Das muss man sich mal vorstellen. Es war mein erstes Mal und ich war gar nicht richtig dabei.«

Ki-Lu blieb der Mund offen stehen. »Und beim zweiten Mal?«, fragte sie atemlos.

»Es gibt so viele Dinge, die beim Sex schiefgehen können.

Allein schon das Kondom überzuziehen, bedarf schon eines gewissen, na sagen wir mal, Feingefühls. Wenn es endlich oben ist, fällt plötzlich alles in sich zusammen und die Kerle behaupten, sie könnten einfach nicht mit Kondom.«

»Frechheit«, war das Einzige, was mir dazu einfiel.

Sarah nickte. »Genau, Mädels, lasst euch bloß nicht zu Sex ohne Kondom überreden. Wenn er wirklich will, wird er schon können. Auch mit. Und falls es wirklich nicht klappen sollte, na und, sein Problem.«

Ki-Lu flüsterte: »Ohne Kondom könnte ich das *nie*. Nicht nur wegen der Krankheiten, sondern weil ich diesen *Hautkontakt* gar nicht haben will.«

Die Empörung stand Ki-Lu ins Gesicht geschrieben. Dann fragte sie Sarah mit leuchtenden Augen nach weiteren Einzelheiten aus.

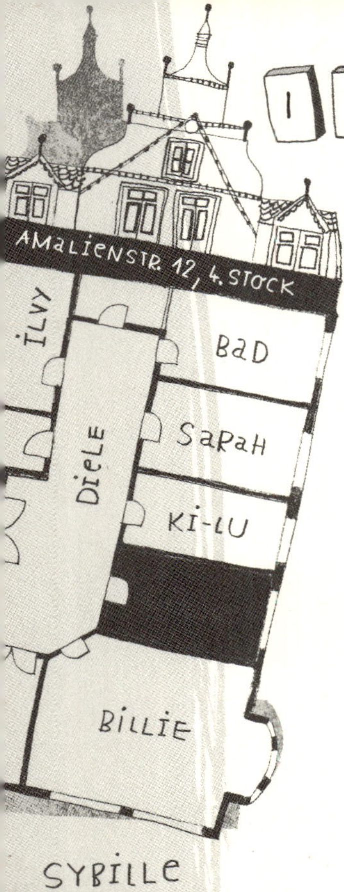

11. Kapitel

in dem eine Kochpremiere stattfindet, die Nudeln frisch gespült werden und sonst nichts weiter passiert, als dass wir alle beinahe in Flammen aufgehen

BILLIE, 17

WG-BESITZERIN
BEZIEHUNGEN: 0
BERUFSWUNSCH: DREHBUCHAUTORIN

Ich saß bei offener Tür in meinem Zimmer und schrieb zum Spaß das Drehbuch von GBKS um, während Ki-Lu in der Küche werkelte. *Pasta alla attrice* nannte sich das Gericht, das sie zubereiten wollte. Ohne alle Arten von tierischen Produkten, damit Sarah auch ihren Spaß daran hatte. Ich litt schon ziemlich unter den Essgewohnheiten meiner beiden Mitbewohnerinnen.

Vegan, fettfrei, ballaststoffreich – oder war es doch ballaststoffarm? Ich konnte mit alldem nichts anfangen. Ich aß, was mir schmeckte, und mir schmeckte so ziemlich alles. Die fade Einheitsnahrung zu Hause peppte ich mir in der Mittagspause auf: Entweder mit ein, zwei Leberkäsebrötchen oder Weißwürsten samt

Brezen, die Gluten, Margarine, Zucker und Salz enthielten. Herrlich.

Als Folge von Sarahs und Ki-Lus Meinungsverschiedenheit in Sachen Einkauf hatten wir einen ausgeklügelten Plan erstellt, auf dem nicht nur das Einkaufen, sondern auch das Kochen und Putzen bis ins Detail geregelt waren.

Unser Putz-Koch-Einkaufs-Plan hing am Kühlschrank. Am Auffälligsten daran waren die vielen roten Striche und Pfeile, die die Neuorganisation der jeweiligen Aufgaben regelten. Wie sich herausstellte, kochte Sarah wahnsinnig gerne, hielt aber – genau wie Ki-Lu – nicht viel vom Einkaufen. Also erledigte ich am drehfreien Samstagvormittag den Großeinkauf. Dafür brauchte ich nie staubzusaugen, weil Sarah das täglich tat; mit einer Leidenschaft, die mir fast schon gespenstisch schien. Ki-Lu vergaß dafür fast nie, den Müll runterzutragen. Mit Putzen hatte sie nichts am Hut – gut, wer hat das schon? Auch Kochen war eigentlich nicht gerade Ki-

Lus Stärke – kein Wunder, nachdem ihre erklärte Lieblingsspeise aus trockenen Cornflakes bestand. Dazu ein Glas frisches Leitungswasser und Ki-Lu war zufrieden. Wie gesagt, in Sachen Essen litt ich gewaltig – und war umso freudiger überrascht, wenn es ausnahmsweise einmal aus der Küche duftete. Neben dem Geruch von Knoblauch und Gewürzen drang jetzt auch Ki-Lus Stimme in mein Zimmer.

Ich schaute vom Drehbuch auf.

»Was?«

»Der Kühlschrank spinnt schon wieder herum!«

Nicht schon wieder.

»Röhrt er?«

»Was?«

»Ob er röhrt!«

»Hört? Ich höre ihn, ja! Er quietscht. Ganz laut.«

Genervt lief ich in die Küche, selbst schon nah am Quietschen.

Gleich quietsch ich wirklich los. Hast du denn keine Augen im Kopf? Riechst du das nicht? Lebensgefahr!

»Ki-Lu«, schrie ich. »Das Sieb!«

»Welches Sieb?

Pack das Teil bloß nicht ohne Lappen an!

»Oh em geh! Ah, heiß!«

Oh, nein!

»Oh, nein!«

»Weg da!« Mit Topflappen bewaffnet, schnappte ich mir das Sieb, das auf der Herdplatte vor sich hin schmolz, rannte zur Spüle und warf es hinein. Es zischte laut und die ganze Küche wurde in weißen Rauch gehüllt.

Ki-Lu bahnte sich ihren Weg durch den Nebel zur Spüle. Sie wedelte mit der Hand die Sicht frei und warf einen argwöhnischen Blick auf die Überreste des Siebs. Dann sah sie mich anklagend an. »Billie, die Nudeln! Du hast das Sieb einfach in die Pfanne geschmissen. Die war doch voll Spülwasser. Was sollen wir denn jetzt essen?«

»Jetzt bin ich schuld?« *Hallo?!* »Wer hat denn das Sieb auf die heiße Herdplatte gestellt?«, rief ich immer noch erschrocken.

»Wieso fragst du so blöd? Du weißt doch genau, dass das nicht du warst.«

»Eben. Und darum weiß ich auch genau, dass die Nudeln im Spülwasser nicht meine Schuld sind. Wie wär's mit einem Dankeschön dafür, dass ich uns gerettet hab?«

ICH habe uns alle gerettet!

Ki-Lu sah jetzt leicht bekümmert aus. »Denkst du, die Küche hätte echt angefangen zu brennen?«

Ich musste zugeben, dass ich das nicht unbedingt dachte. »Aber wenn dieser Kunststoff noch weiter geschmolzen wäre, hätten wir sicher giftige Dämpfe eingeatmet.«

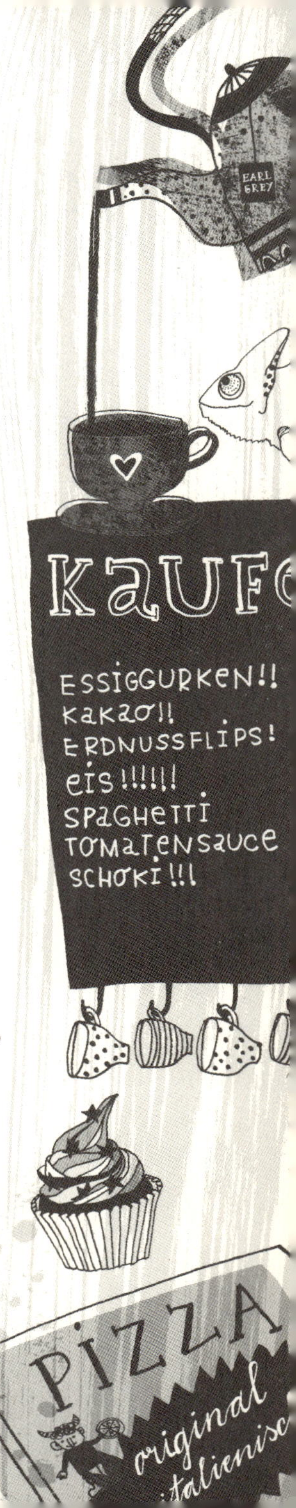

Auch was das anbelangte, war ich mir nicht ganz sicher. Aber ich wollte die Sache auch nicht herunterspielen. Ki-Lu sollte sich ruhig merken, nie wieder etwas auf der heißen Platte abzustellen.

»Und was machen wir jetzt mit den Nudeln?«

Wir schaufelten die Spaghetti in unser zweites Sieb. Dass es kleiner war als das andere, machte nichts, denn ein Teil der Nudeln war ohnehin mit dem Sieb geschmolzen und für alle Zeiten verloren. Wir spülten die restlichen Spaghetti gründlich ab und warfen sie noch einmal in kochendes Wasser. »Das tötet alle Keime ab«, entschied ich und hoffte, dass ich recht hatte.

»Ich hatte sie so schön al dente gemacht«, jammerte Ki-Lu.

12. Kapitel

in dem eine Diva auftaucht und die Tage immer länger werden

»GBKS, Szene drei, Klappe acht … und bitte!« Auf das Stichwort des Regisseurs klatschte ich einmal schnell vor der Kamera in die Hände und zog mich dann hinter das Team zurück. Ja, auch das war eine der Aufgaben, die zu meinem Volontariat gehörten. Zugegeben keine besonders schwierige, aber eine spannende.

Ab heute wurde die siebte Folge von GBKS gedreht. Mit einem Gaststar – einer gewissen Caterine Fabergé, die bis vor Kurzem die Hauptfigur einer Krimiserie verkörpert hatte, die im vergangenen Jahr aufgrund schlechter Quoten abgesetzt worden war. Caterine Fabergé, an der bis auf ihren Namen nichts Französisch war, verhielt sich, als würde ihr Auftritt in dieser einen Folge über den gesamten Erfolg von GBKS entscheiden.

Offenbar war Caterine ihr Ruf schon vorausgeeilt, denn Mick hatte mir heute Morgen als Erstes mitgeteilt, dass ich mich, »solange die Fabergé bei uns dreht«, um all ihre Bedürfnisse kümmern sollte.

»Billie Ball, wenn die Fabergé mit irgendetwas am Set ein Problem hat – egal was es ist, ob ihr nun der Kaffee nicht schmeckt oder ob einer der Kollegen blöd dreinschaut –, du, Billie Ball, bist für die Lösung dieses Problems zuständig. Ich flehe dich an. Gib auf die Frau acht. Die ist berühmt dafür, dass sie mit ihren Eskapaden die Dreharbeiten hinauszögert. Und du weißt, der Drehplan –«

»– ist heilig«, vollendete ich sein Mantra. Der Plan musste unter allen Umständen eingehalten werden. Für Ausnahmen durfte nur das Wetter sorgen.

Wie ich schnell herausfinden sollte, hatte die gute Frau Fabergé mit so ziemlich allem ein Problem.

Das fing in der Maske an, in der sie sich über Jessys schlechte Schminkkünste ausließ, ehe sie sich unter großem Trara ab- und selbst noch mal neu schminkte. Problem Nummer zwei war ihr Kostüm.

»Die Bluse kann ich unmöglich tragen«, hatte sie Mick bekniet. »Nicht nur, dass die Farbe viel zu kalt ist für meinen Typ, das Ding stinkt auch noch, als hätte es in Weichspüler gebadet. Da kriege ich Ausschlag. Und ich drehe Ende des Monats voraussichtlich mit Woody. Er steht auf Haut in seinen Filmen, wie du sicher weißt.«

»Woody *Allen*?«, fragte Mick mit großen Augen. Der Traum von der Schlagzeile stand ihm förmlich ins Gesicht geschrieben. *Von GBKS direkt zu Woody Allen* oder *GBKS auf dem Weg nach Hollywood*.

Caterine rümpfte die Nase. »Woody Allen? Ich bitte dich, Allen ist vollkommen out. Ich drehe mit Woody Mayer. Der ist zurzeit so was von en vogue.«

Anstelle der Schlagzeile trat ein Fragezeichen in Micks Gesicht. Ganz augenscheinlich hatte er keine Ahnung, von wem die Filmdiva sprach.

Als ich wenig später *Klappe neun* klatschte, war es bereits zehn Uhr und das ganze Team mit den Nerven am Ende. Jede Einstellung mit Madame Fabergé musste wieder und wieder gedreht werden. Sie hielt sich nicht an die Markierungen, sagte den falschen Text auf und wollte insgesamt lieber eine alternde Sexgranate spielen als die strenge Bürgermeisterin, die Rolle, für die sie eigentlich engagiert war. Als wir erneut unterbrechen mussten, weil der Superstar für kleine Filmdiven musste, schmiss auch Ki-Lu ihre Professionalität über Bord und verwandelte sich vor laufenden Kameras von der kleinen verschreckten Schwester in einen wütenden Racheengel, der der Bürgermeisterin an die Kehle gehen wollte.

Einzig den schönen James T. ließ das Verhalten der Schreckschraube kalt. In den Drehpausen lümmelte er in einem großen Sessel, die Beine ausgestreckt auf einem Hocker, und hörte Musik über seine Ohrstöpsel.

»Filmmusik«, wie er meiner Lieblingsstatistin Nena-Nina verriet, die so nah an ihm dran saß, als wolle sie ihm auf den Schoß kriechen. »Lauter epische Werke. Von Hans Zimmer bis Ennio Morricone.«

»Wow, voll lässig! Hat der nicht die Musik gemacht zu diesem Film, in dem irgendwas mit Tod vorkommt?«

»Spiel mir das Lied vom Tod?«

»Ja, das war's«, rief sie begeistert.

»Klar, das fällt jedem bei Morricone ein, aber er hat nicht nur Musik für Spaghetti-Western geschrieben.«

»Sondern? Erzähl doch mal.« Bestimmt würde sie gleich wirklich auf seinem Schoß sitzen.

»Zum Beispiel *Der Profi* mit Jean-Paul Belmondo –«

»Oh, das kenn ich. Da hat doch diese … diese Keira Knightley als Kind mitgespielt. Als Kopfgeldjägerkind.« Sie lachte schallend und fand sich offensichtlich unheimlich witzig.

James runzelte die Stirn und ich musste grinsen! »Was du meinst, ist *Leon, der Profi*. Und es war Natalie Portman, die allerdings nicht zur Kopfgeldjägerin ausgebildet wurde, sondern zur Auftragskillerin.«

Das schallende Lachen wurde leicht hysterisch. »Na gut, aber ich war knapp dran.«

Ich konnte mich nicht mehr zurückhalten. Ich ging zwei Schritte auf ihn zu und sagte: *»Cinema Paradiso.«*

Nena-Nina verzog das Gesicht. »Was?«

James hingegen schien mich heute zum ersten Mal wirklich wahrzunehmen. Er küsste seine Fingerspitzen und rief mit italienischem Akzent: »Ah, dio mio! La musica di *cinema paradiso* ist zum Niederknien. Der ganze Film ist eine einzige Liebeserklärung. Ans Kino, an Filme und an die Liebe generell!«

»Die Schlussszene ist so schön«, schwärmte ich begeistert. »Wo man sieht, dass Alfredo alle Kussszenen, die er aus den Filmen schneiden musste, aufgehoben und aneinandergereiht hat.«

James sah fast ergriffen aus. »Wo einem klar wird, dass es keinen wunderbareren Ausdruck für die Liebe zwischen zwei Menschen gibt als einen Kuss«, ergänzte er.

Ich nickte. Meine Lippen fühlten sich ausgetrocknet an. Bildete ich mir das nur ein oder hatte James T. Lawrence gerade einen Blick auf meinen Mund geworfen, als er vom Wunder des Kusses sprach?

»Leute, die Pause ist zu Ende. James, lass dich noch mal abtupfen, bitte. Du glänzt.«

»Kein Wunder bei dem Gesprächsthema«, murmelte er und zwinkerte mir zu. Ich erstarrte. Was sollte ich nur tun? Zurückzwinkern? Nur nicht rot werden. Bitte nicht rot werden. Schließlich lächelte ich, lächeln war immer gut. Er warf mir noch einen verschmitzten Blick zu, dann drehte er sich – endlich! – um und ging in die Maske. Ich blies die angestaute Luft aus meiner Lunge und atmete auf. Ganz ruhig, nur nicht hyperventilieren.

Zufrieden beobachtete ich, wie Nina-Nena James hinterherrannte. »Den Film musst du mir unbedingt mal zeigen, der hört sich grandios an!«, rief sie und ich musste grinsen. Eins zu null für Billie. Ein echtes Highlight an diesem strapaziösen Drehtag. Und der sollte noch schlimmer werden.

Je länger der Dreh dauerte, desto anstrengender wurde Caterine Fabergé. Spätestens am Nachmittag war jedem Anwesenden klar, dass sie ihren Text nicht gelernt hatte. Und weil sie keine Ahnung hatte, was sie sagen sollte, sprach sie viel zu langsam. Sowohl für die Rolle als auch für die Sendezeit – und erst recht für den Drehplan.

Der Regisseur, offensichtlich großer Fan von Caterine, versuchte es auf die nette Tour: »Liebling, das ist keine Liebesszene. Und du weißt, ich finde dich absolut großartig in Liebesszenen – in *Herzweh auf der Südseeinsel* warst du fantastisch«, er warf ihr eine Kusshand zu. »Aber ich weiß, dass du es auch auf die ganz andere Tour kannst. Und jetzt gerade will ich die Böse, die Teuflische, die Intrigantin in dir sehen. Aber ohne sexuelle Komponente. Komm schon, mir zuliebe.«

Sie wackelte neckend mit dem Zeigefinger. »Eieiei, du bist mir aber ein Schlimmer.«

Er lachte auf eine Art, die man nur als böse bezeichnen konnte. Genial! Er hätte die Rolle der Bürgermeisterin spielen sollen.

Leider fruchtete keiner seiner Versuche, Caterine dazu zu bringen, ihren Text schneller zu sprechen. Wir drehten vierzehn Mal dieselbe Szene und ich bewunderte Ki-Lu dafür, dass sie sich wieder in den Griff bekommen hatte und anstandslos auch noch für ein fünfzehntes Mal bereitstand. Ich hätte längst das Handtuch geworfen. Sogar der Typ, der für das Licht zuständig war und von dem ich bisher angenommen hatte, er wäre stumm, weil er nie etwas sagte, begann ab der zehnten Aufnahme, Caterines Text mitzusprechen. *»Glaubst du, es interessiert irgendjemanden da draußen, ob du Mutter oder Vater hast? Glaubst du denn, es hat sich irgendjemand für mich interessiert, bevor ich Bürgermeisterin wurde? Irgendjemand in dieser Stadt? Nein, niemand! Und das eine sag ich dir: Um deine Belange wird man sich erst recht nicht kümmern. Ein Waisenmädchen von vierzehn Jahren. Ab, marsch, sonst könnte es sein, dass ich mich vergesse. Und lass dir bloß nicht einfallen, jemals wiederzukommen.«*

Jeder verdammte Mensch an diesem Set konnte ab der achten Wiederholung Caterine Fabergés Text, nur sie nicht.

Ich hörte, wie Ludo und der Kameramann tuschelten:

»Mick hat Ursula angerufen, sie ist auf dem Weg.«

Da ich den Namen noch nie gehört hatte, erkundigte ich mich bei Ki-Lu nach ihr. »Ist das eine Schauspielerin? Holen sie jetzt jemand anderen für die Rolle der Bürgermeisterin?« Obwohl ich eigentlich nicht sehr schadenfroh bin, freute ich mich wahnsinnig darauf, Caterine Fabergés blödes Gesicht zu sehen, wenn man sie rauswarf. Ki-Lu knabberte an einer Karotte und sagte: »Nö, Ursula ist eine unserer Drehbuchautorinnen. Sie muss Caterine Fabergés Text kürzen.«

»Was?« Ich konnte es nicht fassen. Wegen einer Szene, wegen ein paar winziger Sätze musste die Drehbuchautorin antanzen?

Ich beugte mich zu Mick, der neben dem Stuhl des Regisseurs hockte. »Mick –«

»Jetzt nicht.«

»Mick –«

Er warf mir einen eindeutigen Blick zu, doch ich ließ mich nicht beirren. Das war meine Chance und die wollte ich nutzen. Laut, sodass mich auch Ludo, Marlies und der Regisseur hören konnten, sagte ich: *»Es interessiert niemanden, ob du Mutter oder Vater hast. Genauso wie niemand in dieser Stadt sich je für mich interessiert hat, bevor ich Bürgermeisterin wurde. Deine Belange sind ihnen erst recht egal. Ein Waisenmädchen von vierzehn Jahren. Ab, marsch, sonst vergess ich mich noch. Und dass du mir ja nicht wiederkommst.«* Ich klatschte die Hände zusammen. »Zack bumm, die Hälfte der Zeit eingespart.«

Mick runzelte die Stirn. Der Kameramann nickte und sagte: »Das könnte funktionieren, Ludo.«

Ludo wiederum wandte sich an den Regisseur: »Was meinst du, Felix?«

»Mir soll's recht sein. Je schneller wir vorankommen, desto besser.«

Mick stand energisch auf und mein Mut sank. »Auf gar keinen Fall können wir das entscheiden, ohne dass einer der Drehbuchautoren es abgesegnet hat. Wir müssen also so oder so auf Ursula warten. Wolltest du mir vorhin nicht einen Kaffee bringen, Billie Ball?«

Wollte ich das? Ja! Um ihn dir über den Kopf zu schütten!

Als ich Mick ein paar Minuten später den Kaffeebecher hinhielt, kam die Drehbuchautorin reingerauscht. Auf dem Kopf trug sie einen Hut, der aussah wie ein zerrupfter Flamingo. Ihre zebragestreifte Handtasche war ungefähr so groß wie das Zweitauto meiner Eltern. »Hier bin ich. Wo drückt der Schuh?«, rief Ursula, während sie auf Mick und Ludo zuschwebte.

»Was ist denn hier eigentlich los?«, wollte Caterine Fabergé alarmiert wissen. Ich konnte mir ein Grinsen nicht verkneifen. »Kann es sein, dass es um meinen Text geht?«

Der Regisseur tätschelte ihre Hand. »Mach dir keine Sorgen, Caterine, wir haben alles im Griff.«

Während Ursula über das Textproblem informiert wurde, raunte mir Caterine zu: »Schauspieler sollten sich immer mit den Drehbuchautoren gutstellen. Merk dir das, Häschen.«

Oh, ich merkte mir einiges von diesem Tag. Unter anderem, dass diese ganze Fernsehbranche komplett verlogen war.

Als Ursula Engstrom sich mit dem Textbuch und einer Zigarette in eine Garderobe zurückzog, beging ich den Fehler, zu ihr zu gehen und ihr meine Fassung des gekürzten Textes vorzutragen.

Sie runzelte die Stirn, kniff die Augen zusammen und schüttelte dann den Kopf. »Da geht die ganze Emotion weg.

Du bist mit Sicherheit ein liebes Ding, aber es ist nicht so, dass man von der Schule kommt und fertige Drehbuchautorin ist. Das erfordert nicht nur Übung, jahrelange Übung, sondern vor allem auch Erfahrung. Erfahrung ist überhaupt das Allerwichtigste im Leben. Im Berufsleben sowieso.«

Jedenfalls wusste ich jetzt, warum all die Dialoge in dieser Serie so bescheuert klangen. »Und wie haben Sie angefangen?«, erkundigte ich mich in der Hoffnung, doch noch endlich ein paar Einblicke in meinen Traumberuf zu ergattern. »Irgendwann muss man doch beginnen mit dem Erfahrungsammeln.«

»Eben.« Sie blies mir Rauch ins Gesicht. »Erfahrung sammeln und dann Drehbuchautorin werden.« Sie drückte die Zigarette aus. »Eine gute Autorin ist nicht fünfundzwanzig. Gut wird man erst, wenn man die vierzig überschritten hat.«

Sprach's, strich einige Worte im Textbuch durch und segelte – ohne mich eines weiteren Blickes zu würdigen – hinaus.

Was danach geschah, war so unfair und fies, dass ich spätabends, auf der Heimfahrt im VW-Bus, immer noch stocksauer war.

Ki-Lu, die neben mir saß, und Lorenz, der uns wie so oft chauffierte, mussten sich meinen Ärger anhören.

»Ich schwöre euch, der Text, den sie Caterine dann gegeben haben, war meiner! Auf den Buchstaben genau. Und als ich Mick darauf angesprochen habe, hat er gesagt, dass Ursula es nicht nötig hätte, eine Idee von der Volontärin zu klauen. Hallo? Ich hab ihm genau denselben Text vorher schon genannt. Hat der denn überhaupt kein Gedächtnis?«

»Natürlich hat er das.« Ki-Lu schaute mich mitfühlend an und Lorenz erklärte: »Der Job von Mick ist in erster Linie der eines Politikers. Er muss bestimmten Leuten in den Arsch kriechen, so funktioniert das nun mal.«

»Ja, allen außer mir«, murrte ich. »Ich könnte sie alle durch den Fleischwolf drehen! Auf den Mond schießen, könnte ich sie!«

Ki-Lu kicherte. »Du klaust ja selber. Die Sprüche hast du sicher von deiner Großmutter geklaut, wetten?« Sie stach ihren spitzen Zeigefinger in meine Seite.

Ich schnaufte. »Verstehst du nicht, dass mich das aufregt? Würde dich das nicht aufregen?«

Ki-Lu wurde plötzlich ernst und zuckte mit den Schultern. »Ich rege mich über so was schon lang nicht mehr auf. Überleg mal, wir haben heute wieder drei Stunden länger gearbeitet, als im Drehplan vorgesehen war. Und warum? Weil eine dumme und vollkommen talentbefreite Person sich einbildet, dass sie ihren Text nicht lernen muss. Regt mich das auf? Nein. Hat mich das früher aufgeregt? Ja. Aber es hat mir nie etwas gebracht. Scheiß drauf, Augen zu und durch. Das ist mein Motto.«

Obwohl Ki-Lus Worte mir Respekt einflößten und ich ihr innerlich recht gab, änderte das nicht. Ich regte mich weiter auf, nur sagte ich den Rest der Fahrt nichts mehr.

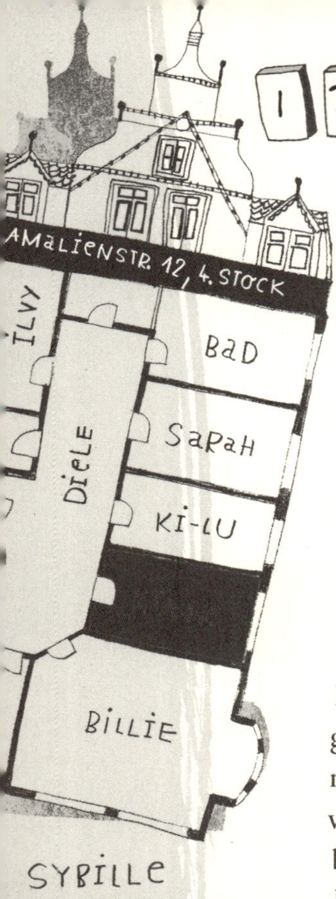

BILLIE, 17
WG-BESITZERIN
BEZIEHUNGEN: 0
BERUFSWUNSCH: DREH-
BUCHAUTORIN

13. Kapitel

in dem ein Song entstehen muss, ein Geheimnis in der Luft liegt und sämtliche Vermittlungsversuche für die Katz sind

Am nächsten Tag – ich hatte mich wieder halbwegs beruhigt – machten wir ausnahmsweise mal früher Drehschluss. Der Regisseur hatte solche Magenschmerzen bekommen, dass er ins Krankenhaus musste. Ich nutzte die Zeit und widmete mich einer Sache, die mir selbst schon einige Zeit Magenschmerzen bereitete. Meine Lüge gegenüber Dominic. Selbst wenn ich ihm niemals *meine* Band präsentieren konnte, so wollte ich doch gewappnet sein. Ich konnte behaupten, die Band hätte sich aufgelöst, ich konnte behaupten, plötzlich an einer chronischen Stimmbänderentzündung zu leiden – die zum Glück nur das Singen beeinträchtigte. Aber wenn Dominic mich jemals

bat, ihm zumindest mal einen Song von uns zu zeigen, dann wollte ich etwas vorweisen können. Und so schrieb ich einen Song – für Dominic. Was so aussah, dass ich an meinem Schreibtisch saß, ängstlich auf den Nägeln kaute und mich selbst verfluchte. Wie hatte ich nur jemals behaupten können, in einer Band zu singen. Ich! Der unmusikalischste Mensch, den ich kannte!

Nicht nur, dass ich keine Ahnung von Noten hatte, es kamen mir auch nur Melodien in den Kopf, die es längst schon alle gab.

Rock. Welcher Text fiel mir zum Thema Rock ein?

Rock Sock. Rock Tock. Rock Block. Rock Bock. So ein Blödsinn! Rock Hose Hemd. Haha, sehr witzig, Billie! Verdammt! Für eine angehende Drehbuchautorin fiel mir wirklich nicht viel ein.

Rock 'n' Roll. Elvis Presley …Oh Gott, der war vom heutigen Rock so weit entfernt, wie der Papst vom Kinderkriegen.

Es klopfte und ich war außerordentlich dankbar für die Störung.

»Jaja, komm rein!«

Es war Ki-Lu.

»Was machst du gerade?«, fragte sie und nahm auf meinem Bett Platz.

Ich zögerte. Dann sagte ich: »Na ja, ich schreibe an einer Sache … du weißt ja, ich schreibe gern.«

Ki-Lu gähnte und damit war das Thema erledigt.

Ich rollte in meinem Drehsessel zu ihr rüber und legte meine Beine neben ihr aufs Bett.

»Was brauchst du?«, fragte ich.

Jetzt war sie es, die zögerte. Ich wartete. Schließlich sagte sie – mit unheilverkündendem Ton in der Stimme: »Es geht um Sarah …«

»Was ist mit ihr?«

Sie beugte sich vor, flüsterte: »Ist dir schon mal aufgefallen, dass sie nie das Haus verlässt? Ganz am Anfang, als ich hier eingezogen bin, war sie ein- oder zweimal einkaufen, aber sonst?«

»Sie bringt regelmäßig Esmeraldas Mist aus dem Terrarium nach unten zur Mülltonne.«

Ki-Lu nickte wissend. »Ja, darum sagte ich ja auch Haus und nicht Wohnung. Sie schafft es, die Wohnung zu verlassen, aber mehr auch nicht, denn der Müllraum befindet sich immer noch im Haus.«

»Was meinst du mit ›sie schafft es‹?« Ich war verwirrt. Was meinte Ki-Lu nur?

»Na, genau so, wie ich es sage. *Agoraphobie*«, fasste sie ihren Verdacht schließlich in einem Wort zusammen.

»Platzangst?«, fragte ich.

»Nee, das wäre Klaustrophobie. Sarah hat nicht Angst vor zu engen Räumen, sondern eher vor der Weite.«

»Vor welcher Weite?«

»Die Weite der Welt, was weiß ich.« Ki-Lu winkte ungeduldig ab. »Agoraphobie ist die Angst vor weiten Plätzen. Und beginnt meistens damit, dass die Leute nicht mehr das Haus verlassen wollen.«

»Woher weißt du das denn alles?« Ich musterte Ki-Lu skeptisch.

Sie seufzte. »Du hast keine Ahnung, was ich in meiner achtjährigen Schauspielerfahrung schon für komische Menschen kennengelernt habe.«

Ich nickte und musste an die letzte Woche mit Caterine Fabergé denken. Dass Schauspieler und eigentlich auch alle anderen Menschen am Set zu komischen Verhalten neigten, konnte ich bestätigen. Aber galt das auch für Sarah? Ki-Lu hatte recht, seit unserer Begegnung im Supermarkt konnte ich mich an kein Erlebnis mit Sarah erinnern, das außerhalb unserer vier Wände stattgefunden hatte. Aber hatte sie deshalb gleich eine Phobie?

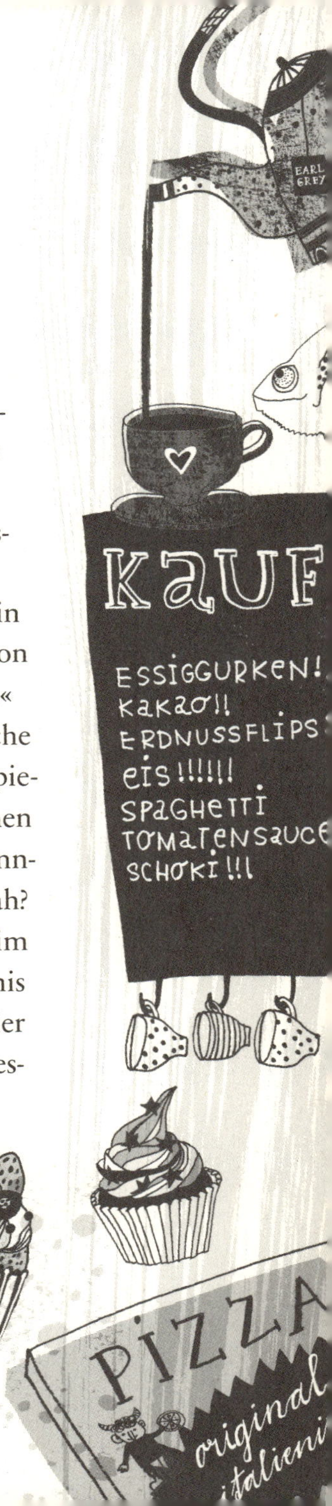

Während des Abendessens versuchte ich, einen Plan zu entwickeln, wie ich Sarah möglichst unauffällig fragen könnte, wa-

rum sie so selten die Wohnung verließ. Doch Ki-Lu kam mir zuvor. »Gehst nicht gern vor die Haustür, wie?«, fragte sie Sarah zwischen zwei Löffeln Cornflakes.

Ihre Direktheit machte mich fassungslos. Spontan versetzte ich ihr einen Tritt unter dem Tisch. Sie sah mich fragend an; scheinbar ratlos, womit sie das verdient hatte. Verdammt, ich musste mir schleunigst was einfallen lassen, was sie ablenkte. Wenn Sarah wirklich ein Problem hatte, würde sie sicher sensibel reagieren. Doch weit gefehlt.

Sarah kaute ausgiebig, dann sagte sie, betont gelangweilt: »Wieso? Könnte mich nicht daran erinnern, je ungern vor die Tür gegangen zu sein.«

Ich sah es Ki-Lu an. In einer Millisekunde würde sie den Mund wieder öffnen und die nächste dreiste Anschuldigung herausposaunen. Ablenken, ablenken …

»Ja!«, rief ich und sprang auf. Dann lachte ich nervös. »Na ja, vorhin hab ich dir doch schon erzählt, Ki-Lu, dass ich an etwas schreibe. Was ich nicht gesagt habe, ist, dass es sich dabei um einen Song handelt.«

Ki-Lu starrte mich an, als wäre ich vollkommen durchgedreht, während Sarah den Teller vor sich hypnotisierte.

Ich begann zu singen: »We have the rock, we have the roll, we're Elvis Preeeeesley …« Die Melodie klaute ich aus irgendeinem Song von Queen (die Band, die mein Vater immer hörte).

Auch wenn meine Mitbewohnerinnen aussahen, als würden sie am liebsten flüchten, hatte ich zumindest ihre Aufmerksamkeit sicher.

» … we're Elvis Preeeeeesley-ley-leyyyyy«, endete ich mit einem heiseren Kieksen und Sauerstoffmangel.

Ohrenschmerzen! Grässliche Ohrenschmerzen!

Sarah fand als Erste die Sprache wieder: »Okay, was man auf jeden Fall sagen muss: Diese Nummer samt deinem Gesang hat absolut Gänsehautpotential.«

Ki-Lu lachte hinter vorgehaltener Hand. Gut so. Billie zu verarschen, ist doch auch viel lustiger, als Sarah mit so ernsten Themen zu konfrontieren.

»Könntest du mir vielleicht singen beibringen?«, fragte ich Ki-Lu. Doch die hatte offensichtlich keine Lust, den Köder zu schlucken.

»Später. Ich finde, jetzt haben wir noch was zu besprechen.«

Ich verpasste ihr einen zweiten Fußtritt, woraufhin diese *Plage* glatt sagte: »Warum trittst du mich dauernd, Billie? Wenn dich irgendwas stört, dann sag es einfach ganz direkt.«

Ich seufzte. »Gut. Dann sag ich jetzt ganz direkt, dass ich dich im Moment grade am liebsten erwürgen würde.«

»Was?«

»Was verstehst du an einem Tritt nicht?«

»Was?«

Sarah stand abrupt auf. »Okay, könnt ihr das bitte sein lassen? Wegen mir müsst ihr echt nicht streiten. Lasst mich einfach in Frieden, ich lass euch doch auch in Ruhe.« Sie stellte ihren Teller neben die Spüle und schlappte aus der Küche in ihr Zimmer.

»Ki-Lu!«, zischte ich.

»Was hab ich denn jetzt schon wieder gemacht?«

Wie kann man nur so doof sein?

»Du hast Sarah total blamiert. Du hättest viel vorsichtiger fragen müssen.«

»Vorsichtig – nützt – nichts«, sprach sie überdeutlich aus. »Da redet sie sich raus und wir müssen so tun, als würden wir es glauben. Weil wir ja unbedingt sensibel sein wollen. Sie braucht unsere Hilfe, begreif das doch.«

»Bist du dir da sicher? Kann es nicht vielleicht auch sein, dass du an etwas leidest? Zum Beispiel an einer zu ausgeprägten Einbildungskraft?«

»Na klar. Jetzt bin ich schuld.«

»Du kannst doch nicht ernsthaft behaupten, dass Sarah einen an der Klatsche hat!«

»Du behauptest, dass ich Dinge gesagt habe, die ich so nie gesagt habe.«

Ganz ruhig bleiben!

»Darum geht es jetzt nicht.«

Sie wedelte mit der Hand. »Doch, doch, darum geht es. Das machst du nämlich öfter.«

»Was mach ich öfter?«

»Na, behaupten, dass jemand was gesagt hat. Beziehungsweise alles übertreiben.«

»Alles?«

Ich schmeiß gleich das Handtuch.

»Oh sorry, du hast mich erwischt, *alles* war übertrieben. Aber es ist ein gutes Beispiel, so machst du das nämlich immer.«

»Immer?«

Sie schnalzte ärgerlich mit der Zunge. »Du weißt, was ich meine.«

Ich machte eine abwägende Kopfbewegung. »Ich gebe zu, dass ich manchmal zu Übertreibungen und Superlativen neige, ja. Zufrieden?«

»Total hyper-mega-zufrieden. Nein, *zufriedenst!*«

»Gut. Kommen wir zurück zum Thema.« Ich beugte mich zu ihr, um leiser sprechen zu können. »Du meinst das ernst, ja?«

»Todernst. Ist dir an ihrem Verhalten noch nie was komisch vorgekommen?«

Ich schüttelte ratlos den Kopf. »Ich finde, Sarah ... ich weiß nicht, aber ich finde, sie wirkt immer so ernst. Fast traurig.«

»Fast? Ich finde, sie hat das Traurigsein erfunden.«

Immer alles überdramatisieren. Diese Schauspielerinnen!

»Und was machen wir jetzt?«, fragte ich. »Was können wir tun?«

»Wir stellen sie auf die Probe«, schlug Ki-Lu vor.

Auf die Probe?

»Du meinst, wir geben ihr einen guten Grund, nach draußen zu gehen, und wenn sie total abblockt und hundert Ausreden erfindet, dann wissen wir, dass deine Theorie stimmt.«

Ki-Lu nickte.

»Okay«, sagte ich. »Du bist die Schauspielerin. Lass dir was einfallen.«

Sie grinste frech. »Hallo? *Du* bist die *Drehbuchautorin*. Lass du dir gefälligst was einfallen.«

Das hatte ich vor. Aber nicht mehr heute. Nach dem Theater beim Abendessen hätte Sarah jeden unserer Pläne sofort durchschaut.

14. Kapitel

in dem vor allem viel geredet wird und eine Einweihung in die aufregenden Geheimnisse des Online-Datings stattfindet

Als ich später an diesem Abend neben Sarah im Badezimmer stand und mir die Zähne putzte, verspürte ich plötzlich das Bedürfnis, mich zu entschuldigen.

»Tut mir leid, was beim Essen passiert ist.«

»Wieso? Was ist denn passiert?« Sie hatte den Fuß auf den Badewannenrand gestellt und schnitt sich die Zehennägel. Jedes Mal, wenn eine Nagelspitze in die Wanne hopste, war ein kleines klingendes Geräusch zu hören.

»Na, du weißt schon. Dass du nicht gern ins Freie gehst …«

Sie wechselte den Fuß und sagte, ohne mich dabei anzusehen: »Und für was genau willst du dich jetzt entschuldigen? Du hast doch gar nichts zu dem Thema gesagt.«

Ich zuckte mit den Schultern, obwohl mir klar war, dass sie das nicht sehen konnte. »Keine Ahnung. War blöd von mir.«

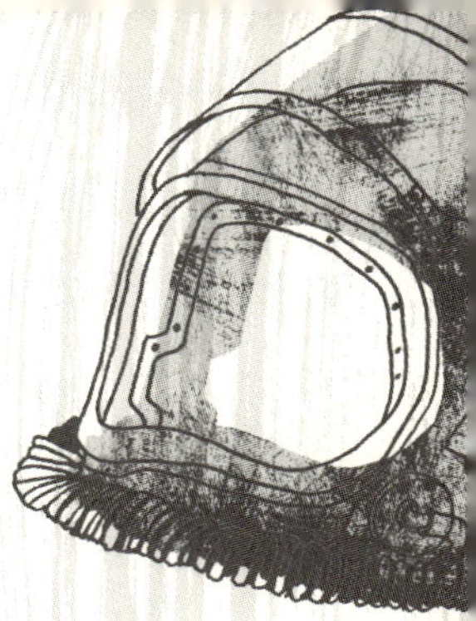

Sie richtete sich auf und sah mich an. »Jetzt nimmst du schon wieder die Schuld auf dich.«

»Was meinst du?«

»Du entschuldigst dich ständig. Sogar für Sachen, die eigentlich Ki-Lu gesagt hat. Du bist nicht für alles verantwortlich.«

»Ja, entschuldige –« Ich unterbrach mich und schnalzte ärgerlich mit der Zunge. »Manchmal bin ich eben etwas doof.«

Sarah setzte den Fuß auf den Boden. »Und jetzt machst du es schon wieder. Du stellst dich andauernd in einem schlechten Licht dar.«

»Das stimmt doch gar nicht«, versuchte ich zu protestieren, dabei wusste ich, dass Sarah recht hatte.

»Oh doch. Hör dir doch selber mal zu.«

Ich zog eine Grimasse. »Ich bin halt anscheinend etwas konfliktscheu. Zufrieden?«

Sarah nickte, fast schon anerkennend: »Konfliktscheu trifft es ziemlich gut.«

Genug von mir. Ein Themenwechsel musste her. Und bloß nichts zum Thema Phobie.

»Hast du dich eigentlich schon entschieden, was du studieren willst, wenn du mit deinem Online-Abi fertig bist?«, wechselte ich zu einem harmloseren Thema.

SARAH, 18

TRAUMBERUF:
ASTRONAUTIN

NEBENJOB:
WAHRSAGERIN

HAUSTIER:
Esmeralda,
EIN CHAMÄLEON

Ihr Gesicht verschloss sich so deutlich, dass ich mich zusammenreißen musste, um sie nicht neugierig anzustarren. Ich wandte mich schnell dem Spiegel zu und inspizierte meine linke Augenbraue. »Denkst du, ich sollte mir die Augenbrauen zupfen? Sie in eine andere Form bringen? Angeblich kann man sein Gesicht total verändern, wenn man die richtig zupft.«

»Mach das nicht. Die haben eh einen schönen Bogen.«

»Hmm.« Ich fixierte mein Spiegelbild.

Sarah verstaute die Nagelschere in einem Täschchen und das Täschchen in einem der Rattankörbe, die wir fürs Badezimmer gekauft hatten.

»Ich hab an technische Mathematik gedacht«, sagte sie schließlich.

»Um Gottes willen.« Meinte sie das ernst?

»Ich mag das eben.«

»Kennst du jemand, der mit dir studieren wird?«

»Nee, das fehlte mir gerade noch. Aber um auf Nummer sicher zu gehen, werde ich sowieso ein Online-Studium machen. Das mit dem Online-Abi läuft ja auch sehr gut.«

Ich stockte. Online-Studium? Klar, wenn sie wirklich Agoraphobie hatte, dann würde sie es kaum schaffen, täglich zur Uni zu gehen. Aber konnte das wirklich sein? Ich biss mir auf die Zunge und versuchte, all meine Fragen hinunterzuschlucken. Das Drama von vorhin hatte mir gereicht. »Ähm, ich traue mich ja kaum, es zuzugeben, aber ich hab eigentlich überhaupt keine Ahnung, was für ein Beruf bei technischer Mathematik herauskommt.«

»Zum Beispiel Astronautin«, klärte Sarah mich auf. »Ich träume davon, bei der ESA in Darmstadt zu arbeiten.«

Offenbar schaute ich genauso ratlos, wie ich mich fühlte. »Die *European Space Agency*«, erklärte Sarah deshalb sofort weiter. »Und Darmstadt ist für die Überwachung der ESA-Satelliten in erdnahem oder interplanetarem Orbit verantwortlich.«

»Würdest du auch ins All fliegen?«

»Natürlich. Darum geht's doch.«

Und was war jetzt mit der Agoraphobie? Konnte es sein, dass Ki-Lu doch falschlag? Aber warum zum Teufel dann ein Online-Studium? So was machte doch niemand freiwillig. Oder doch?

»Komm mal mit, ich will dir was zeigen.«

Ich folgte Sarah in ihr Zimmer und setzte mich neben sie auf ihr Bett. Sie legte ihr Tablet in ihren Schoß und klickte darauf herum. Ich erwartete etwas über die *European Space Agency* zu sehen, doch Sarah zeigte mir eine Webseite, die sich *kennenlernenundmehr.com* nannte. Sie gab ein paar Buchstaben in die Suchmaske ein und gelangte zum Bild eines Kerls namens *Lonelyranger*.

»Wie alt würdest du diesen Typ schätzen?« Sarah tippte auf sein Bild. Er hatte kurz geschorene blonde Haare und einen stahlharten Bruce-Willis-Blick. Wenn Sarah auf solche Männer stand, liefen wir auf jeden Fall nie Gefahr, uns ins Gehege zu kommen.

»Schwer zu sagen, weil er durch die kurzen Haare vermutlich älter wirkt, als er ist.«

»Was schätzt du?«, hakte sie nach.

»Na gut, ich schätze ihn auf neunzehn oder zwanzig.«

Sie nickte zufrieden. »Das würde ich auch sagen. Aber guck mal, welches Alter er angibt.«

Sie klickte auf das Bild und ein Steckbrief erschien.

»Sechsundzwanzig Jahre und neun Monate«, las ich laut vor. »Okay, das hätte ich nicht gedacht.«

»Soll ich dir was sagen? Ich glaub das noch immer nicht.«

»Was meinst du damit? Dass er sich absichtlich älter macht? Aber warum?«

»Weil er Frauen abschleppen will, keine kleinen Mädchen.«

»Kleine Mädchen?«

»Fünfzehnjährige oder Sechzehnjährige, die sich auf diese Seite verirrt haben. Wenn er als Alter neunzehn angibt, werden ihn nur jüngere anschreiben oder vielleicht noch irgendwelche alten Schachteln, die schon über vierzig sind und sich wieder was beweisen müssen.«

»Meinst du echt?«, fragte ich zweifelnd.

»Ja. Ich zum Beispiel schreibe keine Typen an, die unter vierundzwanzig sind. Zwischen vierundzwanzig und dreißig, das ist mein Beuteschema.«

Ich wusste nicht, was ich darauf sagen sollte. Mir schien das ziemlich alt. Aber würde Sarah nicht denken, dass ich selbst noch zu den kleinen Mädchen gehörte, wenn ich das zugab?

Ich bemerkte ihren belustigten Blick.

»Was denn?«, fragte ich vorsichtig.

Sie lachte. »Man sieht dir dermaßen an, dass du das viel zu alt findest, da kannst du jetzt behaupten, was du willst.«

Ich wiegelte ab. »Besser zu alt als zu jung.«

»Tatsächlich?«

Ich seufzte. »Dieser Nachbar von oben, von dem ich dir neulich erzählt habe – er ist erst …« Ich traute es mich kaum auszusprechen und sagte schließlich mit gequälter Stimme:

»Er ist sage und schreibe erst sechzehn. Und ich werde in einem Vierteljahr achtzehn! Schrecklich, nicht?«

»Wieso? Wo die Liebe hinfällt. Oder?«

»Ach komm, du sagst doch selber, dass ein ganz junger Typ nicht für dich infrage käme.«

Sie tippte auf ihrem Tablet herum. »Ich würde nicht extra nach einem jungen Typen suchen, aber sollte sich herausstellen, dass Lonelyranger in Wahrheit erst sechzehn ist, dann würde ich trotzdem weiter mit ihm schreiben.«

»Tatsächlich? Wärst du gar nicht sauer, dass er dich so angelogen hat?«

Sie zuckte mit den Schultern. »Jeder lügt auf diesen Seiten. Ich mach mich auch älter und behaupte, ich studiere schon im dritten Semester.«

»Aber warum?«

»Na, weil ich glaube, dass die Typen, die mir gefallen, mich nicht ernst nehmen würden, wenn sie wüssten, wie jung ich bin.«

»Wie lange schreibst du denn schon mit diesem Lonelyranger?«

»Noch nicht lange. Drei Wochen vielleicht. Mit wem ich wirklich schon lange schreibe, ist dieser nette Mensch hier«, sie tippte auf den Bildschirm, auf dem sich gerade ein neues Bild öffnete. Wieder ein blonder Typ, diesmal nicht mit ganz so kurzen Haaren, dafür aber mit demselben stahlhartem Blick aus eisblauen Augen und einem herausfordernden Lächeln auf den schmalen Lippen.

»*K2tourengeher*«, las ich vor. »War der Typ wirklich schon am K2?«

»Behauptet er jedenfalls. Wie gesagt, ernst darf man das alles nicht nehmen, was man hier liest. Er hat mich vor circa drei Monaten angeschrieben und seitdem chatten wir fast jeden Tag.«

Das machte Sarah also tagaus, tagein. Ich hätte sie gerne gefragt, ob sie das das ganze letzte Jahr gemacht hatte, seit sie die Schule abgebrochen hatte, doch egal, wie ich es in meinem Kopf formulierte, es hörte sich jedes Mal furchtbar oberlehrerhaft an.

Trotzdem konnte ich meine Neugier nicht völlig verbergen: »Warum hast du eigentlich die Schule abgebrochen?«

Sarahs Blick wanderte zurück zum Bildschirm, sie tippte weiter herum, ohne mir eine Antwort zu geben. Ich wartete ab.

Meine Oma sagte immer, will man etwas aus jemandem rauslocken, soll man ihn danach fragen und dann unbedingt schweigen. Leute, die etwas verheimlichen, ertragen Stille nur schwer. Sie haben das Bedürfnis, sie zu füllen. Und tatsächlich. Gerade als ich das Gefühl hatte, das Schweigen selbst nicht mehr auszuhalten, sagte Sarah – ohne die Augen vom Display zu nehmen: »Ich konnte da nicht mehr hingehen. Meine Klasse hat mich gemobbt.«

»Oh nein, das tut mir leid«, sagte ich ehrlich entsetzt. »Ich – ich dachte immer, du seist total beliebt gewesen. In der ganzen Schule. Du warst die beste Sportlerin, du hast den tollsten Freund gehabt –«

»– so toll war der gar nicht.«

Nicht? Gebannt wartete ich darauf, was Sarah mir noch erzählen würde.

»Er ist mir ziemlich in den Rücken gefallen. Wie meine anderen Freunde auch.«

»Was ist denn passiert?« So ganz konnte ich nicht glauben, was Sarah da erzählte.

»Tja, meine sogenannte beste Freundin konnte es nicht verkraften, dass ich mit dem Jungen zusammengekommen bin, in den sie auch verknallt war. Es war aber nie die Rede davon, dass er tabu war oder so, weil wir ihn eben beide mochten. Und wäre sie mit ihm zusammengekommen, dann wäre das für mich völlig okay gewesen. Ich meine, Freundschaft, wirkliche Freundschaft, ist mir wichtiger als jeder Typ. Deswegen hab ich letztendlich auch mit ihm Schluss gemacht. Was wiederum er nicht verkraften konnte. Und meine Freundschaft zu Silla hat das auch nicht mehr retten können. Sie hat in der Klasse herumerzählt, dass ich eine Schlampe wäre, und Gregor hat sie erzählt, dass ich ihn gar nicht lieben, sondern ihm nur was vorspielen würde, um irgendwen anderen eifersüchtig zu machen. Den anderen gab es aber natürlich gar nicht!«

Ich konnte es nicht fassen. »So ein Biest! Und die Leute aus deiner Klasse haben ihr das abgenommen?«

Sarah stieß ein kurzes unfrohes Lachen aus. »Oh ja. Man glaubt kaum, wie geil die Leute auf gute Geschichten sind. Die haben nur zu gerne geglaubt, dass ich eine durchtriebene Schlampe bin.« Sie sah mich an. »Dabei war Gregor wirklich mein Erster.«

Ich wusste nicht, was ich sagen sollte. Ich hatte Sarah immer nur aus der Ferne bewundert und beneidet. Wer, wenn nicht sie, sollte ein absolut glückliches Leben führen. »Was für ein Mist«, sagte ich schließlich. »Es tut mir so leid, dass dir so was passiert ist.«

Sie zuckte mit den Schultern. »Ich glaube, solche Situationen gibt es viel häufiger, als man denkt. Oder wurde bei euch gar nicht gemobbt?«

Ich dachte nach. »Doch, aber nicht so krass wie bei dir. Eher mal zwischendurch, ein paar kleinere Geschichten.« Ich suchte Sarahs Blick »Und niemand in der Klasse hat sich auf deine Seite gestellt?«

»Das ist es ja. Die, die es gemacht haben, wurden sehr schnell auch zu Außenseitern abgestempelt. Und wenn man dann plötzlich zu keiner Party mehr eingeladen wird und nach der Schule nicht mehr mit ins Café darf, nur weil man auf der *falschen* Seite steht, dann macht das halt auch keinen Spaß.« Sarah holte tief Luft und stieß sie langsam wieder aus. »Ich war so enttäuscht von meinen *Freunden*, dass ich irgendwann selbst gar keinen Bock mehr auf sie hatte. Aber natürlich …«, sie stockte, saß mit ungewohnt hängenden Schultern auf dem Bett und sah mit einem Mal ziemlich verloren aus. Sie tat mir so leid. Bevor ich etwas erwidern konnte, fügte sie leise hinzu: »– natürlich wäre es schön gewesen, wenn jemand auf meiner Seite gestanden hätte und dort auch geblieben wäre.«

»Ja«, flüsterte ich, nahm ihre Hand und drückte sie. Normalerweise bin ich nicht so der Kuscheltyp – und Sarah auch nicht –, dennoch vergingen einige schweigsame Minuten, bis wir unsere Hände zurückzogen.

15. Kapitel

in dem Besuch kommt, ein Lachanfall fast die Wahrheit offenbart und mir das Thema Schwangerschaft den letzten Nerv raubt

Als ich am nächsten Abend nach einem Kurzbesuch bei meinen Eltern zurück in die Wohnung kam, hörte ich schon beim Eintreten Sarahs kehliges Lachen. Ich atmete auf. Den ganzen Tag war mir ihre traurige Geschichte nicht aus dem Kopf gegangen und ich hatte händeringend nach einer Möglichkeit gesucht, sie aufzuheitern. Aber scheinbar hatte das schon jemand anders geschafft. Ich war maßlos gespannt, welchem Stimmungsaufheller das gelungen war.

Jetzt hörte ich eine deutlich tiefere Stimme. Oh, der Stimmungsaufheller hieß also Dominic. Und heute trat ein, was ich seit Wochen befürchtete: Er lernte Sarah kennen.

Etwas flatterig trat ich in die Küche.

Bildete ich es mir nur ein oder erstarrten die beiden, als ich hereinkam? Statt einer Begrüßung sagte ich: »Wie ich sehe, habt ihr euch schon bekannt gemacht.«

Dominic sprang auf und kam um den Tisch herum auf mich zu. »Hallo, Billie. Zu dir wollte ich eigentlich.«

»Was du nicht sagst.« Ehe ich die Worte ausgesprochen hatte, ärgerte ich mich über meinen Tonfall. Wie gerne hätte ich gut gelaunt und selbstbewusst geklungen. Cool und entspannt. Doch mein Herz zog sich immer weiter zusammen, bis nur noch ein kleiner starrer Kloß übrig war, der hart gegen meine Brust pochte.

»Was wolltest du denn von mir?«, fragte ich und versuchte, den Schmerz in meiner Brust zu ignorieren, den das Klopfen verursachte.

Ehe er antworten konnte, stürmte Ki-Lu in die Küche. Auch das noch. »Billie, wieso hast du nicht auf mich gewartet? Jetzt musste ich allein mit diesem blöden Gerian im Auto fahren. Du weißt doch, dass ich den nicht mag. Und du bist einfach mit Lorenz weg.«

»Lorenz?«, fragte Dominic und ich hoffte, dass er vielleicht auch ein wenig eifersüchtig war.

»Unser Fahrer«, erklärte Ki-Lu. »Eigentlich mein Fahrer, aber Bil-

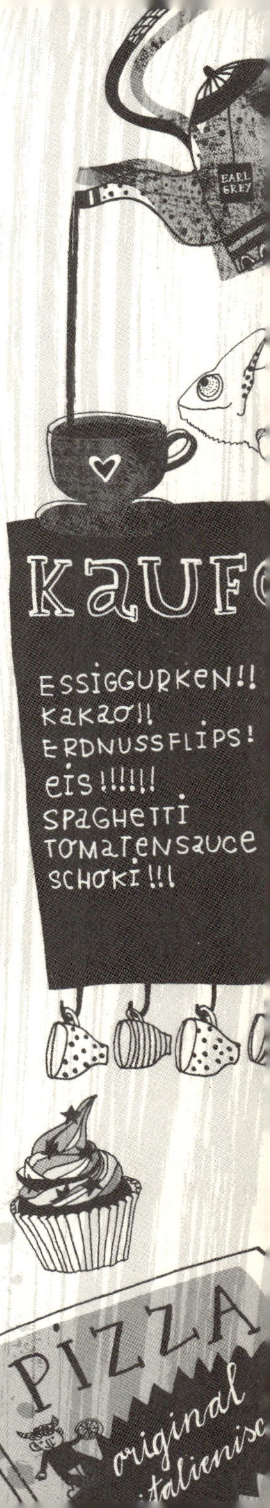

lie benutzt ihn seit Neuestem als ihren persönlichen Chauffeur.«

»Ach komm schon«, schoss ich zurück. »Er wohnt nur ein paar Straßen von meinen Eltern entfernt. Ich hab doch gesagt, dass ich früher vom Dreh wegmusste, um mich endlich einmal bei ihnen blicken zu lassen. Das war einfach superpraktisch, sowohl für Lorenz als auch für mich. Und du hast es ja offensichtlich trotzdem hergeschafft.«

»Ich versteh nur Bahnhof«, lachte Dominic.

Bevor ich auch nur eine Chance hatte, den Mund aufzumachen, klärte Ki-Lu ihn auf. Über alles. Dass sie Schauspielerin war, blablabla, dass ich eine kleine Assistentin war, blablabla, dass Gerian ein arroganter Lackel war, der noch dazu immer 10 km/h unter der Geschwindigkeitsbegrenzung dahintuckerte. »Damit die schrecklichen Fahrten mit ihm nämlich noch viel länger dauern und er noch viel mehr von seinem besserwisserischen Gesülze absondern kann.«

»Schrecklich«, entfuhr es Dominic und ich lächelte, weil er wirklich entsetzt aussah. »Ach ja, Dominic, das ist übrigens Ki-Lu –«

»Das bin ich.« Sie streckte ihm die Hand entgegen.

»Ki-Lu, das ist Dominic«, vollendete ich die Vorstellung. Beide murmelten etwas und wirkten plötzlich verlegen. So verlegen, dass mir plötzlich ein Verdacht kam. Konnte es sein, dass die beiden sich doch schon kannten?

Fast hätte ich meine Vermutung laut ausgesprochen, da rückte Dominic endlich mit dem Grund seines Besuches raus.

»Billie, ich würde gern einen Termin mit dir ausmachen, wann ich mal bei einer eurer Bandproben dabei sein kann.«

Ich öffnete den Mund und klappte ihn wieder zu. Mist. Musste er ausgerechnet vor Sarah und Ki-Lu damit anfangen? Ich hätte mich ohrfeigen können, dass ich die beiden nicht gleich gestern, im Zuge meiner Gesangseinlage, über meine kleine Lüge aufgeklärt hatte.

»Du hast eine Band?« Ki-Lu starrte mich mit großen Augen an. »Das wusste ich ja gar nicht!«

»Ich auch nicht«, echote Sarah.

»Es gibt vieles, was ihr noch nicht von mir wisst«, improvisierte ich schnell. »Ich weiß doch bestimmt auch vieles von euch noch nicht.«

»Mich kennst du schon in- und auswendig«, behauptete Ki-Lu. »Aber ich trage mein Herz ja auch auf der Zunge. Zu dir passt wohl eher *stille Wasser sind tief.*«

Wie ich diesen Spruch hasse. Das Label war mir zur Schulzeiten ständig verpasst worden, ohne dass ich je verstanden hatte, warum. Ich war doch gar nicht so still. »Ich finde, der Spruch passt besser zu Sarah«, versuchte ich abzulenken und verfluchte mich gleichzeitig für den patzigen Ton in meiner Stimme. Du kannst hier nur verlieren, Billie. Ki-Lu und Sarah mussten auf Dominic fröhlich und selbstsicher wirken, einfach normal, ich hingegen kam rüber wie eine giftige Kneifzange.

Memo an mich:
Einatmen. Ausatmen. Ruhe bewahren. Verdammt!!

»Billie? Hallo, Ground Control an Major Billie.« Ki-Lu wedelte mit der Hand vor meinem Gesicht herum und sah dabei triumphierend zu den anderen: »Wer ist hier das stille Gewässer, häh?«

»Ja, okay, ihr habt mich erwischt, ich bin wahnsinnig still und tief, jaja.« Mensch, Billie, das macht's jetzt auch nicht besser.

»Die Band«, startete ich einen neuen Versuch und bemühte mich zu lächeln. »Es wird wirklich Zeit, dass du meine Leute kennenlernst, Dominic. Ach so, ihr natürlich auch.«

»Das will ich meinen«, maulte Ki-Lu. »Braucht ihr zufällig noch eine Sängerin?«

Dominic öffnete den Mund und mir wurde schlecht. Schließlich wusste ich, was gleich kam.

»Billie ist selbst die Sängerin«, verkündete Dominic und zauberte Ki-Lu und Sarah damit ein breites Grinsen auf die Gesichter. Sosehr ich Sarah und auch Ki-Lu ihre gute Laune gönnte, verfluchte ich sie jetzt dafür. Klar, sie dachten, Dominic würde sie verarschen. Ich blickte die beiden nacheinander an, während ich so ernst wie möglich sagte: »Ganz richtig. Ich – bin – die – Sängerin.«

Sie stutzten kurz, dann kapierten sie offensichtlich, wie ernst es Dominic und mir war. Ki-Lu kicherte trotzdem und sah gleich darauf so schuldbewusst aus, dass auch ich unwillkürlich lachen musste.

»Billie ist eine fantastische Sängerin«, behauptete Sarah mit todernster Miene, woraufhin Ki-Lu sich die Hand vor den Mund schlug und quietschend aus dem Zimmer lief.

Dominic starrte ihr verwundert nach. »Ihr ist übel«, sagte ich schnell.

»Übel? So plötzlich?«

»Sie ist schwanger.«

»Na, na«, stellte Sarah mein spontanes und mehr als wackliges Lügenkonstrukt infrage. »Seit heute ist klar, dass es falscher Alarm war. Zum Glück. Es ist eher die Erleichterung, die sie …«

»– kotzen lässt?« Dominic zog die Augenbrauen hoch.

»So ist es. Aber zurück zum Thema. Du machst auch Musik, Dominic?«

»Ja, ich studiere Komposition am Konservatorium.«

»Wow. Aber – du bist noch recht jung, oder?«

Prompt lief er rot an. Der arme Dominic. Auch Sarah schien ihn retten zu wollen: »Also, so in meinem Alter, oder? Und ich studiere noch immer nichts, weil ich mich noch zu jung fühle.« Sie sah mich ratlos an und ich konnte erahnen, was in ihrem Kopf vorging: *Warum lüge ich hier rum?*

»Na ja, ich bin sechzehn«, gestand Dominic.

»Sechzehn?«, rief Sarah mit gespielter Überraschung. »Gut, das ist eh auch schon ganz schön alt.« Sie verzog das Gesicht, sprang auf und verkündete im Hinauslaufen: »Ich schau mal, wie es Ki-Lu geht!«

Kaum war sie aus dem Raum, suchte Dominic meinen Blick. Doch ich wich ihm aus und starrte auf den Boden. Die plötzliche Stille machte mich verlegen. »Tja, das sind sie also. Meine WG-Mädels.«

Er nickte langsam. »Sie sind ulkig.«

»Ja, das sind sie. Du, wegen der Band«, versuchte ich, das Thema zu wechseln. »Ich muss mich mal mit meinen Mannen besprechen, dann gebe ich dir Bescheid. Ein bisschen wird es aber dauern, denn Milo, unser Bassist, ist grad in Urlaub.«

»Habt ihr auch eine Lead-Gitarre?«

Ich nickte. Klar, warum nicht? Wenn ich schon eine ganze Band auftreiben musste, warum dann bei der Lead-Gitarre knausrig werden?

»Dann könnten wir uns ja schon mal mit dem Musiker zusammensetzen und ein bisschen jammen. Ich könnte meine Geige mitbringen.«

»Du geigst?«

Er lächelte. »Wenn du es so ausdrücken willst. Ja, ich geige.«

Und ich gaga!

Memo an mich:
Immer noch Ruhe bewahren!

»Wahnsinn. Gibt's eigentlich irgendetwas, das du nicht kannst?«

»Oh, da gibt's viel. Zum Beispiel kann ich überhaupt nicht singen. Ich kapiere es selbst nicht. Da besitze ich angeblich ein absolutes Gehör, das heißt, ich kann die einzelnen Töne, die ich höre, bestimmen und benennen. Ich weiß also zum Beispiel genau, wie ein Cis klingen muss, ich kann es auf vier verschiedenen Instrumenten spielen, aber ich finde den Ton nicht in meiner Stimme.«

»Faszinierend.« Er war schon irgendwie faszinierend. Faszinierend und sechzehn.

16. Kapitel

in dem Sarah alleine zu Hause ist und eine Diva im Klo versinkt

»GBKS, Szene drei, Klappe sechzehn.«

»Und bitte!«

»Sag doch nicht immer *und bitte.*«

»Pause!«

»Caterine, was sollte das denn jetzt?«

»Das macht mich nervös, wenn ich ständig auf ein *und bitte* warten muss. Was ist aus dem guten alten *action* geworden?«

Caterine Fabergé war gerade dabei, den zweiten Regisseur für diese Woche zu vergrätzen.

»Oh, oh«, flüsterte mir Ki-Lu zu. »Der ist knapp davor, sie rauszuwerfen.«

Sie stand mit einer Decke um die Schultern neben mir und wartete mittlerweile seit fast einer Stunde auf ihren Einsatz.

Eigentlich hatte ich mich auf meinen ersten Außendreh gefreut, doch heute war die Stimmung noch angespannter als sonst. Ich konnte es kaum erwarten, dass der Gastauftritt der Fabergé endlich ein Ende hatte. Seit einer halben Stunde versuchte der Regisseur nun schon, sie dazu zu bringen, einen bestimmten Blick, verbunden mit einer drehenden Kopfbewegung zu machen. Doch anscheinend wanderten die Augen der Fabergé nie schnell genug mit dem Kopf mit.

Mick stand zwischen den beiden verfeindeten Parteien und gestikulierte friedenstiftend mit den Armen.

Ich gähnte. »Sarah hat es gut«, flüstere ich Ki-Lu zu. »Die sitz-liegt bestimmt auf ihrem Bett und chattet mit *K2besteiger.* Während wir uns hier den Arsch abfrieren.«

»Tja, irgendwas macht sie besser als wir«, murmelte Ki-Lu.

»Das schreib ich ihr jetzt«, entschied ich. »Ich schreib ihr: Was machst du besser als wir?«

Ich zog mein Smartphone hervor, um *WhatsApp* zu öffnen, da kündigte mir das leuchtende Display an, dass Sarah gerade anrief. Gedankenübertragung?

»Hallo«, flüsterte ich in mein Smartphone. »Ich darf hier nicht telefonieren.«

»Oh sorry. Dachte, du hättest es ohnehin auf lautlos, wenn du nicht rangehen kannst.«

»Hast du auch wieder recht. Was gibt's denn?« Neugierig war ich ja schon.

»Ich wollte dir nur sagen, dass ich es endlich getan habe. Ich habe Lonelyranger zugesagt, dass ich ihn heute treffe.«

Ich quietschte – so leise, wie ich konnte. »Coolo. Gratuliere. Wann und wo?«

Im Hintergrund hörte ich ein Läuten. »War das die Klingel?«, raunte ich.

»Yepp. Das wird er sein. Drück mir die Daumen, ja?«

»Sarah – Sarah? –«

»Billie Ball, handelt es sich um einen Notfall oder warum telefonierst du?«

Schuldbewusst ließ ich mein Smartphone in der Hosentasche verschwinden und gab Mick ein Zeichen, dass ich wieder voll da und konzentriert war. Was nicht stimmte. Ich machte mir Sorgen um Sarah. Einen Typen, den sie noch nie gesehen hatte, in die Wohnung einzuladen? Wenn das nur gutging.

Ich kam nicht dazu, weiter über Sarah und Lonelyranger nachzugrübeln, denn in dieser Nacht waren wieder mal meine Babysitterqualitäten gefragt. Und das im wahrsten Sinne des Wortes. Doof nur, dass meine Babys keine Windeln trugen. Statt Milch verköstigte ich sie mit literweise schwarzem Kaffee und grünem Sheng-Jen-Cha-Tee. Meine verantwortungsvolle Hauptbeschäftigung in dieser Nacht bestand jedoch darin, den Schauspielern und vor allem Schauspielerinnen mit der Taschenlampe den Weg zum Mobilklo zu leuchten. Ich begleitete gerade zwei Statistinnen vom Klo zurück ans Set, als hinter mir plötzlich eine Stimme ertönte: »Der Zauber von *Malèna* ist mir noch eingefallen.« Ich fuhr herum. James lächelte mich an. Vergessen waren die Statistinnen, vergessen auch die anderen Sheng-Jen-Cha-Teetrinkerinnen. Im Dunkeln leuchteten James' weiße Zähne wie Perlen an einer Kette.

»Oh ja, Monica Belucci«, sagte ich und suchte in meinem Kopf fieberhaft nach weiteren Filmen, für die Morricone die Musik geschrieben hatte. »*The Mission, Die Unbestechlichen, Es war einmal in Amerika* –«

»Hey, hey, lass mir auch noch ein paar übrig.« Wieder das Perlenkettenlächeln. Ich roch James' Parfüm oder vielleicht war es auch nur sein Deo, auf jeden Fall roch es herb und zitronig und abartig gut!

»*Das Ding aus einer anderen Zeit*«, sagte ich wie automatisch.

»Ha! Erwischt. Der Film hieß: *Das Ding aus einer anderen Welt!*« James grinste triumphierend und ich hätte mich am liebsten in seine starken Arme geschmissen und mit geschlossenen Augen auf meinen ersten Kuss gewartet. Als ich merkte, dass ich seine Lippen anstarrte, stieg mir die Hitze ins Gesicht. Hoffentlich war es zu dunkel, um es zu erkennen. Aber bei meinem Glück leuchtete mein Gesicht sicher wie eine rote Ampel.

»Du bist gut«, sagte ich.

»Du bist besser«, konterte er.

Mir wurde ganz warm ums Herz. Aus dem Augenwinkel glaubte ich mitzubekommen, wie die Fabergé zu uns rüberstarrte.

Der Moment verging, James wurde zum Abpudern beordert und ich blieb mit einem dümmlichen Grinsen im Gesicht stehen.

Doch die Ruhe währte nicht lange. Mick hatte einen Spezialauftrag für mich oder besser gesagt seine Diva, die zum dritten Mal an diesem Abend aufs Klo musste.

»Sie da – leuchten Sie mir«, befahl sie, als ich die letzten Meter zum Set zurücklegte.

Ja klar, wenn man selbst keine Leuchte ist, müssen das die anderen für einen erledigen.

Genervt schaltete ich die Taschenlampe ein. Ich wusste

nicht, was mich mehr nervte. Dass ich im wahrsten Sinne den Scheißjob abbekommen hatte oder wie die Fabergé mich herumkommandierte. Dass sie mich siezte, machte die Sache keinen Deut besser. Im Gegenteil. Bei der Gattung Schauspieler, zu der sie gehörte, schien es so zu sein, dass alle Personen, die unter ihrer Würde waren, prinzipiell gesiezt wurden. In Caterine Fabergés Fall bedeutete das, dass außer mir noch die Fahrer, die Helferin vom Catering und die Maskenbildnerin aufs Du verzichten mussten. Nicht dass ich das Bedürfnis gehabt hätte, mich mit der Frau anzufreunden, doch ihr *Sie* brandmarkte mich regelrecht. *Sie da gehören nicht zu uns.*

Doch bei diesem Toilettengang war auf einmal alles anders. Während sie sonst bevorzugt durch mich hindurchgesehen hatte, schaute sie mich auf einmal direkt an. Ja, sie sprach sogar mit mir.

»Was ist denn eigentlich Ihre Aufgabe hier, Kindchen?«

»Heute Nacht? Leute, die dringend pinkeln müssen, aufs Klo zu bringen.«

Sie rümpfte die Nase, was mich ausgesprochen freute. Ich vermutete schwer, dass mein Gespräch mit James ihr plötzliches Interesse an mir geweckt hatte. Eine Annahme, die sich schnell bestätigen sollte.

»Ich war auch einmal in Ihrem Alter«, sagte sie und schob ein obligatorisches »und das ist noch gar nicht so lange her« nach.

»Und ich war sehr schön«, informierte sie mich munter weiter und schaffte es dabei, das Wörtchen »ich« derart harmlos zu betonen, dass es eine wahre Kunst war.

»Ich konnte mich nicht retten vor lauter Angeboten von Männern in allen Altersstufen. Erfolgreiche Männer sind in mancher Hinsicht besser als ihr Ruf. Zum Beispiel das klassische Vorurteil, dass sie sexsüchtig sind –« Sie sah mich durch die Dunkelheit an und ich fragte mich, ob sie es wohl darauf anlegte, mich zu schockieren – da hatte sie sich aber geschnitten, dank Maikes und neuerdings auch Sarahs Männerberichten schockierte mich so schnell nichts mehr. »Doch in Wahrheit geht es gar nicht um Sex. Es geht um Macht. Erfolgreiche Männer wollen immer noch mehr Macht. Und wenn sie etwas sehen, das sie haben wollen, dann müssen sie es um jeden Preis bekommen. Da kommen dann die Frauen ins Spiel.«

»Und wo komme ich ins Spiel?«, wollte ich fragen, traute mich aber nicht.

Doch das musste ich auch gar nicht. Abrupt blieb sie stehen und blickte mir direkt ins Gesicht: »Sie verstehen, was ich Ihnen damit sagen will?«

»Nicht so ganz.«

Sie seufzte und predigte in wesentlich trockenerem Ton weiter. »Wenn James ein kleines Mädchen verführen will, dann macht er das nur für seine eigene Machtbefriedigung. Sie sollten sich nicht einbilden, dass es um Sie persönlich geht. Haben Sie mich jetzt verstanden?«

Wir waren am Klo angekommen und sie befahl mir, ihr die Tür zu öffnen – »denn *meine* Hände bekommen von diesen Plastiktüren Hautausschlag«.

»Ach, das versteh ich schon«, erwiderte ich mit zusammengebissenen Zähnen. »Was für ein Glück, dass ich die Pisstüren gerne anfasse!« Ich stieß die Tür mit dem Fuß auf und machte eine einladende Geste.

»Von innen können Sie sie verriegeln oder soll ich mit reinkommen und das für Sie machen?«

Offensichtlich war diese Schauspielerin nicht nur unsagbar eingebildet, sondern auch völlig ironiebefreit. Zweifelnd sah sie sich in dem Miniräumchen um und entschied dann: »Ich glaube nicht, dass wir hier beide reinpassen. So dünn kann ich gar nicht sein.« Sie ließ ihren Blick von oben nach unten über meine Figur wandern.

Das war zu viel. Die mühsam unterdrückte Wut, die sich in den letzten Minuten immer wieder in meinem Bauch bemerkbar gemacht hatte, kochte hoch. Ich stand knapp vorm Überschäumen. Ohne viel zu überlegen, streckte ich meinen Arm an ihr vorbei und hob leise die Klobrille hoch. »So, ich hab nur noch rasch die Brille runtergeklappt. Die war noch oben von ... vom letzten Pinkelgast. So, jetzt breite ich noch Klopapier drüber, dann haben Sie es ganz fein hygienisch.«

»Das nächste Mal bitte solche Sachen gleich erledigen. Es ist sehr unangenehm wegen einem Klogang so lange aufgehalten zu werden.«

»Was Sie nicht sagen«, murmelte ich und zog die Tür zu.

Dann wartete ich. Es dauerte nur ein paar Sekunden, bis er kam. Und er kam. Der Schrei aus Caterine Fabergés Kehle, der aus dem kleinen Mobilklo in ganz München und Umgebung zu hören war.

Wir hatten ein Problem.

»Wir haben ein Problem«, erklärte Mick der Crew. »Die Fabergé hat sich im Klo eingeschlossen und weigert sich jetzt herauszukommen. Ich habe keine Ahnung, warum.«

James runzelte die Stirn. »Ach Mensch, komm, das kann doch nicht sein. Ich rede mal mit ihr.«

»No way.« Mick hielt ihn auf. »Ein Mann darf jetzt gar

nicht in die Nähe dieses Klos kommen, sonst dreht sie völlig durch.«

»Bitte? Wie soll ich das jetzt verstehen?« Und dann sagte James etwas, was wirklich nur ein Mann sagen konnte – so viel hatte ich vom Leben schon mitbekommen: »Hat sie etwa ihre Tage?«

Ich verdrehte die Augen, was im Dunkeln ohnehin keiner sehen konnte. Als ob »die Tage« ein Grund wären, sich im Klo einzusperren. Wie kam Mann auf so einen Schwachsinn?

»Billie Ball, bist du da irgendwo?«

»Ich bin hier.« Ich ging zu Mick.

»Billie Ball, meine Retterin in der Not. Du weißt, was wir am Anfang deines Volontariats besprochen haben? Dass du mir aus jeder Notlage hilfst?«

»Mmhm.«

»Gut. Das ist jetzt eine solche Notlage. Billie Ball, du holst mir die Fabergé aus dem Klo, sonst könnt ihr mich ab morgen alle in der Irrenanstalt besuchen. Aus. Ich kann nicht mehr. Irgendwann ist es auch dem Produzenten zu viel.«

»Ich werd sie schon rausholen«, gab ich mich zuversichtlich und überlegte fieberhaft, wie ich die Schreckschraube nur herauslocken könnte. Sollte ich ihr versprechen, dass sie mich bestrafen durfte? Dass ich mich kurz und klein schlagen ließ von ihr? Dass ich bei der Polizei Selbstanzeige erstatten würde?

Ich marschierte zum Mobilklo und klopfte vorsichtig an die Tür. »Frau Fabergé?«, fragte ich.

Von innen kreischte es: »Ich hab dir doch gesagt, dass du verschwinden sollst! Du –! Wenn ich jemals hier rauskomme …« Oho, endlich waren wir beim Du.

»Aber genau das ist es ja«, sagte ich so freundlich wie möglich. »Wir wollen doch, dass Sie rauskommen. In eineinhalb Stunden setzt die Dämmerung ein. Wir müssen die Szene jetzt drehen.«

»Das hättest du dir vielleicht überlegen sollen, bevor du dieses Drama angerichtet hast!«

»Was?«, spielte ich die Verblüffte. »Was denn für ein Drama? Was hab ich denn getan?«

Mit Schreck sah ich, dass James sich aus der Gruppe gelöst hatte und mir entgegenkam. Ich signalisierte ihm deutlich mit den Händen, dass er keinen Meter weitergehen durfte. Es wirkte, James trat den Rückzug an.

Als ich mich wieder dem Klo zuwandte, zeterte die Fabergé gerade: »Du weißt genau, was du getan hast!«

Ich lehnte mich gegen die Tür und zischte eindringlich: »Hören Sie mal, Frau Fabergé! Ich hab keine Ahnung, was Sie mir anhängen wollen, ich habe jedenfalls nur die Klobrille heruntergeklappt, und das habe ich Ihnen auch gesagt.«

»Die war aber oben«, kreischte sie. So laut, dass vermutlich auch der Rest des Teams sie hören konnte.

»Das können wir doch hier draußen regeln. Nach dem Dreh. Frau Fabergé, der Regisseur und Mick sind schon ganz hektisch. Und Ihre Kollegen auch. Bitte kommen Sie raus.«

»Das würde ich doch, wenn ich – oh, ich werde noch wahnsinnig!« Sie senkte ihre Stimme, bis nur noch ein leises Zischen überblieb: »Ich stecke fest. Wenn das die Presse erfährt, weißt du, was dann los ist? Über nichts in der deutschen Regenbogenpresse wurde so viel getratscht, wie über mein prominentestes Körperteil. Alle sagen sie, dass *er* perfekt ist. Was werden sie sagen, wenn sie hören, dass ich mit ihm in einer beschissenen Klomuschel feststecke? Aaahh!« Ich fing zu husten an, um eine drohende Lachattacke zu verhindern. Wenn Ki-Lu nur wüsste, was mit der Fabergé wirklich los war, sie würde durchdrehen vor Freude.

»Sie schaffen es nicht alleine da raus?«, erkundigte ich mich, als ich meiner Stimme wieder trauen konnte.

»Sonst wäre ich es schon längst, das kannst du mir glauben!«

»Irgendwie müssen wir Sie aber da rauskriegen. Frau Fabergé, alle Anwesenden hier werden ganz sicher Stillschweigen bewahren, niemand wird der Klatschpresse davon erzählen.«

»Ha! Deine Naivität kennt keine Grenzen, du dummes Kind. In diesem Business liefert dich dein allerbester Freund diesen Hyänen von der Presse aus, wenn es eine gute Geschichte ist und es Geld dafür gibt. Sie mögen deine Freunde sein, doch noch viel mehr sind sie deine Feinde.«

Ich hörte Stimmen hinter mir. Mick und der neue Regisseur joggten heran. Im Schein der Taschenlampe konnte ich ihre finsteren Mienen erkennen.

»Der Regisseur und Mick kommen«, raunte ich durch die Tür und kam mir in dem Moment tatsächlich ein bisschen wie eine Verbündete Caterines vor. Als gleich darauf der Regisseur mit versteinerter Miene gegen die Tür pochte und Caterine streng aufforderte, endlich zu erscheinen, weil sonst der ganze Drehplan ins Wasser fiel, da regten sich in mir erste Schuldgefühle. Vielleicht war es doch keine so gute Idee gewesen, meinen Rachegelüsten freien Lauf zu lassen?

»Geht doch endlich weg«, röchelte Caterine Fabergé mit

erstickter Stimme und klang dabei, als würde das Reden sie ihre letzte Kraft kosten.

»Ihr ist so furchtbar schlecht und sie will nicht so gesehen werden«, erklärte ich den beiden Männern leise.

»Hat sie was geschluckt?« Der Regisseur sah ernsthaft besorgt aus.

Überzeugt schüttelte ich den Kopf. »Auf keinen Fall.« Das konnte ich wirklich ausschließen. »Es ist nur diese fürchterliche Übelkeit und ... na ja Darmprobleme und so Sachen. Sie wissen schon.«

Die Männer tauschten einen panischen Blick, dann rückten sie nahezu synchron vom Mobilklo ab. Klarer Fall von Ansteckungsangst.

»Ja, warum sagt sie das denn nicht gleich? Dafür hat doch jeder Verständnis, dass man in einem solchen Fall nicht die Toilette verlassen kann.«

Der Regisseur sah das genauso wie Mick. »Da kann man gar nichts machen, wenn man so übel die Scheißerei hat.«

»Eben«, sagte ich.

»Eben«, wiederholte Mick. »Billie Ball, der Fritz und ich haben schon besprochen, was passiert, wenn die Fabergé heute Nacht ganz ausfällt.«

Ich sah ihn erwartungsvoll an.

Er legte die Hand auf meine Schulter. »Du wirst für sie einspringen.«

»Ki-Lu, hilf mir, ich kann das einfach nicht.«

»Da ist doch nichts weiter dabei. Es wird nur ein Teil deines Hinterkopfs gefilmt werden.«

»Aber mein Hinterkopf ist vollkommen talentfrei für solche

Sachen.« Ich faltete die Hände vor der Brust, wie zu einem Gebet. »Darum will ich doch auch Drehbuchautorin werden und keine Darstellerin. Ich gehör einfach nicht vor die Kamera.«

»So, Fräulein Ball, dich brauchen wir hier auf der gelben Markierung bitte«, informierte mich der Regisseur. »Die Haare gehen so aber nicht. Sagt's, Kinder, wie heißt die denn jetzt, diese Maskenfrau –«

»Jessy.«

»Die soll noch einmal kommen, bitte. Zeigt ihr einen Ausschnitt mit der Fabergé und dann soll sie noch mal kräftig mit Toupierkamm und Haarlack drübergehen.«

Es war wirklich lächerlich, doch ich konnte einfach nicht verhindern, dass meine Knie zitterten, sobald die Kamera auf meinen Kopf gerichtet wurde. Dass mein Partner in der Szene ausgerechnet James war, half auch nicht, um mich zu beruhigen. Und dass er mich anlächelte und sich sogar bedankte, dass ich einsprang, machte alles nur noch schlimmer. Hätte er mich links liegen lassen oder sich arrogant verhalten, dann wäre mir mein angeborener Trotz von Nutzen gewesen, so aber hatte ich das Gefühl, dass er große Hoffnungen in mich setzte, die ich vermutlich nicht erfüllen würde.

Wenn man den Schauspielern beim Drehen zusah, wirkte alles immer so leicht und ich hatte mehr als einmal gedacht, dass man für so was doch gar keine große Ausbildung brauchte. Von wegen. Der Mann hinter der Kamera erklärte mir kurz, worum es ging: Vor Caterine Fabergés Ausflug auf das Klo war die Szene bereits mit Blick auf ihr Gesicht abgedreht worden. Jetzt wollte der Regisseur dieselbe Szene noch einmal mit Blick auf James aufnehmen. Von mir brauchten sie dafür nur ein kleines Stück Haar, mehr war es nicht.

»Wir schneiden die Szenen dann zusammen, sodass man einmal Caterines Gesicht sieht und einmal das von James. Auf Caterines Reaktion, während James spricht, verzichten wir jetzt einfach, denn – bei aller Liebe, die man für die Frau Fabergé empfinden kann, aber so ein junges Gesicht wie deins nimmt man ihr dann doch nicht ab.«

Ich lachte verlegen.

Die Fabergé ließ sich erst aus der Schüssel holen, nachdem der Großteil der Crew bereits abgefahren war. Nur Mick, Lorenz, Ki-Lu und ich waren noch da und mir wurde die Ehre zuteil, den Hebekran spielen zu dürfen.

»Niemand sonst darf auch nur in die Nähe dieses verfluchten Mobilklos kommen!«, hatte sie mich zuvor wissen lassen.

Ki-Lu, Lorenz und Mick warteten also beim VW-Bus, während Caterine Fabergé endlich das Klo von innen entriegelte.

»Alles okay? Ich komme jetzt rein.«

»Ja doch!«, zischte sie. »Ich werde nicht so schnell von hier verschwinden.«

Ich drückte die Tür auf und machte mich daran, sie aus der Klomuschel zu befreien. Ein echter Kraftakt. Doch nicht halb so anstrengend, wie meinen Lachanfall zu unterdrücken. Ich war so damit beschäftigt, nicht laut loszuprusten, dass mir innerlich alles wehtat.

Unsere Star-Schauspielerin war nicht einfach nur mit ihrem »prominentesten Körperteil« im Klo stecken geblieben, sondern bis zu den Achseln in dem Ding versunken. Ihr Kopf befand sich in etwa auf einer Höhe mit ihren Knien.

»Das konnte nur passieren, weil Sie so wahnsinnig schlank sind«, versuchte ich, sie hinterher zu trösten.

Ihre Augenlider fingen an zu flattern, sie atmete gepresst ein und aus. »Ich möchte jetzt nach Hause«, stieß sie zwischen den Zähnen hervor.

Sofort wurde sie im VW-Bus auf ein paar Handtücher gesetzt und von Lorenz nach Hause kutschiert. Mick rief für sich, Ki-Lu und mich ein Taxi. »Aber dieser Gestank war ja so elendig«, stieß er hervor. »Jesus, wie mir der Lorenz leidtut.«

»Der ist ein Engel«, sagte Ki-Lu. »Den kann so schnell nichts erschüttern.«

Die ganze Heimfahrt war ich in Gedanken bei Caterine Fabergé. Ich konnte mir nicht helfen, aber irgendwie tat sie mir leid. Und mein Part in der Sache. Eindeutiger Anfall von schlechtem Gewissen. Ich musste mir irgendeine Wiedergutmachung einfallen lassen. Etwas, das zumindest mein schlechtes Gewissen beruhigen würde.

Memo an mich:
Nächstes Mal *vorher* überlegen, dann Racheaktion starten – oder sein lassen.

17. Kapitel

in dem aus Schock Angst wird, dann ein Blaulicht angeht und es mir die Sprache verschlägt

Es war zweifellos eine der anstrengendsten Nächte meines Lebens gewesen und ich konnte es gar nicht erwarten, endlich ins Bett zu kommen. Als ich die Haustür aufschloss, fiel mir Sarahs Besuch vom Vorabend wieder ein. »Na, hoffentlich ist der jetzt weg«, sagte ich zu Ki-Lu und drehte den Schlüssel. »Das hoff ich aber auch!« Ki-Lu gähnte. »Ich brauch Ruhe, Ruhe und nochmals Ruhe! Und vor allem keine Männer.«

Ich musste grinsen. Ki-Lus Männerphobie nahm immer merkwürdigere Züge an. »Ich vermute schwer, dass er nicht mehr da ist«, beruhigte ich sie. »Der wird ja nicht gleich beim ersten Treffen über Nacht bleiben.«

Ki-Lu gab ein Grunzen von sich, das ihre skeptische Einstellung bezüglich der Männerwelt unterstrich.

Während sie in den Lift stieg, kämpfte ich mich die vier Stockwerke bis zu unserer Etage hoch.

»Um diese Uhrzeit ist dir immer noch dein Sport wichtig?«, fragte Ki-Lu zweifelnd, als ich keuchend bei ihr ankam.

»Ja«, war alles, was mir einfiel. Vielleicht würde ich ihr morgen verraten, wie groß meine Panik vor

Fahrstühlen war, aber nicht mehr heute. Heute wollte ich nur noch ins Bett.

Ich schloss die Wohnungstür auf, beugte mich nach unten, um die Bänder meiner Sportschuhe zu lockern, und erstarrte plötzlich. Irgendetwas stimmte nicht. In gebückter Haltung lauschte ich in die Stille der Wohnung. Ki-Lu, die hinter mir stand, unterbrach sich selbst mitten in einem lautstarken Gähnen. »Billie …« Die Art, wie sie meinen Namen aussprach, mit dieser plötzlichen Kleinmädchenstimme, genügte, um mich in leichte Panik zu versetzen. Nervös drehte ich mich zu ihr um und folgte ihrem bestürzten Blick zur Wand.

Die Bilder meines Großvaters! Die Replik von Klimts Adele lag zerbrochen am Boden, die Mona Lisa an der gegenüberliegenden Wand hing schief an ihrem Haken und wurde von einem grellgrünen Vollbart verunstaltet.

Oh Gott! Mir drehte sich der Magen um.

»Wo ist Sarah?«, fragte Ki-Lu ängstlich.

»Ja, zum Teufel!«, explodierte ich. »Wo ist Sarah? Sarah!«

»Billie, schrei doch nicht so.« Ki-Lu legte erschrocken eine Hand auf meinen Arm.

Ich schüttelte sie ab. »Ich soll nicht schreien? Hast du gesehen, was mit den Bildern passiert ist?

Die sind teilweise über vierzig Jahre alt! Meine Oma liebt diese Bilder. Oh Gott, wenn sie das erfährt –«

Ich stürmte den Flur entlang ins Wohnzimmer. Mein Herz hämmerte so fest in meiner Brust, dass es wehtat. »Scheiße, verdammt«, fluchte ich verzweifelt. Das würde Oma Elfi mir nie verzeihen. Ihre geliebten Bilder. Scheiße – ich stoppte in der Wohnzimmertür.

»Nein«, flüsterte ich, »bitte nein.«

Es war noch weitaus schlimmer, als ich befürchtet hatte. Leere Flaschen lagen über den Boden verteilt, die Couch war von Asche und Zigaretten übersät, ein säuerlicher Geruch hing in der Luft. Ich ließ den Blick durch den Raum wandern. Es war – das reinste Chaos. Teppich und Couch waren durchtränkt von allen möglichen unidentifizierbaren Flüssigkeiten, amputierte Stuhlbeine lagen im Raum verteilt, der Bildschirm des Fernsehers war beschmiert mit allen möglichen Obszönitäten in verschiedensten Farben, meine Stereoanlage war schlicht und einfach weg. Immerhin drei Bilder meines Opas hingen unversehrt an der Wand. Ein viertes lag vollkommen zerstört auf dem Boden.

»Oh em geh«, hauchte Ki-Lu hinter mir.

Ich hatte das Gefühl, irgendetwas in meinem Kopf war kurz davor durchzubrennen. »Wo ist Sarah?«, fragte ich erneut, jedoch diesmal mit nahezu tonloser Stimme. Ich drückte mich an Ki-Lu vorbei, um in Sarahs Zimmer zu rennen.

»Was machst du?«

»Ich bring sie um!«, stieß ich hervor.

Doch Sarahs Zimmer war leer.

»Denkst du, ihr ist was passiert?« Ki-Lu klang, als würde sie gleich anfangen zu weinen.

Ich starrte sie an. »Ihr wird jedenfalls gleich was passieren!«

»Machst du dir gar keine Sorgen?«

»Was?« Für einen Moment war ich so perplex, dass ich fast meine Wut vergaß. Sorgen um Sarah? Konnte ihr wirklich was passiert sein? Ich schob den Gedanken beiseite, keine Zeit dafür. Ich musste mir den Rest der Katastrophe ansehen. Oh Gott, die Küche. Oma Elfis Heiligtum.

Wir rannten hinein. Zumindest versuchten wir es. Denn der Topf von Sarahs riesiger grüner Pflanze, der normalerweise neben dem Kühlschrank stand, parkte mitten in der Küchentür, fast als sollte er den Weg versperren. Von der Pflanze fehlte jede Spur. Und auch von Esmeralda. Das Chamäleon, das sonst so gerne in der Pflanze saß, war nicht mehr da. Das erste Mal seit Betreten der Wohnung machte ich mir um etwas anderes Sorgen, als um Oma Elfis Reaktion auf diesen Kriegsschauplatz. »Schaust du mal, ob Esmeralda in ihrem Käfig –«, konnte ich gerade noch sagen, da sah ich sie. Nicht Esmeralda, sondern Sarah. Sie lag vor dem Kühlschrank. Ihre nackten weißen Arme sahen aus wie zwei leblose Albinoschlangen, ihr Gesicht, kalkweiß und klein, war halb verdeckt von ihren Haaren. Ich fühlte mich starr wie

totes Holz und hatte das Gefühl, mich nie wieder bewegen zu können. Ki-Lu schoss an mir vorbei. »Oh Gott, atmet sie noch?« Sie fiel auf die Knie, legte ihr Ohr an Sarahs Mund und anschließend auf ihre Brust.

»Atmet sie?«, presste ich hervor. Als Ki-Lu nicht gleich reagierte, ließ ich mich neben sie auf den Boden fallen und tastete mit den Fingerspitzem nach Sarahs Puls am Handgelenk. Als ich ihn endlich fühlte, schloss ich für einen winzigen Augenblick erlöst die Augen. Dann versuchten wir, sie aufzuwecken. »Sarah … Sarah –«

»Krankenwagen!«, japste Ki-Lu. »Welche Nummer? Gott, ich weiß die Nummer vom Krankenwagen nicht mehr –«

»Eins, eins, zwei«, schrie ich. »Und die sollen sich beeilen!«

Der Krankenwagen parkte auf dem Bürgersteig vor dem Haus. Die Sanitäter trugen Sarah nach unten und erklärten Ki-Lu und mir noch im Treppenhaus, dass nur eine von uns mit ihnen fahren konnte. »Sie sind beide über achtzehn?«, erkundigte sich ein Typ, der selbst keinen Tag älter aussah als Ki-Lu.

»Ja«, bestätigten wir wie aus einem Mund und verständigten uns stillschweigend, dass ich Sarah begleiten würde. »Ruf dir ein Taxi, Ki-Lu. Hast du genug Geld?«

Sie nickte. Ihr kleines geschminktes Gesicht leuchtete weiß im Dunkeln, als ich zu Sarahs Füßen Platz genommen hatte und aus dem Seitenfenster sah.

Dann fuhren wir los. Mit Blaulicht und Sirene. Ich nahm mir vor, Sarah später davon zu erzählen. Hoffentlich konnte ich das bald. Bestimmt wird sie uns umbringen, dass wir so ein Riesendrama aus der Sache machen, versuchte ich, mich selbst zu beruhigen. Es ist ganz bestimmt nichts Schlimmes. Ganz bestimmt nicht.

»Ist irgendetwas Schlimmes mit ihr?«, hörte ich mich selbst fragen.

»Seid ihr Schwestern oder sonst irgendwie verwandt?«, antwortete einer der Sanitäter, die hinten bei uns Platz genommen hatten, mit einer Gegenfrage. Der andere zupfte an zwei Schläuchen herum, die in Sarahs Nase endeten.

»Sie kann doch alleine atmen, oder?«, fragte ich ängstlich. »Sie hat doch vorhin in der Wohnung noch geatmet –«

»Ganz ruhig. Die Sauerstoffbrille ist nur zur Unterstützung da. Damit sie sich nicht so anstrengen muss. Wenn sie nicht alleine atmen könnte, würden wir ganz andere Geschütze auffahren.«

»Aber was hat sie denn überhaupt?«

»Was genau mit ihr los ist, können wir noch nicht sagen, aber sie wirkt derzeit recht stabil. Die Sauerstoffsättigung ist zwar nicht berauschend, aber noch im Rahmen. Und der Kreislauf funktioniert auch.«

»Okay.« Ich nickte, ohne zu wissen, warum. Der Typ klickte mit seinem Kugelschreiber und fragte mich erneut, ob wir miteinander verwandt wären.

»Nein, wir sind Freundinnen. Wir wohnen zusammen in einer WG.«

Er nickte zufrieden. »Sie kann glücklich sein, Freundinnen wie euch zu haben, die sich so um sie kümmern. Okay, nachdem ihr zusammen wohnt, weißt du bestimmt einiges über sie. Fangen wir mal mit ihrem Namen und dem Geburtsdatum an.«

Ich antwortete mit tonloser Stimme. Seine Worte spukten mir im Kopf herum. *Freundinnen, die sich so um sie kümmern …* Ich fühlte mich schrecklich und wusste, dass ich eigentlich gar kein Recht hatte, mich als ihre Freundin zu bezeichnen. Ki-Lu hätte an meiner Stelle im Krankenwagen mitfahren sollen, sie war die wahre Freundin, die sich sofort Sorgen um Sarah gemacht hatte, während ich nicht einmal auf den Gedanken gekommen war, dass ihr etwas zugestoßen sein konnte. Ich hatte nur an die doofen Möbel gedacht.

»Hast du die Namen beziehungsweise Telefonnummern Ihrer Eltern oder sonstiger Kontaktpersonen?«

Einen Freundschaftsdienst konnte ich Sarah also doch noch erweisen, und das tat ich. Ich schüttelte vehement den Kopf und versicherte dem Mann, dass Ki-Lu und ich Sarahs Kontaktpersonen waren. »Sie brauchen sonst niemand zu verständigen, sie ist erwachsen«, erklärte ich ihm und war heilfroh, dass das in ihrem Fall sogar stimmte.

Die Trage mit Sarah verschwand hinter einer riesigen Schiebetür, die ich nicht passieren durfte. Die Rettungssanitäter kehrten zum Krankenwagen zurück und ich stand verloren vor der Intensivstation. Dann fiel mir ein, dass ich Ki-Lu mitteilen sollte, in welchem Bereich der Klinik sie uns finden würde. Meine Finger zitterten, ich vertippte mich mehrmals bei der kurzen SMS. Nachdem ich mein Handy wieder eingesteckt hatte, fing ich an, auf und ab zu gehen. Still und gefasst in einem Warteraum zu sitzen, hätte ich nicht über mich gebracht. Endlich stürmte Ki-Lu herein.

»Wie geht's ihr?«, rief sie schon von Weitem.

Ich nickte nur.

»Du bist käseweiß im Gesicht, weißt du das?«

Ich starrte in ihr eigenes weißes Gesicht. Dann erinnerte ich mich daran, was ich Ki-Lu unbedingt hatte fragen wollen.

»Hast du in der Wohnung eigentlich irgendwo Esmeralda gesehen?«

»Ja.« Ki-Lu ließ sich seufzend auf einen der Plastikstühle fallen. »Als ich das Geld fürs Taxi geholt habe, ist mir Esmeralda wieder eingefallen. In ihrem Terrarium war sie nicht, aber ich hab sie in der Ecke neben dem Kühlschrank gefunden. Sie hat einfach so auf dem Boden gesessen, die arme kleine Maus.« Bekümmert zog sie die Mundwinkel nach unten.

»Hat sie zumindest den Kühlschrank angefaucht?«, erkundigte ich mich besorgt und war erleichtert, als Ki-Lu nickte.

»Sie hat gefaucht wie ein Tiger und er hat zurückgelärmt wie eine Waschmaschine im Schleudergang.«

»Dann ist wenigstens etwas beim Alten geblieben«, sagte ich und setzte mich nun doch. Jetzt, als der erste Adrenalinschub vorbei war, merkte ich, wie schlapp sich mein Körper anfühlte. »Sie hat dort sicher ihre Pflanze gesucht«, sagte ich. »Verdammt, wo ist die überhaupt?«

»Das willst du nicht wissen.«

Oh, oh, das klang nicht gut. »Vermutlich hast du recht. Aber bitte sag es mir trotzdem.«

»Während der fünf Minuten, die ich aufs Taxi warten musste, habe ich einen schnellen Rundgang durch alle Zimmer gemacht. Unsere haben zum Glück nicht so viel abbekommen wie das Wohnzimmer – in meinem ist gar nichts passiert –, aber die Pflanze liegt in deinem Bett. Seitlich. Der Länge nach ausgestreckt. So wie ein Mensch schlafend –«

»Jaja, schon gut, ich hab's begriffen«, unterbrach ich sie genervt. »Geht's ihr wenigstens halbwegs gut?«

»Schon. Zum Glück haben sie sie nicht entwurzelt. Ich habe sie in die Küche getragen und an ihren Platz gestellt.«

»Ich meine Esmeralda!«

»Ja, der auch. Sie ist sofort wieder in die Pflanze gekrochen. Nur dein Bett ist noch voller Erde … ach, und ins Backrohr hat jemand gekotzt.« Sie hob hilflos die Schultern. »Da kam dann leider schon das Taxi.«

»Klar, vergiss es. Wir müssen sowieso die ganze Wohnung von Grund auf wieder aufbauen.« Völlig geschafft ließ ich mich tiefer in den Sitz sinken und schloss für einen Moment die Augen.

Sofort stach ein spitzer Zeigefinger in meine Seite. Ich riss die Augen auf. Ki-Lus Gesicht befand sich direkt vor meinem.

»Billie, du musst mir die Wahrheit sagen. Geht es Sarah wirklich gut? Oder verheimlichst du mir irgendetwas?«

»Nein. Ich hab nur kurz mit einer Krankenschwester sprechen können und die hat mir gesagt, dass es ihr recht gut geht und sie jetzt schlafen soll.«

Erleichtert ließ Ki-Lu sich in ihren Stuhl zurücksinken.

»Weißt du, als sie – also, als ich sie da liegen gesehen hab –« Ki-Lu fing plötzlich an zu schluchzen und ich spürte, dass mir ebenfalls die Tränen in die Augen schossen. Spontan klammerte ich mich an Ki-Lu fest, in der Hoffnung, dass sie es als tröstende Umarmung wahrnahm.

Ki-Lu schluchzte in meine Halsbeuge. »Wie sie – wie sie da so gelegen hat«, stammelte sie, »das war so – ich dachte – ich dachte, sie wäre …«

Ich nickte heftig. Sie musste es nicht aussprechen, ich wusste genau, was sie meinte. Ich hatte den gleichen entsetzlichen Gedanken gehabt, als ich Sarah vor dem Herd hatte liegen sehen.

18. Kapitel

in dem ein Besuch am Krankenbett stattfindet, sich alle ganz schrecklich lieb haben und endlich jeder weiß, was geschehen ist

Obwohl uns von den Krankenschwestern gesagt wurde, dass wir Sarah frühestens am Nachmittag sehen könnten, blieben wir im Krankenhaus. Die Nacht war ohnehin längst vorüber. Ich bediente mich einige Male am Kaffeeautomaten – bis ich vor lauter Koffein und Müdigkeit total aufgeputscht war – und Ki-Lu besorgte sich ein Wasser ohne Sprudel. Ich beobachtete sie beim Trinken. Ihr erster Abend in der WG und ihr Hinweis, dass Kohlensäure Orangenhaut macht, kamen mir unendlich lange her vor. So vieles war seither geschehen. Ki-Lu hatte sich als vollkommen anders entpuppt, als ich sie zu Beginn eingeschätzt hatte. Und auch Sarah war ein völlig anderer Mensch, als ich es mir jahrelang vorgestellt hatte. Keine immer glückliche Ballkönigin, der alles im Leben gelang und die ständig von einer riesigen Freundesschar umgeben war. Bis zu diesem Moment war mir gar nicht bewusst gewesen, wie sehr ich an den beiden hing – schon nach diesen wenigen gemeinsamen Wochen.

»Können wir endlich rein zu Sarah?« Ki-Lu hatte sich auf das Ärzteteam gestürzt, das gegen Mittag aus Sarahs Zimmer kam.

»Gehen Sie ruhig hinein und muntern Sie sie ein

wenig auf«, erwiderte eine Ärztin. »Dass Aufregung nicht förderlich wäre, brauche ich wohl nicht extra zu betonen.«

Sie hatte ihren Satz kaum beendet, als Ki-Lu auch schon die Zimmertür aufriss und auf Sarah zustürzte. So viel zum Thema Aufregung. Mit einem gequälten Lächeln verabschiedete ich mich von den Ärzten, dann folgte ich Ki-Lu leise ins Zimmer. Von Sarah konnte ich erst nicht viel sehen, weil unsere jüngste Mitbewohnerin sich beinahe vollständig auf sie geschmissen hatte. Insgeheim beneidete sie um ihre theatralisch-gefühlvolle Art. Ich selbst stand einfach nur da, wusste weder, wohin mit meinen Händen, noch, was ich sagen sollte.

Paradoxerweise sah Sarah heute fast noch schöner aus als sonst. Ihre blauen Augen wirkten dunkel, beinahe schwarz in ihrem bleichen Gesicht. Die einzigen wirklichen Farbflecke bildeten die roten Ränder an ihren Lidern. Sie wirkte, als hätte sie lange geweint, ja, sie sah aus wie eine tragische, schwindsüchtige Schönheit.

»Billie«, flüsterte sie über Ki-Lus Kopf hinweg.

»Ja?« Ich trat einen Schritt näher.

Sie sagte nichts mehr, sah mich nur an. Als ich ihre Hand nahm, liefen ihr Tränen übers Gesicht. Es kostete mich einige Mühe, meine eigenen zurückzuhalten.

»Wie geht's dir?«, fragte ich mit dem typischen gequetschten Klang, den meine Stimme immer bekommt, wenn ich mit aller Kraft das Weinen unterdrücken will. Sarah schloss die Augen und schirmte sie mit der Hand ab. Ki-Lu richtete sich auf, blieb aber auf Sarahs Bett sitzen.

»Sarah, wie geht's dir?«, wiederholte ich hilflos.

»Ich hasse mich.« Ihre Hand lag immer noch über den Augen.

»Nein!«, entfuhr es mir. »Bitte nicht. Was ist denn überhaupt passiert? Ich meine – hat dir jemand was getan?«

»Genau. Hat dir jemand was getan? Was angetan?«, konkretisierte Ki-Lu unsere dringlichste Frage.

Endlich ließ Sarah die Hand sinken. Stumm schüttelte sie den Kopf. Ich atmete die ganze angestaute Luft hinaus. Man hatte ihr nichts getan, das war die erste gute Nachricht.

Stockend begann sie zu erzählen: »Billie, du weißt doch, dass ich gestern Lonelyranger eingeladen habe –«

Ich nickte. Mensch, wie sehr ich uns allen wünschte, sie hätte das bleiben lassen. Oder ihn an einem Abend eingeladen, an dem Ki-Lu und ich auch zu Hause gewesen wären. Verdammt, diesen Rat hätte ich ihr geben sollen.

Sarah räusperte sich. »Am Anfang war alles gut. Ich meine, er – er war sehr nett, er hatte Blumen dabei und Sekt und er hat gesagt, dass er ganz aufgeregt wäre, mich zu treffen. Dann hat er uns was eingeschenkt. Aber ich schwöre euch, ich hab nicht mal ein ganzes Glas von dem Sekt getrunken –« Sie sah uns verzweifelt an. Wir nickten im Einklang, hingen an ihren Lippen, gebannt und auch ängstlich, was sie noch erzählen würde.

»Dann ist alles irgendwie verschwommen. Das Einzige,

was ich danach noch mitbekommen habe, war, dass plötzlich viel mehr Jungs da waren.«

»K.-o.-Tropfen!«, stellte Ki-Lu mit düsterer Sicherheit fest.

Was? Ich sah von ihr zu Sarah. Sarah nickte. »Sie haben jede Menge davon in meinem Blut gefunden.«

Das konnte doch nicht sein! So was stand in der Zeitung, ja – aber dass es einer von uns passierte, zu Hause, in unserer Wohnung. Ich wollte das einfach nicht glauben.

»Sag ich doch«, murmelte Ki-Lu und sah aus, als ob sie am liebsten jemanden verprügelt hätte.

»Aber Sarah –«, sagte ich leise. »Dann ist dir ja doch was angetan worden. Was richtig Heftiges.«

»Ja, aber wenigstens bin ich nicht vergewaltigt worden.«

»Wenigstens? Oh Gott! –«

»Was denkst du denn, Billie? K.-o.-Tropfen werden ja genau dafür eingesetzt, um Frauen auszuknocken, damit sie dann nicht mehr mitkriegen, was mit ihnen passiert!«

Es war ja nicht so, als hätte ich das nicht alles gewusst. In der Theorie. Aber der Gedanke, dass Sarah wirklich vergewaltigt hätte werden können, war einfach zu heftig. Das wollte ich mir gar nicht vorstellen.

»Aber wie –«, begann ich, schloss dann aber abrupt den Mund.

Sarah und Ki-Lu sahen mich abwartend an.

»Ich meine, wenn du ausgeknockt warst, bist du dir da ganz sicher, dass niemand –« Ich stockte.

»Eine Ärztin hat mich untersucht. Ja, sonst könnte ich es wirklich nicht wissen, du hast völlig recht. Ich kann mich an nichts mehr erinnern von letzter Nacht.«

»Wurde die Polizei verständigt?«, fragte ich rasch. »Ich

meine, wenn dir jemand K.-o.-Tropfen gegeben hat, dann interessiert die das doch, oder?«

»Die Ärztin hat das an die Polizei weitergeleitet, die jetzt angeblich gegen unbekannt ermitteln. Ich kann den Typen leider nicht mal mehr richtig beschreiben. Auf dem Foto sah er ganz anders aus. Die werden jedenfalls auch noch bei uns in der Wohnung auftauchen, Fingerabdrücke nehmen. Ich erinnere mich nur, dass er zuerst alleine kam und kurz darauf, die ganze Wohnung mit seinen Freunden voll war.«

»So ein Arsch!« Ki-Lu boxte wütend in die Bettdecke. Wesentlich ruhiger fügte sie dann hinzu: »Ich hasse Männer. Ich wusste immer, dass die nur Probleme machen.«

Sarah und ich tauschten einen kleinen Blick, doch heute widersprach keine von uns Ki-Lus verallgemeinernder Vorverurteilung. Hier und jetzt hatten wir alle die Nase gestrichen voll von Männern.

Ich zog zwei Stühle heran und schob Ki-Lu auf einen der beiden, damit Sarah etwas Freiraum bekam. Dann ließ ich mich auf den anderen sinken. »Sarah, eins müssen wir leider klären. Sowohl die Sanitäter vom Krankenwagen als auch die Schwestern hier haben uns gefragt, wie sie deine Familie verständigen können –«

Sarah sog erschrocken die Luft ein. »Keine Sorge. Wir haben ihnen keine Namen oder Nummern gegeben. Du bist ja achtzehn, da müssen sie zum Glück nicht deine Erziehungsberechtigten verständigen. Ich wollte nur sichergehen, ob das in deinem Sinne war.«

Sie drückte die Hand auf ihre Brust und nickte erleichtert. »Ich tue alles, was ihr wollt, aber bitte nicht meine Eltern.«

»Ist okay. Und du musst nicht alles tun, was wir wollen.«

Sie richtete sich etwas auf. »Was ist eigentlich passiert? Wo war ich, als ihr mich gefunden habt? Wobei, vielleicht will ich das auch gar nicht wissen. War ich in der Wohnung?«

Wie sich herausstellte, bestand Sarahs größte Befürchtung darin, Ki-Lu und mir Sorgen bereitet zu haben. Sie hatte keine Ahnung, in welchem Zustand sich die Wohnung befand.

Als Ki-Lu ihr zum Ende unseres Besuchs auch noch erzählte, dass die Hälfte der Bilder meines Großvaters im Eimer war, brach Sarah erneut in Tränen aus.

»Was machen wir denn jetzt?«, fragte sie verzweifelt. »Die Möbel und alles – dafür werde ich arbeiten, ich werde das Geld auftreiben, aber die Bilder! Ach, Billie …«

Ich versuchte, sie zu beruhigen. Und vielleicht auch mich selbst. »Wir werden schon eine Lösung finden, alle zusammen.«

»Das werden wir«, sprang Ki-Lu mir zur Seite. »Klar doch. Wir halten zusammen. Wir schaffen das.«

»Genau. Und es muss ja auch nicht alles gleich perfekt sein. Alles, was man nicht retten kann, werden wir rausräumen, damit meine Eltern keinen Herzinfarkt bekommen. Und bis meine Oma zu Weihnachten zu Besuch kommt, haben wir die Wohnung wieder auf Vordermann gebracht!« Es würde schon irgendwie klappen.

19. Kapitel

in dem Pläne geschmiedet werden, ganz viel ungesunde Eiscreme auf dem Speiseplan steht und Esmeralda einen Kuss bekommt. Igitt!

Ein Plan musste her, und zwar ein guter. Darüber waren wir uns einig und deswegen saßen wir am Abend nach Sarahs Rückkehr aus dem Krankenhaus zu dritt in der Küche und hielten eine Krisensitzung ab.

Sarah hatte drei Liter Eis samt Waffeln und Schokosirup bei Dolci Gelati, dem Eissalon an der Ecke, bestellt.

Was soll ich sagen. Ich mochte Schokolade, ich mochte Kuchen, ich mochte Pudding, aber ich *liebte* Eis. »Wow, Wahnsinn, dieses Bananeneis mit der Schokosauce drüber … Und Apfel-Zimt mit Schokosauce, mhhh, ist das lecker.«

Sarah sah mich halb verzweifelt, halb belustigt an. »Unglaublich. Da legt eine völlig Durchgeknallte deine Wohnung in Trümmer und du schaffst es, seelenruhig hier zu sitzen und von Eis zu schwärmen.«

Anscheinend war ich nicht nur konfliktscheu und eissüchtig, sondern auch eine Meisterin im Verdrängen. Sarahs deutliche Worte brachten mit einem Schlag die Erinnerung daran zurück, weswegen wir eigentlich hier saßen und uns mit Eis stärken mussten. Doch ein Blick in Sarahs schuldbewusstes Gesicht genügte, um meine eigenen Sorgen auch weiter zu verdrängen. »Erstens warst das nicht du, die hier herumgewütet hat, sondern irgendwelche perversen Typen«, widersprach ich Sarah. »Und zweitens hast du das Eis doch mitgebracht, damit wir was zum Schwärmen haben.«

Ich schob mir eine besonders große Portion in den Mund, was ich sehr schnell bereute. Mein Kopf fühlte sich urplötzlich an, als wäre er in einem Schraubstock festgeklemmt. Ich drückte die Hände auf meine Schläfen und verzog das Gesicht.

»Alles okay, Billie?«

»Eisverhirnung – ähm Hirnvereisung!«

Jetzt hatten die beiden wenigstens

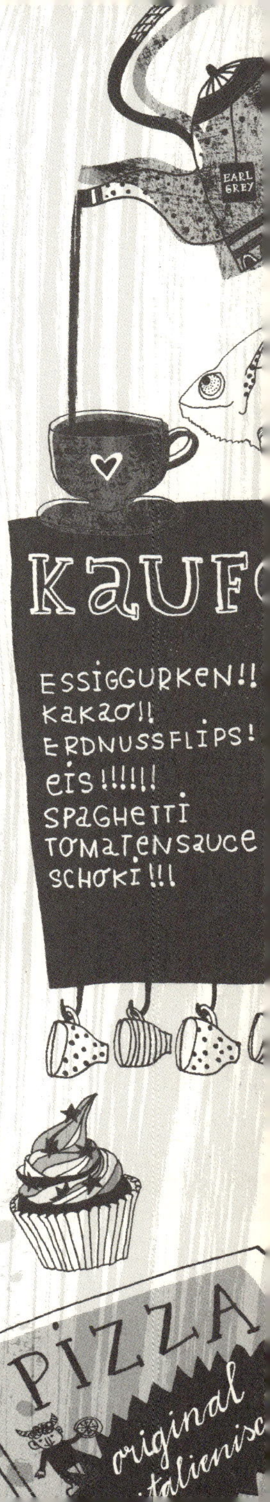

kurz was zu lachen und mich lenkte der Druck im Kopf auch erst mal ab.

»Gefahr von Hirnvereisung hin oder her, aber bitte probiert doch mal eine Bananeneis-Schokosaucen-Kombi aus, das glaubt ihr nicht, wie genial das schmeckt.«

Ki-Lu löffelte ihr Maronieis. »Schon mal was von einer Erfindung namens Schokobananen gehört, Billie? Natürlich glauben wir dir das.«

Sarahs Erdbeer- und Zitroneneis begann, langsam zu schmelzen, und schwamm wenig später in einer traurigen Sauce in der Schale herum. Den Kopf leicht nach unten gebeugt starrte sie ins Leere. Bei ihrem Anblick zog sich alles in mir zusammen. Es war so ungerecht, dass diese fiese Sache ausgerechnet Sarah passiert war, die doch ohnehin schon so viel Ungutes mit ihren Mitmenschen erlebt hatte. Die Ärztin im Krankenhaus hatte ihr in unserem Beisein zu einer Gesprächstherapie geraten. Sarah hatte artig genickt, aber unmissverständlich klargemacht, dass eine Therapie für sie nicht infrage kam. Dass Ki-Lu und ich die Ansicht der Ärztin unterstützten, machte die Sache noch schlimmer. Sie blockte total ab und das bereitete Ki-Lu und mir ernsthafte Sorgen. Wie würde sich die ganze Sache auf ihre Agoraphobie auswirken? Mittlerweile musste ich Ki-Lu recht geben. Dass Sarah sich im Freien fürchtete, wurde immer offensichtlicher. Nachdem wir sie mit dem Taxi aus dem Krankenhaus abgeholt hatten, war sie förmlich zum Hauseingang und in die Wohnung gespurtet. Und statt das Eis selbst beim Laden abzuholen, hatte sie es liefern lassen. Entschlossen legte ich den Löffel ab und sagte: »Sarah bitte, mach dir keine Sorgen. Wir schaffen das irgendwie.«

Sie schüttelte den Kopf. »Wie sollen wir das jemals schaffen? Und außerdem, warum wir? Ich hab den Schaden doch allein zu verantworten.«

»Moment!« Ki-Lu klopfte den Löffelstiel auf die Tischplatte. »Angerichtet haben das diese Bastarde.« Sie rollte leidenschaftlich das R beim Wort Bastarde.

Mir flutschte ungewollt ein kleines Lachen heraus und sogar Sarah musste kurz grinsen.

»Ihr seid so blöd«, maulte Ki-Lu. »In der Serie darf ich ständig solche Sachen sagen, da wollte ich es eben auch mal in echt ausprobieren.«

»Na gut«, lenkte ich ein. »Du hast recht, wir sollten es diesen *dreckigen Hurensöhnen* zeigen. Mit uns machen die das nicht!«

»Und was soll ich jetzt sagen?«, fragte Sarah. »Die knallen wir ab? Oder an den Galgen mit ihnen, wir sind die Lynchjustiz?«

Ki-Lu sprang ein: »Wie auch immer dein Text lautet, rächen sollten wir uns auf jeden Fall an denen.«

»Na, ich hoffe doch, dass die Polizei das für uns erledigt. Schließlich haben sie hier beim Fingerabdrucknehmen genug Chaos angerichtet«, bemerkte ich. »Die haben mittlerweile sicher schon rausgefunden, wer hinter dem Profil Lonelyranger steckt.«

Ki-Lu verschränkte die Arme vor der Brust. »Ich finde nicht, dass wir uns auf die Polizei verlassen sollten.«

»Diese Typen sind gefährlich.« Sarah sah mit einem Mal noch zerbrechlicher aus als ohnehin seit besagter Nacht.

»Nicht mehr für uns«, versuchte Ki-Lu, sie aufzubauen. »Wir kennen jetzt ihre Tricks. Aber die haben keine Ahnung davon, zu was wir alles fähig sind.«

»Zu was sind wir denn fähig?«, fragte ich zweifelnd.

»Ich hab da so eine Idee«, murmelte Ki-Lu nachdenklich. »Wir könnten Lonelyranger doch zumindest ein bisschen auf dieser Partnersuche-Homepage fertigmachen. Ein paar nette Anekdoten über ihn erzählen.«

»Ki-Lu!«, rief ich begeistert. Das war ja mal eine richtig gute Idee! »Du bist genial. Genau das machen wir.«

»Ja.« Sarah nickte. »Das finde ich auch gut. Aber könnten wir vorher noch die Sache mit der Wohnung bereden? Ich – Billie, es tut mir so leid, dass ich so blöd war, mich hier mit diesem Typen zu treffen.«

Ich streichelte ihren Arm, der auf dem Tisch lag. »Komm, dass du Lonelyranger reingelassen hast, das hätte jedem passieren können.« Ich dachte daran, wie naiv ich die ersten WG-Anwärter in der Wohnung empfangen hatte. Und hatte ich nicht auch Dominic sofort nach unserem ersten Kennenlernen zu mir in die Wohnung eingeladen?

Mit tränenverschleiertem Blick sah sie mich an. »Wie kannst du nur so nett sein, nach allem, was passiert ist? Kannst du mir wirklich so schnell verzeihen?«

Ich brauchte nicht lange zu überlegen. »Ja«, sagte ich einfach.

»Kannst du mir dann auch verzeihen, dass ich das Sieb geschmolzen hab?«, kam es von Ki-Lu in leichtem Schmollton.

»Moment«, stellte ich klar. »Der entscheidende Unterschied zwischen euch beiden ist, dass Sarah sich ja selbst schon bestraft. Weil sie wütend auf sich ist. Außerdem hat sie sich entschuldigt. Und außerdem hätte ich an ihrer Stelle vielleicht auch Lonelyranger in die Wohnung gelassen.«

»Siehst du. *Das* hätte ich nie gemacht«, konterte Ki-Lu.

»Natürlich hättest du das nie gemacht«, grinste ich. »Für dich sind Männer ja nur haarige Ekelmonster.«

»Allerdings.« Sie nickte hoheitsvoll.

»Und welches Sieb geht es hier eigentlich?«, erkundigte sich Sarah, aber ich winkte ab. »Vergiss es. Das willst du gar nicht wissen.«

Gleich darauf ertönte ein lautes Fauchen und ich wäre vor Schreck fast von der Bank gefallen. »Herrje, Esmeralda!«, knurrte ich. »Warum kann ich mir nicht einfach merken, dass sie jeden Abend einen Abstecher zum Kühlschrank macht?«

»Ich glaube, sie ist verliebt in den Kühlschrank ...«, überlegte Ki-Lu.

Wir musterten das Chamäleon, das auf seinem Lieblingsplatz in der Pflanze saß, die Ki-Lu unter Aufbietung all ihrer Kräfte wieder an ihren angestammten Platz vor dem Kühlschrank gestellt hatte. Esmeralda kehrte uns – wie so oft – den Rücken zu und fauchte munter weiter Richtung Kühlschrank. Der Krachmacher brummte laut zurück.

»Wie ein altes Ehepaar«, stellte Sarah fest. »Sie können sich nicht ausstehen, kleben aber trotzdem dauernd aneinander.« Sie stand auf und angelte Esmeralda aus der Pflanze. »Du bekommst jetzt was Feines zu essen, ja?« Dann küsste sie den schleimigen Rücken des Chamäleons und trug es in ihr Zimmer.

Ich verzog das Gesicht, während Ki-Lu selbst ganz verliebt aussah. Das sollte einer verstehen »Also, Küsschen austauschen mit Esmeralda findest du nicht eklig?« Es war wirklich an der Zeit herauszufinden, ob sie das männliche Geschlecht tatsächlich so gruselig fand, wie sie immer sagte.

»Esmeralda küssen ist doch nicht eklig! Und bevor du fragst: Ja, ich würde eher ein Chamäleon heiraten als einen Mann.«

Ich lächelte schwach und versuchte, Ki-Lu auf die Probe zu stellen. »Findest du wirklich alle Männer unattraktiv? Was ist denn zum Beispiel mit deinem »großen Bruder« James? Du kannst doch nicht ernsthaft behaupten, dass du den auch eklig findet, oder?«

Irritiert runzelte Ki-Lu die Stirn. »Du hast mich anscheinend falsch verstanden. Ich mag Menschen. Alle Menschen. Auch Männer.« Sie lachte. »Aber – wenn es jetzt ums Küssen geht –, ich finde nun mal alles, was damit zusammenhängt, total eklig. Spucke zum Beispiel. Ich meine, warum knutschen die Menschen mit ihren Zungen herum? Eine Zunge ist zum Sprechen da, und damit hat sich's.«

»Ich hab da ja auch keine Erfahrung, aber ich nehme an, wenn man verliebt ist, will man dem anderen Menschen einfach ganz nah sein.«

Ki-Lu rümpfte die Nase und sagte dann entschieden: »Sollte ich mich jemals verlieben, dann *bitte* in eine Frau!«

20. Kapitel

in dem ein Banküberfall in Erwägung gezogen wird und plötzlich eine Idee auftaucht, wie man zwei Fliegen mit einer Klappe schlagen kann

Während Sarah noch mit Esmeralda beschäftigt war, zog Ki-Lu mich in ihr Zimmer.

»Billie, uns muss was einfallen«, flüsterte sie und senkte die Stimme dann noch stärker. »Sonst geht Sarah echt kaputt. Ich finde, man sieht ihr das richtig an. Mal abgesehen davon, wird deine Oma ausflippen!«

Ich nickte bedrückt. »Ja, aber was …?!«

»Es ist echt bescheuert, dass ich nicht an mein Geld rankomme. Ich hab durch meine Jobs inzwischen sicher schon 150.000 Euro verdient –«

Mir klappte buchstäblich die Kinnlade runter. »Nicht dein Ernst.«

»Nicht mein Ernst? Hallo, geht's noch?!« Sie wedelte mit der Hand vor meinem Gesicht herum. »Mindestens 150.000. Ich arbeite, seit ich acht bin, vor der Kamera. Wäre ich

erwachsen und so gut beschäftigt, wie ich es bisher war, wär ich längst Millionärin.«

»Ach komm.«

»Natürlich. Überleg doch mal. Ich hab bisher noch keinen Cent von meiner Gage ausgegeben. Meine Miete zahlt die Filmfirma. Für Essen und den ganzen Rest bekomme ich von meiner Mutter Taschengeld überwiesen.«

Ich nickte nachdenklich. »Und wie viel?«

»Sagen wir so: Es reicht für Cornflakes – und dafür, dass ich ein paarmal im Monat shoppen gehen kann.«

Gut, ich kannte Ki-Lus Shoppingtouren und dementsprechend fiel das sogenannte Taschengeld, das sie von ihrer Mutter bekam, sicher wesentlich höher aus als das, was meine Eltern unter dem Begriff Taschengeld verstanden.

Ki-Lu schlug mit der Faust auf die Sessellehne. »Es ist zum Aus-der-Haut-Fahren!«

»Was ist zum Aus-der-Haut-Fahren?«, fragte Sarah und öffnete Ki-Lus Tür.

Wir erklärten es ihr.

»Ihr sollt sowieso nicht für meinen Schaden aufkommen!«

Doch Ki-Lu überlegte schon lautstark: »Viertausend hab ich auf dem Konto, an das ich rankomme, die kann ich euch geben. Sobald das nächste Monat beginnt, kann ich euch wieder tausendfünfhundert Euro geben. Ich komm bestimmt eine Zeit lang auch mit der Hälfte von meinem Taschengeld aus.«

Sarah fuhr sich verzweifelt mit den Händen durch die Haare. »Ich will das alles nicht. Bitte, gebt kein Geld für mich aus. Ich kann euch das nur schwer zurückgeben –«

»Mir brauchst du nichts zurückzugeben.« Ki-Lu schüttelte den Kopf und beeindruckte mich einmal mehr.

Doch Sarah war weniger begeistert. »Nein, wenn du so anfängst, dann kann ich mir wirklich nie etwas von dir leihen. Wenn ich jemals Schulden mache, dann bezahle ich die auch. Ich muss mir schleunigst einen Job suchen. Nur, ob ich bis zum Weihnachtsbesuch deiner Oma so viel Geld zusammenbekomme?«, fügte sie zweifelnd hinzu.

»Wir legen alle zusammen und teilen uns die Kosten«, formulierte ich meinen Wunsch. Dabei wusste ich nur zu genau, dass das kaum machbar sein würde, so wenig, wie ich selbst hatte. »Zumindest die 300 Euro, die ich der Produktionsfirma an Extramiete für Ki-Lu abknöpfe.«

»Natürlich legen wir zusammen. Und ich werde meine Mutter schon überredet kriegen, dass sie mir einen Teil meines Geldes jetzt gleich gibt«, beharrte Ki-Lu. »Du bist meine Freundin. Und Billie auch. Außerdem ist das hier doch auch meine Wohnung, oder etwa nicht?«

»Wir müssen eine Bank überfallen«, murmelte ich und erntete ein zweistimmiges »Was?«.

Ich konnte selbst kaum glauben, was ich da sagte, doch irgendwie schien es mir logisch in dem Moment. »Wir müssen eine Bank überfallen«, wiederholte ich.

Sarah lachte unfroh.

»Ich denke wirklich, dass das die einzige Möglichkeit ist, die uns bleibt«, versuchte ich, uns beide zu überzeugen, und war mir selbst nicht mehr ganz sicher, ob ich einen Scherz gemacht hatte.

»Wieso das denn?« Ki-Lus Stimme überschlug sich fast. »Ich hab doch gerade gesagt, dass ich das Geld auftreiben werde.«

»Ich weiß. Aber irgendwie glaub ich nicht, dass das klappt. Sie denkt bestimmt, dass sie dich beschützen muss. Vor Leuten, die sich dein Vertrauen erschleichen, um so an dein Geld zu kommen. Überleg doch mal, wie das für deine Mutter aussehen muss. Ihre Tochter zieht in eine Wohnung, in der eine Vollkatastrophe passiert, und dann soll ihre Tochter auch noch dafür aufkommen.« Das Wort Vollkatastrophe war kaum aus meinem Mund, da tat es mir schon leid.

»So war das nicht gemeint, Sarah«, schob ich schnell nach. »Ich will Ki-Lu doch nur klarmachen, wie das auf Außenstehende wirken könnte.«

Sarah fummelte mit zittrigen Fingern eine Zigarette aus dem Päckchen. »Mir jedenfalls musst du nichts klarmachen. Ich seh das genauso wie du. Ki-Lus Mutter wäre blöd, wenn sie uns helfen würde.«

»Und wenn ich ihr sage, dass ich das Geld für was anderes brauche?«, schlug Ki-Lu vor.

»Vergiss es«, sagte Sarah. »Sie würde merken, dass du lügst, und wäre noch viel misstrauischer.«

»Du kennst sie doch gar nicht.«

»Richtig. Aber dass sie das Geld und alles um dich herum so kontrolliert, zeigt mir, was für eine Art Mensch sie ist. Auf mich wirkt sie jedenfalls alles andere als leichtgläubig.«

»Das weiß ich«, stieß Ki-Lu bitter aus.

Mir kam eine neue Idee. »Ein Kredithai! Wir gehen zu jemandem, der uns Geld borgt.«

Sarah tippte sich an die Stirn. »Hörst du überhaupt, was du da sagst, Billie?«, rief sie. »Das Wort Kredithai sollte dich schon abschrecken.«

»Vielleicht haben die ja umsonst so einen schlechten Ruf«, sprang Ki-Lu mir zur Seite. »Vielleicht gibt's ja auch so was wie einen Kreditgoldfisch.«

»Ohhhh«, säuselte Sarah mit verstellter und hoher Stimme: »Oder vielleicht so etwas wie ein *Kreditseepferdchen?*«

Ich kicherte und erntete prompt einen bösen Blick von Ki-Lu. »Bitte entschuldige, dass ich helfen will!«

Sarah legte die Hand auf ihren Arm. »Sorry. Du bist echt lieb.« Spontan beugte sie sich zu Ki-Lu und umarmte sie. »Wirklich.«

»Schon okay«, nuschelte Ki-Lu schnell versöhnt.

»Ihr seid so tolle Freundinnen. Ich bin so froh, dass ihr da seid.« Sarah stieß einen tiefen Seufzer aus. »Aber aus dieser Scheiße muss ich mich irgendwie selbst ziehen.«

»Was meinst du jetzt damit?«, fragte ich so schnell, dass ich mich beinahe verschluckte. »Woher willst du das Geld bekommen?«

»Es gibt nur eine Möglichkeit.«

»Willst du wirklich eine Bank überfallen?«, rief Ki-Lu.

Sarah schüttelte den Kopf.

»Gut.« Ich atmete auf. »Das schaffst du nämlich nicht allein. Da braucht du mindestens eine von uns, die Schmiere steht, und eine, die die Leute in Schach hält.«

Sarah war schon auf dem Weg aus dem Zimmer. »Auf das, was ich vorhabe, steht keine Gefängnisstrafe – na ja, doch, eigentlich schon.« Eigentlich schon? Oje. Was hatte sie nur vor? Ein unangenehmes Gefühl breitete sich in meiner Magengegend aus.

»Sarah«, hielt ich sie auf, bevor sie aus der Küche war.

»Was hast du vor?«

»Lass das nur meine Sorge sein. Das ist eine Sache, die muss ich alleine durchziehen.«

Meine Magenschmerzen wurden stärker. »Määp!« Ich ahmte eine Hupe nach. »Kommt gar nicht infrage! Diese Märtyrernummer ist doch Quatsch. Hier wird niemand was alleine durchziehen.«

»Lass das nur meine Sorge sein.«

»Das hast du schon gesagt«, erwiderte ich. »Und ich hab darauf gesagt –«

»Määp«, machte Ki-Lu und wir lachten alle drei. Vielleicht wird doch noch alles gut, dachte ich, während mein Magen endgültig rebellierte.

»Also, was hast du vor?«, versuchte Ki-Lu es ein letztes Mal.

»Vergesst es. Ich sag es euch nicht.« Im Hinausgehen rief sie noch: »Aber ich werde morgen früh mit dem nötigen Geld zurückkommen.«

»Sarah –«

Doch sie hatte den Raum bereits verlassen.

»Was denkst du, hat sie vor?«, fragte ich Ki-Lu und hoffte, dass sie meine Panik einfach nur lächerlich finden und mir ausreden würde. Doch Ki-Lu schüttelte nur den Kopf.

»Mir schwant Böses, sehr Böses.« Sie blinzelte nachdenklich. »Nein, das würde sie ja hoffentlich doch nicht tun.«

»Was denn?« Ich war verwirrt.

»Na ja. Wie könnte ein attraktives Mädchen wie Sarah schnell zu Geld kommen …«, fragte Ki-Lu langsam.

Jetzt begriff ich endlich. »Oh nein. Du denkst doch nicht das, was ich grad denke, dass du es denkst!«

»Wenn es das ist, was ich denke, dass du es gerade denkst, dass ich es denke …«

Ich sprang auf und stürmte aus dem Zimmer den Flur entlang. »Oh nein, das macht sie nicht!«, rief ich und klopfte heftig gegen Sarahs Tür. Keine Antwort. Ich machte die Tür auf und warf einen Blick ins Zimmer. Sarah war nicht da.

Ki-Lu drängte sich dicht hinter mich und stöhnte auf, als sie das leere Zimmer sah. »Sie ist weg. Weil du es nicht früher begriffen hast, Billie!«

»Nein, weil du mich so lang auf die Folter gespannt hast, anstatt es mir einfach zu sagen.«

»Da hättest du doch selbst draufkommen müssen.«

»Ist doch jetzt egal. Wir müssen sie finden. Komm!«

Ich rannte in den Flur, schlüpfte in meine Schuhe und scheuchte Ki-Lu aus der Wohnung.

»Schlüssel!«, rief sie.

»Hab ich!«

»Moment! Ist sie echt aus dem Haus? Mit ihrer Agoraphobie?«

Ich stoppte. »Du hast recht. Sie muss total verzweifelt sein, wenn sie es sogar schafft, aus dem Haus zu gehen …«

»Komm!«, rief Ki-Lu und stürmte zum Lift.

»Ich nehm die Treppe! Wir sehen uns unten!«

»Billie, sei nicht kindisch«, hörte ich sie von oben rufen.

»Wir werden ja sehen, wer schneller ist!«, rief ich zurück.

Ich war einen Atemzug vor ihr unten und erwartete sie keuchend vor dem Lift. Dann bekam ich einen Hustenanfall.

»Bitte leise sterben«, spöttelte Ki-Lu und setzte hinzu: »Sport ist Mord.«

Ich holte röchelnd Luft und ließ mich von ihr ins Freie ziehen.

»Wo hat sie ihr Auto geparkt?« Wir sahen uns um.

»Da! Da drüben!«, schrie Ki-Lu und zerrte mich mitten auf die Straße.

»Warte!«

Reifen quietschten und eine sagenhaft laute Hupe dröhnte in meinen Ohren. Ich wusste weder, wo vorn und hinten war, noch, woher die Gefahr kam oder wohin wir flüchten sollten. Ki-Lu ging es scheinbar ähnlich, denn sie klammerte sich nur an mich und kniff die Augen zu.

Nachdem das Quietschen und Hupen geendet hatte und wir immer noch aufrecht standen, waren wir wohl nicht von einem Auto überfahren worden.

Der Fahrer des Autos war trotz-

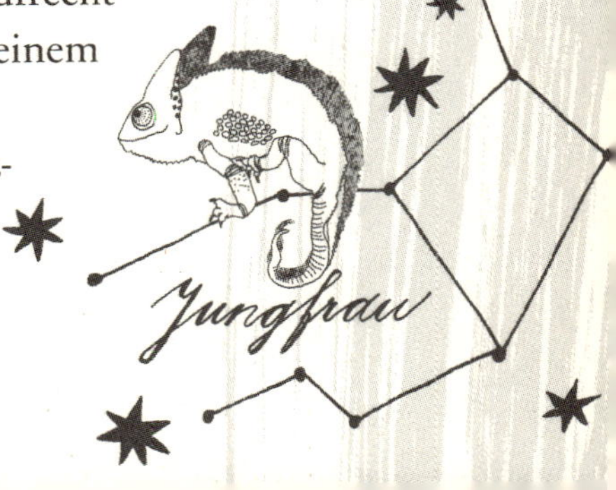

dem stocksauer. »Seid ihr wahnsinnig, ihr zwei? Fast hätte ich euch überfahren. Solche Gören.«

Ki-Lu und ich zogen uns schnell auf den Gehsteig zurück und senkten verlegen die Köpfe. Auch andere Autofahrer kurbelten nun ihre Fenster herunter und riefen uns zu, ob wir den Verstand verloren hätten.

Schnell verdrückten wir uns ins Haus. Im selben Moment kam Sarah die Kellertreppe hoch. Sie war noch blasser als sonst.

»Da bist du ja!«, rief Ki-Lu und klang mindestens genauso erstaunt wie erleichtert. »Hast du das Geld im Keller gesucht?«

Sarah überhörte ihren Witz. Wahrscheinlich war ihr gerade gar nicht zum Lachen zumute. »Nein ich – hab mich bloß verlaufen, weil ich schon so lange nicht mehr im Treppenhaus war.«

Das zumindest stimmte. Ich spürte, wie Ki-Lu mir wissende Blicke zuwarf.

»Gehen wir nach oben«, schlug Sarah vor. »Ich muss nachdenken.«

»Nachdenken kann man am besten beim Treppensteigen«, behauptete ich und dirigierte die beiden vom Fahrstuhl weg.

»Na, wenigstens hast du keine Dummheiten gemacht«, stellte Ki-Lu erleichtert fest und klang dabei mal wieder viel zu erwachsen für ihr Alter.

»Und wie genau hätten die aussehen sollen?«

»Na ja, du weißt schon … das, was du vorhattest.« Ki-Lu bohrte mir ihren Ellbogen in die Seite.

»Ja, ähm«, übernahm ich, »du weißt schon …«

Sarah sah mich abwartend an. »Ja?«

Ich seufzte ergeben. »Also gut. Dass du –« Ich überlegte krampfhaft, wie ich unseren Verdacht möglichst harmlos formulieren konnte, »dass du dir das Geld von irgendwelchen Männern holst«, sagte ich so beiläufig wie möglich.

»Du dachtest, ich will mich prostituieren?«, stieß Sarah hervor.

»Billie!«, schob Ki-Lu entsetzt hinterher und wich ein gutes Stück von mir zurück. »Du kannst doch nicht ernsthaft an so etwas gedacht haben!«

»Was? Das dachtest du doch auch!«

»Spinnst du?« Ki-Lu schien ehrlich schockiert.

»Aber ich hab dich doch extra gefragt: ›Denkst du, was ich denke, dass du es denkst‹, und du hast gesagt: ›Wenn es das ist, was ich denke, dass du es denkst, dass ich es denke –‹«

»Lasst den Quatsch«, bat Sarah. »Ich wollte mir das Geld von meinen Eltern holen.«

»Eben«, sagte Ki-Lu. »Genau meine Vermutung.«

Oh bitte! Bei nächster Gelegenheit würde ich Ki-Lu den Hals umdrehen.

Doch jetzt war erst mal Sarah wichtiger. »Nein, zu deiner Familie kannst du auf keinen Fall gehen. Du hast doch selbst gesagt, dass deine Eltern dich eh schon ständig mit Vorwürfen überschütten und dir dauernd das Gefühl geben, du machst alles falsch. Diese Sache ist für die doch ein gefundenes Fressen.«

»Mir bleibt einfach nichts anderes übrig.«

Plötzlich kam mir eine Idee. Ein Geistesblitz! Ich blieb mitten auf der Treppe stehen.

Ki-Lu drehte sich zu mir um. »Oh, oh, ich glaube, jetzt will sie uns etwas sagen.«

»Alles okay, Billie?«, erkundigte sich Sarah.

Ich nickte, erst langsam, dann überzeugter. »Aber ja. Und wie! Mir ist gerade eingefallen, wie wir ein paar Hunderter mehr pro Monat bekommen können, und vor allem, mit wessen Hilfe wir die Bilder von meinem Opa wieder so weit reparieren, äh, restaurieren können, dass meine Oma nichts merkt.«

Während Sarah oben die Reste ihres Eissees austrank und Ki-Lu sich mit einem Glas Leitungswasser vergnügte, erzählte ich ihnen von meinem Plan. »Als wir vorhin über Sarahs Eltern gesprochen haben, habe ich mich an ein Mädchen erinnert, das zum WG-Casting hier war. Sie war mir eigentlich total sympathisch, aber ihre Familie klang auch irgendwie seltsam. Und irgendwie hatte ich Sorge, dass es mit ihr Probleme geben könnte.« Ich überlegte kurz. Meine Bedenken wegen Dominic verschwieg ich den beiden lieber. Aber die waren jetzt auch nebensächlich. »Außerdem seid dann just am nächsten Tag ihr beide auf der Bildfläche erschienen.«

»Und was willst du uns jetzt damit sagen?«, erkundigte sich Ki-Lu verwirrt.

Ich stützte mich mit den Handflächen auf der Tischplatte ab. »Ist euch klar, dass wir immer noch ein Schlafzimmer frei haben?«

»Meine Entspannungsoase?«, fragte Ki-Lu.

»Mein zukünftiges Labor?«, fragte Sarah.

»Ja, und mein ehemaliges Gästezimmer. Na und, what shall's?« Ich machte eine Bewegung, als würde ich etwas hinter mich werfen. »Neue Situation, neue Pläne.«

»Das kann ich nicht von euch verlangen, dass hier noch jemand einzieht, nur wegen mir.«

»Jetzt hör doch endlich mal auf, Sarah! Wir wollen dir helfen. Und das gerne. Außerdem würden wir zwei Fliegen mit einer Klappe schlagen.«

»Wegen der Bilder? Kann dieses Mädchen denn so gut malen?«

»Sie nicht. Aber ihr großer Bruder, der auch hier in München studiert und nicht nur saugut zeichnen, sondern auch beschädigte Gemälde wiederherstellen kann.«

»Das wäre ja wirklich genial.«

»Eben. Drückt uns die Daumen, dass sie noch immer ein Zimmer sucht.« Kurz entschlossen zückte ich mein Handy.

»Moment!« Sarah klopfte auf den Tisch. »Du hattest Sorge, mit ihr würde es Probleme geben.«

»Ach so, ja.« Ich ließ das Handy sinken. »Doch was damals ihr einziger Schwachpunkt war, könnte uns jetzt von größtem Nutzen sein. Eben ihr Bruder, der Restaurator.«

»Restau…was?«, fragte Ki-Lu stirnrunzelnd.

Ich winkte ab und durchsuchte mein Telefonbuch. »Erklär ich dir später. Ich ruf Ilvy jetzt mal an.«

»Sie heißt Ilvy?« Sarah lächelte. »So wie die Ilvy von *Wickie*?«

»Wickie, wer?«, fragte Ki-Lu.

Ich sah Ki-Lu verblüfft an.

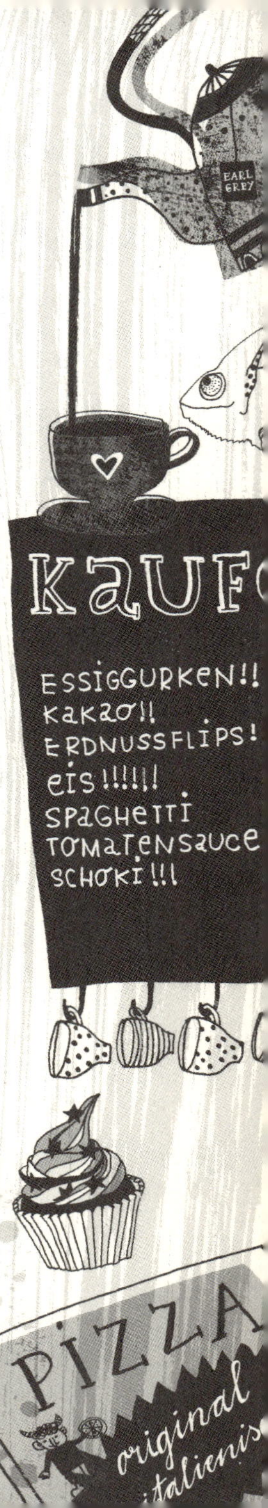

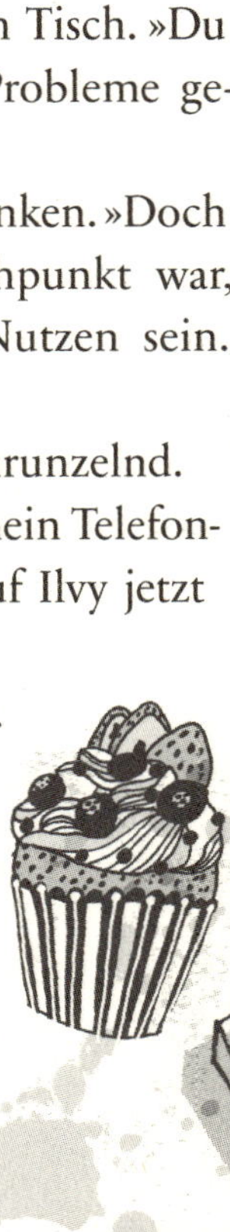

Menschenskind! Hast du denn gar nichts mitgekriegt vom Leben?

»Sag bloß, du kennst *Wickie und die starken Männer* nicht?«

»Ach das. Ja, da gab's so ein Lied …«

Da gab's vor allem eine Fernsehserie!

»Da gab's vor allem 'ne Fernsehserie«, erklärte Sarah.

Sag ich doch.

21. Kapitel

in dem sich unser Nesthäkchen gewieft zeigt, jemand rot wie die Wand wird und ein Handy merkwürdige Melodien dudelt

Leider schien es, als würde ich Sarah und Ki-Lu ihre neue Mitbewohnerin in spe vorerst nicht vorstellen können, denn Ilvys Handy war ausgeschaltet, diesen und auch den ganzen nächsten Tag. Ich konnte mich partout nicht an ihren Nachnamen erinnern, ging am Nachmittag sogar zu Dominic hinauf und fragte ihn, ob er den Namen noch wüsste, doch Fehlanzeige. »Hieß sie wirklich Ilvy?« Er runzelte die Stirn. »War das nicht Gina?«

»Wie Gina-Lisa?«

»Gina-Lisa? Wer ist das? Ich hab eher an die Ente von Pinocchio gedacht.«

»Ach so.« Ich grinste. »Macht ja auch Sinn in dem Fall: Wickie, Pinocchio …«

»Und wer ist jetzt diese Gina-Lisa?«

Ich hob die Augenbrauen. »Guckst du so wenig Fernsehen?«

Er nickte zögerlich. »Na ja, wir – also, ich habe keinen Fernseher.«

Entsetzt schrie ich auf. »Echt, jetzt? Warum?«

Dominic lachte. »Du klingst, als wäre das das Schlimmste, was du dir vorstellen könntest …«

»Nein«, wiegelte ich schnell ab. »Nein! Natürlich ist es nicht das Schlimmste, was ich mir vorstellen könnte.« Aber ganz so sicher war ich mir dabei nicht. Ich liebte das Fernsehen. Nicht nur als Unterhaltungsmittel, sondern mich faszinierte das Fernsehen als Ganzes. Mit allem Drum und Dran, vor allem damit, was hinter den Kulissen vor sich ging. »Es ist nur – ich –, ich hab mir ja einen Job in dieser Branche gesucht, weil ich das Fernsehen eben sehr mag. Ich möchte später unbedingt Drehbuchautorin werden. Und zwar fürs TV, nicht fürs Kino. Ich will mir witzige neue Serien ausdenken –« Um mein Anliegen zu untermauern, gestikulierte ich wild mit den Händen herum.

»Ja und? Ist doch toll. Vielleicht kaufe ich mir ja sogar einen Fernseher, wenn dann mal eine Serie von dir läuft.«

»Ja?«

»Klar, warum nicht?«

Puh, jetzt hatten wir aber gerade noch die Kurve gekriegt. Ich und ein Mann, der nie fernsah … Das war wie eine Ehe zwischen einer Schlachterin und einem Vegetarier. Einer alten Schlachterin und einem jungen Vegetarier.

Während ich in den vierten Stock zurückging, überlegte ich, wovor ich eigentlich solche Angst hatte. Dass ich mich in jemanden, der zu jung war, verlieben könnte? Oder doch eher davor, dass besagter Junge sich in eine meiner Mitbewohnerinnen verlieben könnte? Ach, Billie, das ist doch Schwachsinn, ermahnte ich mich. Wenn das passieren würde, könnte ich es sowieso nicht aufhalten.

Als ich zurück in unsere Wohnung kam, wurde mir zum ersten Mal klar, wie unterschiedlich die beiden Typen waren, in die ich mich da verguckt hatte. Auf der einen Seite Dominic, der jünger war als ich und kein Fernsehen mochte. Auf der anderen Seite James, der fürs Fernsehen arbeitete und außerdem drei Jahre älter war als ich, was ich an sich schon ziemlich anziehend fand. Anders als Sarah interessierten mich keine Männer, die zehn Jahre älter waren als ich. Aber James war zwanzig und diese Zahl alleine klang einfach unsagbar cool. Ich und ein Zwanzigjähriger ... Tja, träumen durfte man ja, auch wenn der kleine Flirt, den ich mit ihm hatte, vermutlich nichts anderes war als eben das: ein kleiner Flirt.

Oma Elfis übler Lieblingsspruch *Besser der Spatz in der Hand als die Taube auf dem Dach* fiel mir ein. Konnte ich Dominic wirklich als Spatz bezeichnen? Blödsinn, Billie. Das hatte er echt nicht verdient. Und so leicht würde es für mich auch nicht sein, ihn mir zu angeln.

Ki-Lu kam mit einem Apfel in der Hand aus der Küche und ich hielt sie auf. »Du, jetzt mal ganz ernst: Du hast gestern doch auch gedacht, dass Sarah sich das Geld von irgendwelchen Männern holen will, oder nicht?«

»Hmm.« Sie tat, als müsse sie überlegen.

»Ki-Luhu ...«, sagte ich drohend.

Da strahlte sie mich an und antwortete fröhlich: »Natürlich hab ich das auch gedacht. Ich war nur nicht so blöd, ihr das auf die Nase zu binden.« Dann biss sie in den Apfel, dass es knackte, und hüpfte davon. Ungläubig starrte ich ihr nach. Mann, Ki-Lu. Echt.

An diesem Abend saßen wir zu dritt in Ki-Lus Zimmer auf dem Boden und starteten den fruchtlosen Versuch, einen Song für Dominic und meine imaginäre Band zu schreiben.

Sarah wechselte die Sitzposition. »Was du dir da eingebrockt hast, Billchen …«

»Ich weiß«, antwortete ich zerknirscht.

»Gefällt dir Dominic eigentlich immer noch so gut?«, fragte Ki-Lu in so auffallend beiläufigem Ton, dass es mir sofort verdächtig vorkam.

Interessanterweise ging sie in Verteidigungshaltung. »Ich meine ja nur … immerhin hast du in letzter Zeit ziemlich viel über James geredet.«

Erwischt. »Ja, na ja, äh«, druckste ich herum.

Sarah sah von mir zu Ki-Lu. »Dieser James spielt deinen Bruder bei GBKS, oder?«

»Ganz genau. Und er hat ziemlich offensichtlich Gefallen an Billie gefunden …«

Ich lief knallrot an. »Jetzt im Ernst? Meinst du das wirklich?«

Ki-Lu deutete mit einer lässigen Geste zu mir, während sie Sarah antwortete. »Und Billie hat ziemlich offensichtlich auch Gefallen an James gefunden.«

»Na ja, er ist schon toll. Aber jetzt noch mal: Denkst du wirklich, dass er mich – ähm mag?«

»Ähm, mögen tun wir dich alle am Set. Aber James gefällst du auch. Sonst würde

er nicht immer wieder deine Nähe suchen. Ich hab euch beobachtet.« Sie nickte weise, Ki-Lu, die Allwissende.

»Das ist doch super, Billie«, strahlte Sarah mich an. »Jetzt hast du gleich zwei an der Angel. Das nimmt vielleicht ein bisschen Druck raus bei Dominic. Und bei James umgekehrt auch. Du kannst also mit beiden viel lockerer umgehen – weil du ja noch jemanden in petto hast, der dir gefällt.«

Das hörte sich zwar alles ausgesprochen prima an, doch hatte ich nicht wirklich das Gefühl, dass die beiden Herren vor lauter Sehnsucht nach mir vergingen.

Ein Themenwechsel musste her. Bitte ganz schnell. »Ich versuche es jetzt noch mal bei Ilvy«, erklärte ich mit rauer Stimme.

Sarah und Ki-Lu erwiesen sich als einfühlsame Freundinnen und verloren kein Wort mehr über mein Liebesleben.

Diesmal schienen wir mehr Glück zu haben. Statt Ilvy meldete sich nicht gleich die Mailbox, sondern etwas, das wohl den Freizeichenton darstellen sollte. Ich grinste und drückte die Lautsprechertaste, sodass die anderen auch was mitbekamen.

»What the fuck«, flüsterte Sarah.

»Oh, ich liebe Helene Fischer.« Ki-Lu sang gleich mit.

»Hallo? Ilvy Reifenbach am Apparat?«

Ihre Stimme klang so nett und unschuldig, dass Sarah und Ki-Lu sofort zu lächeln anfingen. Genau so war es Dominic und mir bei unserer Begegnung mit dem Landmädchen ja auch gegangen. Ich wollte mich gerade melden, als Ilvy mir zuvorkam: »Hallo? Ilvy Reifenbach ist noch immer am Apparat?«

Sarah schaffte es, einen tonlosen Lachanfall zu fabrizieren. Kein Mucks kam über ihre Lippen, dafür sammelten sich in ihren Augen bereits erste Lachtränen.

»Ilvy, hallo. Hier ist Billie –«

»Billie? Billie Ball? Die Billie? Aus München? Juhuu!«

Aus Sarahs Kehle drang ein Quieklaut.

Ki-Lu kam näher und rief: »Ja, hier sind Billie, Sarah und Ki-Lu –«

»Aus München!«, krakeelte Sarah mit erstickter Stimme.

Ich flehte sie mit den Augen an, sich zusammenzureißen, und stellte Ilvy die Frage aller Fragen: »Bist du noch immer auf der Suche nach einer WG?«

»Ja, und wie! Bei meinem Bruder ist es so schrecklich, dass ich vor ein paar Tagen freiwillig nach Hause gefahren bin. Es gab zwar eine andere WG, aber ich wollte noch ein bisschen abwarten. Vielleicht meldet sich Billie Ball ja doch noch, hab ich mir gesagt.«

Ihr Geständnis war so süß, dass ich sofort Schuldgefühle bekam. »Es tut mir so leid, dass es so lange gedauert hat. Ich hatte deine Nummer verloren und –

»Ach, das macht doch nichts. Jetzt hast du mich ja angerufen. Heißt das …?« Sie ließ die Frage offen.

»Ja«, riefen wir zu dritt. »Wir wollen unbedingt, dass du bei uns einziehst«, fügte ich drängend hinzu.

Aus dem Handy war ein hohes Quietschen zu hören, dann: »Ja, wirklich? Ist das wahr? Ist das wirklich wahr? Billie? Billie, hörst du mich?«

»Klar. Unbedingt!«

Ki-Lu sagte laut: »Ilvy-Schatz, Sarah und ich wohnen auch da. Ist das okay für dich?«

»Dann sind wir also zu viert? Vier Mädels, die die Großstadt auf den Kopf stellen? Yippie yeah, Schweinebacke!«

Es stand also fest. Ilvy Reifenbach würde zu uns ziehen.

Doch vorher hatten wir noch etwas zu erledigen.

22. Kapitel

in dem Rache süß ist, ein Liebesbrief für Verwirrung sorgt und eine Kugel das große Geld bringen soll

Noch am selben Abend legten wir uns ein paar neue E-Mail-Adressen zu und meldeten uns auf der Partnersuchplattform *kennenlernenundmehr.com* an. Wir saßen zu dritt auf Sarahs Bett und hinterließen in jedem Kommentarfeld, in das man schreiben konnte, sowie im dazugehörigen Forum unsere Meinung zu Lonelyranger. Mit keinem Wort erwähnten wir jene Nacht, geschweige denn sonst irgendetwas, das er mit Sarah in Verbindung bringen konnte, stattdessen erzählten wir ein paar nette, andere Geschichten. Lonelyranger war ein notorischer Grabscher, den man ja nie treffen sollte. Lonelyranger war ein Krimineller, der Frauen nur das Geld aus der Tasche ziehen wollte. Und Lonelyranger war ein Muttersöhnchen, das nur Frauen anchattete, die aussahen wie seine Mami.

Tja, Lonelyranger verschwand bald vom Bildschirm. Natürlich war uns allen

klar, dass er sich höchstwahrscheinlich einfach unter einem anderen Namen angemeldet hatte, doch zumindest hatten wir ihm seinen Nickname versaut und alle aktuellen Kontakte vor ihm gerettet.

Drei Tage vor Ilvys Einzug hatte ich eine Verabredung zum Lunch im Plaza mit Mick und zwei Herren, die Gott und die Welt zu kennen schienen und enorm wichtigtaten. Strenggenommen konnte man eigentlich nicht von Verabredung sprechen, weil ich natürlich nur als Micks Assistentin dabei war. Dennoch war ich aufgeregt. Ich war noch nie in meinem ganzen Leben im Plaza gewesen und hatte den Abend davor mit Sarah beraten, was ich anziehen sollte. Sie wollte unbedingt, dass ich eines ihrer kurzen Kleider trug, doch ich weigerte mich, sie anzuprobieren.

»Ich weiß gar nicht, wo dein Problem ist, Billie«, ereiferte sie sich.

»Muss ich es denn wirklich laut aussprechen?«

»Na anscheinend.«

»Du bist fünf Zentimeter kleiner als ich und wahrscheinlich fünfzehn Kilo leichter.«

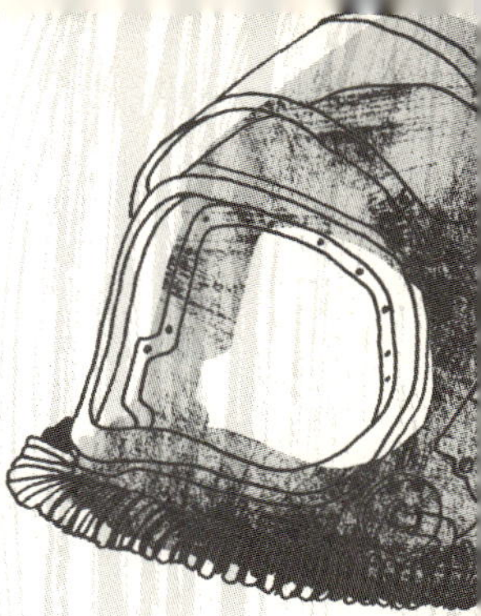

SARAH, 18

TRAUMBERUF: ASTRONAUTIN

NEBENJOB: WAHRSAGERIN

HAUSTIER: *Esmeralda,* EIN CHAMÄLEON

OFESSIONELLE WAHRSAGERIN 30 min 60€

»So ein Blödsinn!«, schimpfte sie mich aus. »Was wiegst du?«

Ich seufzte schwer und verriet es ihr. Es stellte sich heraus, dass es keine fünfzehn, aber immerhin elf Kilo waren.

»Na und«, sagte sie. »Du bist ja auch viel größer.«

»Na, so viel auch wieder nicht. Aber wie auch immer – in deinen Kleidern würde ich mir vorkommen wie ein Nilpferd, das sich in XS gequetscht hat.«

»Meine Fresse, da hat aber jemand ein vollkommen falsches Bild von sich.«

»Das glaub ich nicht. Als Maike und ich ein Jahr lang so einen Modern-Dance-Kurs gemacht haben, hat uns einer von den Typen dort immer Dick und Doof genannt. Und – man höre und staune – ich war nicht die Doofe.«

»Na zum Glück. Aber ich nehme mal an, Maike war auch nicht doof, oder?«

Ich schüttelte den Kopf.

Sie sah mich an. »Und *trotzdem* wurde sie so genannt. Merkste was?«

»Ja, dass die Welt grausam ist.«

Sie holte ein tailliertes knielanges Kleid in einem wunderschön strahlenden Mittelblau aus dem begehbaren Schrank und drückte es mir in die Hand. »Du steigst jetzt in dieses Kleid – und wenn ich dich reinprügeln muss.«

Ich hob die Augenbrauen. »Du glaubst also selbst nicht dran, dass ich da ohne Hilfe reinkomme.«

Kommentarlos verpasste sie mir eine Kopfnuss. Au!

Am Ende hatte sich Sarah doch durchgesetzt und nun stand ich seit eineinhalb Stunden in diesem Traum von Kleid vor dem Restaurant des Nobelhotels Plaza und passte auf, dass sich die zwei kampfgeilen Rüden, die je einem der wichtigen Herren gehörten, nicht gegenseitig zu Hackfleisch machten.

»Was? Seit wann darf man ins Plaza keinen Hund mehr mitnehmen?«, hatte sich einer der Herren lautstark beim Empfangsherrn beschwert.

»Die Hausordnung lautete immer schon so, verehrter Herr.«

»Also, das kann nicht sein. Rudolf, was sagst du dazu?«

»Ja, ich bin genauso perplex wie du, Claas. Auch ich meine, mich erinnern zu können, dass ich im Plaza schon Hunde gesehen habe.«

»Nicht im Restaurantbereich, die Herren.«

Claas fing an, wild zu gestikulieren. »Ich habe doch selber schon mit meiner Ex – Gott sei ihrer Haut gnädig, die sie sich dank meiner Alimente das ganze Jahr unter der Sonne Arujás verbrennt – einen Hund hier reingebracht.«

»Cicero hast du dir doch erst nach Dolly zugelegt. Ach ja, Dolly hatte diesen kleinen Schoßhund – Ca… Ca… Camembert?«

»Camilla, die kleine Hexe.«

»Sprichst du jetzt von deiner Frau?«, versuchte Mick einen Scherz.

»Kann es sein, dass der werte Herr das Schoßhündchen damals in einer Tasche dabeihatte?«, mischte sich der freundliche Empfangsherr ein, während ich mich fragte, worüber ich als Erstes entsetzt sein sollte.

»Na, das kann sein. Also, ich selbst natürlich nicht, aber die Dolly. Die Dolly hat das drollige Ding sogar in einer Tasche ins Flugzeug nach Arujá mitgenommen. War ein Hürdenlauf mit den Impfungen, die sie davor gebraucht hat, kann ich euch sagen. Die Camilla mehr als die Dolly.«

So höflich der Empfangskellner des Restaurants auch den Erlebnissen von Dolly und Camilla lauschte und sosehr er auch Verständnis dafür hatte, dass Cicero und Rufus die Trennung von ihren Herrchen kaum verkraften konnten, und sei es auch nur für ein schnelles Mittagessen, tja, sosehr er also eigentlich auf unserer Seite stand, so wenig konnte er gegen die Hausordnung machen.

Doch zum Glück fiel Mick eine Lösung ein, mit der alle gut leben konnten. Na ja, zumindest fast alle. Seine »Volontärin, die vortreffliche Billie Ball«, wie er sagte, würde einfach draußen bei den Hunden bleiben und aufpassen, dass ihnen nichts passierte, dass sie – da sei Gott vor – am Ende nicht etwa zu Entführungsopfern wurden, schließlich seien die beiden so was von reinrassig und edel.

Reinrassig, edel und eklig, dachte ich, als ich an meinen Fingern roch, nachdem ich beiden den Kopf getätschelt hatte. Warum riecht man eigentlich an seinen Fingern, wenn man doch schon vorher weiß, dass es stinken würde.

Memo an mich:
Nicht mehr tun!

Ich kam mir absolut peinlich rausgeputzt vor in Sarahs himmelblauem funkelndem Kleid und hatte das Gefühl, dass jeder mich anstarrte. Die Leute, die das Restaurant verließen, warfen mir mitleidige Blicke zu. Die, die hineingingen, ließen die Tür einen Moment zu lange offen, wenn ich hinsah, so als rechneten sie damit, dass ich doch noch mitkommen würde.

Ich beschloss, mich meinen Schicksal zu ergeben, und – um den Gästen und mir weitere Peinlichkeiten zu ersparen – wandte mich ausschließlich den Hunden zu.

»Junge Dame –«

Ich runzelte die Stirn. Konnte es sein, dass jemand mich damit meinte. Da kamen die Worte noch einmal, ähnlich leise gerufen: »Junge Dame!«

Ich sah hoch. Der Empfangsherr winkte mich mit einer kaum sichtbaren Geste zu sich. Was passierte denn jetzt? Fragend ging ich auf ihn zu und rechnete bereits damit, dass er mir noch einen Hund zum Babysitten übergeben würde, den ein anderer unwissender Gast mitgebracht hatte.

Doch stattdessen reichte er mir ein großes Stück Kuchen auf zwei Servietten und sagte: »Eine kleine Aufmerksamkeit des Hauses – und das hier kommt von einem meiner Kollegen.« Er steckte ein zusammengefaltetes Blatt Papier zu dem Kuchen.

Mir fehlten die Worte. Es dauerte, bis ich endlich ein »Wow, danke, das ist aber lieb« herausbrachte.

Der Empfangsherr deutete eine Verbeugung an und wandte sich dann an zwei Personen, die gerade das Restaurant verließen. »Es war eine Freude, Sie bei uns zu haben, Frau und Herr Schwartig. Einen geruhsamen Nachmittag wünsche ich.«

Ich verzog mich mit meinen Schätzen zu den Hunden, sprang aber sofort wieder auf, als sich Rufus und Cicero auf meinen Kuchen stürzen wollten. Ich wusste, dass es gierig aussehen musste, aber ich drehte dem netten Plazaangestellten den Rücken zu und biss in den Kuchen, bevor ich mich dem Zettel widmete. Mann, was war das für ein abartig guter

Kuchen. Ich nahm noch einen Bissen. Der jedoch blieb mir fast im Hals stecken, als ich die Mitteilung las.

Schöne Unbekannte, die Du so anmutig in Deinem blauen Kleid auf der Bank sitzt und Dich um die Hunde kümmerst. Ich weiß, dass wir uns nie treffen werden, doch ich wollte dir unbedingt mitteilen, dass Du die Frau meiner Träume bist.

Betroffen blickte ich auf und sah zum Eingang des Plaza hinüber. Wirre Gedanken kreisten in meinem Kopf und stritten um die Vorherrschaft. Befand sich dort drinnen mein zukünftiger Ehemann, meine große Liebe, der Vater meiner Kinder? War der Absender jemand, den ich kannte? Konnte es Dominic sein? Oh mein Gott, konnte es James sein? Unsinn, wie kommst du nur auf so was, Billie. Erstens hatte der Empfangskellner von einem Kollegen gesprochen und außerdem schrieb der Verfasser ja extra, dass wir uns nie treffen würden, also konnte ich ihn doch gar nicht kennen. Warum sollten wir uns überhaupt nie treffen? Warum kam er nicht einfach raus und sagte mir das alles ins Gesicht? Stammten die Zeilen am Ende doch von dem etwa sechzigjährigen Empfangskellner selbst? Doch der würdigte mich gerade keines Blickes. Gut, das wäre auch viel zu auffällig gewesen. Und wenn es doch ein bildschöner, unglaublich witziger und geistreicher Fremder war, mit dem ich für immer glücklich werden konnte, wenn ich nur die Chance ergreifen und ins Restaurant hineingehen würde? Die zwei sabbernden Ungeheuer im Schlepptau?

Diese Frage sollte mir so schnell nicht beantwortet werden, denn just in dem Moment, in dem ich den Mut aufbringen und hineingehen wollte, traten Mick und die beiden Wichtigen aus der Tür. Verdammt.

Nach diesem erst sehr frustrierenden und dann doch sehr aufregenden Nicht-Mittagessen wollte ich nur eines: eine erfrischende Dusche nehmen, in meinem Bett verschwinden und meinen Tagträumen bezüglich des Briefschreibers freien Lauf lassen. Und vorher am besten noch ein dickes Speckbrot oder irgendwas in der Art essen. Der Kuchen von der Nobelhütte war längst verdaut und ich hatte nach Sarahs tagelanger Gemüse- und Körnchenfutterverköstigung unbändigen Heißhunger auf was Deftiges. An der erstbesten Pommesbude holte ich mir eine Currywurst, die ich noch auf dem Heimweg futterte. Ich betete dafür, dass die Wohnung leer war. Dabei wusste ich doch, dass eine Person auf jeden Fall da sein würde. Sarah, die das Haus immer noch nicht verließ.

Ich weiß nicht, ob es die Hitze gepaart mit der anstrengenden Hundesitterei oder ob es ganz generell der Stress der letzten Tage und die Sorge vor den nächsten Wochen waren, die mich auf einmal unzufrieden werden ließen. Jedenfalls hatte ich urplötzlich das Bedürfnis, ganz allein in meiner Wohnung zu sein. Wenigstens dieses eine Mal. Selbst wenn ich mich in meinem Zimmer einschloss, hörte ich noch Sarahs Musik oder Ki-Lus Stimmübungen, die anfangs sehr erheiternd geklungen hatten, mich nach harten Arbeitstagen jedoch mehr und mehr nervten. Dazu noch der ständig brummende Kühlschrank und Esmeraldas fauchende Antworten darauf! Shit. Ich hatte wohl eine richtige WG-Krise. Und das schon jetzt, wo wir nur zu dritt waren. Wie sollte das erst werden, wenn auch noch Ilvy eingezogen war?

Sag Sarah, was Sache ist, diktierte ich mir, als ich die Wohnung aufschloss. Sie wird das sicher verstehen.

Doch kaum hatte ich den ersten Schritt in den Flur gemacht, fielen meine guten Vorsätze in sich zusammen. Ein Stimmengewirr von mindestens drei Personen prasselte auf mich ein und ich musste unwillkürlich an einen von Maikes Lieblingssprüchen denken: *Life is what happens to you while you're busy making other plans*. Laut ihr stammte der Satz definitiv von einem der Beatles, ob nun von Paul McCartney oder John Lennon wusste sie aber nicht. Von wem auch immer, in jedem Fall passte er auf so ziemlich jede Situation in meinem Leben, seit ich in dieser WG wohnte. *Leben ist das, was geschieht, während du damit beschäftigt bist, andere Pläne zu machen.* Apropos Maike … ich hatte ihr noch immer kein Homevideo geschickt, verdammt!

Ich hängte meinen Schlüsselbund ans Schlüsselbrett und zog mir die Schuhe aus. Was war jetzt schon wieder los in diesem Affenhaus? Unschlüssig blieb ich im Flur stehen. Vielleicht sollte ich auf die Dusche verzichten und gleich in mein Zimmer flüchten? Ich lauschte. Eine verschwörerische Stimme war zu hören (Sarahs?), dann Gekicher (von irgendeinem Mädel, das schwer nach Tusse klang) und ein aufgeregtes Kreischen (von einem anderen Mädel oder war es dasselbe, das fast genauso klang?). Nun war ich doch neugierig.

Ich ging zu Sarahs Zimmer und klopfte an die angelehnte Tür. »Hallo?«

»Billie! Gib uns noch eine Minute. Schließt du bitte die Tür?«

Ich blieb im Flur stehen und zog Sarahs Zimmertür zu. Ich hatte zwar nicht viel gesehen, aber immerhin, dass Sarah mit einem bunten Tuch auf dem Kopf und jeder Menge Modeschmuck behängt am Schreibtisch saß und ihr gegenüber zwei junge Mädchen kauerten.

Verwirrt wartete ich in der Küche, bis Sarah die beiden verabschiedet hatte. Sie kam zu mir und wedelte freudig mit ein paar Euroscheinen in der Hand herum. »Rate mal, was das ist?«

»Geld?«

»Geld. Du sagst es, Und zwar für die Wohnungswiederherstellung. Und davon wird es noch viel mehr geben. Hast du eine Ahnung, wie schnell ich diese 60 Euro verdient habe?«

Ich schüttelte den Kopf und begann prompt, mir Sorgen zu machen.

Doch Sarah schien ganz aufgeregt zu sein. »In zwanzig Minuten«, quietschte sie. »Komm mal mit, ich muss dir was zeigen.«

Sie dirigierte mich in ihr Zimmer und deutete auf den Schreibtisch. »Siehst du das?«

Auf dem Tisch stand eine große geschliffene Kristallkugel auf einem kunstvollen Ständer, die ich sofort erkannte.

Sarah sah mich stolz an. »Verstehst du?«

»Du hast ihnen die Zukunft vorausgesagt?«, stöhnte ich.

»Ja!«

»Mit dem Ding da?«

»Natürlich. Du hast doch neulich selbst gesehen, dass es funktioniert.«

»Ach komm, das war so eine Zaubertante im Fernsehen. Wir haben uns doch drüber lustig gemacht.«

»Ah, ah. Du hast dich darüber lustig gemacht. Ich hab gleich erkannt, dass das eine geniale Geschäftsidee ist.«

»Ja.« Ich erinnerte mich. Sarah hatte so begeistert gewirkt, dass ich mich einfach nicht getraut hatte, ihr ihre Illusion zu nehmen. »Und was hast du den beiden vorhergesagt?«

»Lauter gute Sachen, was denkst du denn? Die sind jetzt total glücklich. Ich habe eine gute Tat begangen.«

»Na ja, streng genommen hast du ihnen Geld aus der Tasche gezogen. Mit einer Lüge.« Sosehr ich mich freute, dass Sarah endlich wieder ein bisschen glücklicher wirkte, so entsetzt war ich über ihre neuste Jobidee.

»Ich würde das nicht Lüge nennen, sondern eher einen Vorschlag für ihr Leben. Ich habe ihnen vorhergesagt, dass sie überlegt handeln sollen und edel, dass sie sich nie nur auf das Gefühl, aber auch nie nur auf den Kopf verlassen sollen. Ein bisschen Bauch, ein bisschen Herz, ein bisschen Kopf. Dann werden sie glücklich und ihren Traummann treffen und einen tollen Beruf haben und süße Kinder und all so was. Das nennt man self-fulfilling prophecy. Selbst erfüllende Prophezeiung. Die werden ein tolles Leben haben, du wirst sehen.«

Ich schaute sie zweifelnd an. »Ich hoffe eher, ich sehe die beiden nie wieder …«

»Billie, wir brauchen das Geld. Ich hör sofort damit auf, wenn wir die Kohle zusammenhaben. Aber bis dahin muss ich so viele Kunden wie möglich bekommen. Mach doch bitte Werbung bei deinen Fernsehleuten für mich. Künstler sind doch eh so abergläubisch. Wenn ich das bis Weihnachten halbwegs regelmäßig durchziehen kann, dann kommt eine Menge Geld zusammen.«

Oh Mann, wie bereute ich es jetzt, letzte Woche spätabends mit Sarah auf dem Sofa vor der Glotze beim Shoppingkanal hängenblieben zu sein, wo erst ein vollkommen stupider Typ ein unglaublich günstiges Alupfannen-Set angepriesen hatte, ehe Frau Ramona samt Glaskugel an seiner Stelle erschienen war und allen Anrufern die Zukunft vorausgesagt hatte. Das Letzte, an das ich mich erinnern konnte, waren Sarahs gähnende Worte: »Eigentlich ein Spitzenberuf. Man besorgt sich so eine Kugel, dann postet man überall im Netz, dass man zu einem Spitzenpreis die Zukunft vorhersagen kann.«

Dann war ich eingeschlafen.

23. Kapitel

in dem eine Schuld beglichen wird, heißer Kaffee als Waffe dient und sich ein gewisser Jemand als außerordentlicher Gentleman erweist

»Ich werde euch schmerzlich vermissen, meine Lieben. Aber ihr wisst ja, wo ihr mich findet, wenn ihr eure Bürgermeisterin braucht«, verkündete Caterine Fabergé an ihrem letzten Drehtag bei GBKS. Wir standen alle Spalier und lächelten glücklich. »Oder – das könnte ich mir auch sehr spannend vorstellen – ich kehre als lange verschollene Zwillingsschwester der Bürgermeisterin zurück. Mit einer anderen Haarfarbe, damit die Zuschauer uns auseinanderhalten können. Ich bin gut in Doppelrollen, du weißt das, Mick. Denke nur an diese hinreißende Komödie vorletztes Jahr, die ich mit diesem jungen, unendlich begabten Regisseur gedreht habe, wo das doppelte Lottchen, also Lotte und Luise, sich erst im Altersheim zum ersten Mal begegnen. Die größte Herausforderung hatte die Maskenbildnerin, die das Wunder vollbringen musste, eine alte Frau aus mir zu machen.«

Mick hakte sich bei ihr unter und säuselte: »Eine hervorragende Idee – die verschollene Zwillingsschwester der Bürgermeisterin kehrt zurück, die alte Feindschaft und der ständige Konkurrenzkampf zwischen den Schwestern, deren Charakterzüge nicht unterschiedlicher sein könnten, wallen wieder auf.« Er ließ seine Hand durch die Luft gleiten, als sähe er die Szene schon vor sich.

»Ich verstehe das nicht«, flüsterte ich Ki-Lu zu. »Die ganzen letzten Tage hat er gesagt, dass er sie nie wieder engagieren würde.«

»Wird er auch nicht, wenn er klug ist«, wisperte Ki-Lu zurück. »Jetzt grade gehen die Pferde mit ihm durch. Er ist so happy, dass dieses Gastspiel endlich zu Ende ist, dass er der Fabergé alles versprechen würde – Hauptsache, sie verschwindet endlich.« Das wiederum konnte ich gut verstehen.

Ich beobachtete Caterine, wie sie sich von der ganzen Mannschaft verabschieden ließ, artig ihre Wangen hinhielt, um Luftküsschen zu empfangen, beide Hände auf die Brust gedrückt, weil sie so ergriffen war.

Sie tat mir leid. Nicht weil ich ihr die Ergriffenheit abnahm, sondern weil niemand hier sie leiden konnte – wir wussten das und sie wusste das auch –, und trotzdem gaukelten sich beide Seiten Abschiedsschmerz vor. Das war schon eine sehr seltsame Branche, dieses Fernsehen. Ich musste wohl lernen, damit zu leben, wenn ich wirklich einmal Drehbücher fürs Fernsehen schreiben wollte und zwangsläufig die nächsten fünfzig Jahre mit solchen Leuten zu tun haben würde.

Jemand tippte mir auf die Schulter, ich sah mich um.

Eine Journalistin von einer Fernsehzeitschrift stand vor mir. Die trieben sich hier immer häufiger herum, je näher der Sendetermin für die erste Folge rückte.

»Verzeihung. Du arbeitest bei *Kienast productions*?«

Ich nickte.

»Als Junior Producer?«

Ich neigte meinen Kopf, unsicher, ob ich damit nicken oder ihn schütteln wollte. Aber hey, bis auf Doro Schilfknecht – die charmante Telefonstimme von *Kienast productions* – waren alle dort Producer, Chief Producer, Junior Producer. Irgendeine Form von Producer war ich schon auch. Vielleicht ein Babysitt- oder ein Volontärs Producer. Mein Kopf entschied sich für ein Nicken. »Junior Producer. So ist es.«

»Dürfte ich dir eine kurze Frage zu Caterine Fabergé stellen?«

»Ja-a?«, erwiderte ich zögerlich.

Sie zwinkerte mir beruhigend zu. »Keine Bange, ich weiß schon Bescheid. Die kann niemand ausstehen. Ich hätte mir nur gerne von den verschiedensten Personen hier ein paar knackige Kommentare geholt. Unsere Leser lieben so was.« Sie strahlte mich an. »Jemand hier hat mir verraten, dass sie letztens beim Nachtdreh in einem Mobilklo versunken ist. Du warst doch sicher auch dabei. Wie war das genau?«

Ich war dabei … allerdings … Es wäre schon witzig gewesen, der Journalistin von Caterine Fabergés genauer Position in der Klomuschel zu erzählen – Ki-Lu hatte sich totgelacht, als ich es ihr bildlich beschrieben hatte –, doch ich entschied mich dagegen. Ich spürte, dass jetzt der Moment gekommen war, in dem ich meine Schuld an jener Katastrophe (auch wenn sie noch so lustig gewesen war) wiedergutmachen konnte.

»Caterine Fabergé«, begann ich, »ist nicht nur eine einzigartige Schauspielerin, sondern auch ein humorvoller, kluger Mensch –«

Der Mund der Journalistin stand offen, ihr kumpelhaftes Grinsen hatte sie abgelegt.

»In dieser Nacht hat diese wunderbare Frau ihre volle Größe gezeigt. Nicht sie ist in die Klomuschel gefallen, sondern ich.«

Die Augen der Journalistin schrumpften auf Schlitzgröße, die Story war jetzt nicht mal mehr halb so gut.

»Doch Frau Fabergé hat sich schützend vor mich gestellt, weil sie wusste, wie unsicher ein Mädchen in meinem Alter ist, und sie verstanden hat, dass es Höllenqualen für mich bedeuten würde, wenn alle am Set sich über mich lustig machen würden.« Ich presste, jetzt selbst ergriffen, die Lippen aufeinander und nickte, während ich so tat, als kämen mir gleich die Tränen. »Wie ich schon sagte, sie ist nicht nur eine großartige Schauspielerin, sondern auch ein großartiger Mensch.«

Und du bist eine großartige Geschichtenerfinderin, Billie Ball.

Es entstand eine Pause, in der die Journalistin mich unzufrieden musterte. Schließlich sagte sie: »Die Geschichte hab ich aber bislang anders gekannt –«

»Ja«, unterbrach ich sie. »Ja. Das war ja auch der Sinn und Zweck. Dass niemand wissen durfte, dass ich es eigentlich war, die stecken geblieben ist.« Ich atmete tief und nahezu heldenhaft ein. »Doch nun stehe ich zu meinem Missgeschick. Denn dass Caterine Fabergé in den Zeitungen fertiggemacht wird, wegen *mir,* das kann ich nicht zulassen. Sie können, und werden vermutlich auch, schreiben, was Sie wollen, aber wenn Sie nett sind, dann vergessen Sie die Story einfach und erwähnen sie mit keinem Wort in Ihrem Magazin.«

»Rudi!«, rief sie, woraufhin ein älterer Mann mit einer Kamera um den Hals zu ihr rannte. Sie zeigte auf mich und sagte barsch: »Foto.« Und an mich gewandt: »Schau ruhig ein bisschen kläglich drein.«

Es blitzte ein paarmal und wahrscheinlich sah ich sogar ziemlich kläglich drein.

»Was soll denn das?«, fragte ich.

»Glaubst du, ich lass mir die Story entgehen?«, fragte die Journalistin mich ungeduldig. »Die Fabergé, die bisher nur als egoistische Diva bekannt war, opfert ihren Ruf für ein junges Mädchen.« Sie kritzelte etwas auf einen Notizblock. »Junior Producer bei der Kienast bist du, nicht wahr?«

Ich wollte nicken, aber ich war so geschockt, dass ich kurzzeitig vergessen hatte, wie das funktionierte. Also stand ich nur da, ließ Rudi noch ein paar Fotos von mir schießen und hoffte, dass ein Komet unsere schöne Erde treffen würde.

Memo an mich:
Alle künftigen Ausgaben dieses verfluchten Fernsehmagazins kaufen! Und verbrennen!

Der Dreh am Nachmittag verlief so friedlich wie schon lange nicht mehr. Zumindest bis zur ersten Pause. Ich angelte mir mit Genuss das letzte Eibrötchen und einen Becher Kaffee, als ich von der Seite angerempelt wurde.

»Autsch!« Heißer Kaffee auf Oberkörper – sehr, sehr unangenehm.

Die Remplerin entpuppte sich als meine Lieblingsstatistin Nina-Nena. »Pass doch auf«, fuhr sie mich an und mir blieb die Spucke weg. Ich wollte etwas sagen, doch ich brachte kein Wort heraus.

»Was ist denn mit dir passiert? Oh nein, ist das heißer Kaffee?«

»Ja«, murmelte ich. Na toll, braune nasse Flecken auf weißem Shirt. Der Tag verlief einfach großartig. Ich hob den Kopf – und begriff jetzt erst, wer mich da gerade angesprochen hatte. James T. angelte ein paar Servietten vom Tisch und drückte sie mir in die Hand. »Schnell. Pack die unter dein Shirt und dann nichts wie rüber in den Waschraum. Da muss kaltes Wasser drauf.«

Ich nickte, unfähig zu sprechen, und wäre fast über meine eigenen Füße gestolpert, als ich mich umdrehte, um zur Tür zu gelangen.

Hinter meinem Rücken hörte ich die Statistin ätzen: »Die macht immer so ein Aufhebens um sich. Jetzt flennt sie gleich, wetten? Soll sie doch das nächste Mal besser aufpassen.«

Im Waschraum legte ich mir eiskalte, nasse Tücher auf die Haut und fragte mich, wie ich jemals wieder vor diese Tür treten sollte. Nicht nur, dass ich die nassen Klamotten unmöglich anbehalten konnte, hatte es diese Idiotin von Statistin diesmal wirklich geschafft, mich dermaßen zu demütigen, dass mir die Tränen in die Augen schossen. Ich sah in den Spiegel. »Billie Ball«, beschwor ich mich. »Du wirst dieser Gurke nicht die Genugtuung geben, dich weinen zu sehen. Das hast du nicht nötig. Sie ist das Problem, nicht du.« Ich wartete, bis meine Unterlippe aufgehört hatte zu zittern, und verließ dann mit hocherhobenem Kopf den Waschraum. Irgendjemand würde mir schon Klamotten leihen können. Zur Not musste ich mich in irgendwas von Ki-Lu zwängen. Und bis dahin durfte ich einfach niemandem begegnen.

Doch kaum betrat ich den Flur, löste sich mein Plan in Luft auf. Ausgerechnet James kam mir entgegen, anscheinend auch auf dem Weg zur Toilette. Während ich die Türklinke schon wieder in der Hand hatte und die Flucht ergreifen wollte, hielt er mir etwas entgegen. Ich hielt in der Bewegung inne und starrte ihn an. Es war ein hellblaues Oberteil. Kindergröße.

»Ich hab da was für dich.«

Ich lächelte verlegen. »Ist das von Ki-Lu?«

»Gehört zu einem von ihren Kostümen. Du kannst es anziehen, ist alles mit Max abgesprochen.« Er grinste. »Oder wäre dir die Rüschenbluse von der Bürgermeisterin lieber gewesen?«

»Die mit dem Weichspüler?«, rief ich mit gespieltem Entsetzen. »Auf keinen Fall.«

Wir lachten. Wow. Ich hatte ihn tatsächlich zum Lachen gebracht! Den coolsten Typen, den ich kannte.

»Komm. Raus aus dem Ding.« Er reichte mir das hellblaue kleine Etwas und schob mich in den Waschraum zurück. Er selbst blieb draußen. Mein Herz schlug so stark, dass ich die Bewegung durch das knallenge hellblaue Oberteil deutlich sehen konnte. Ich strich den Stoff glatt. Beruhig dich, Billie. Wahrscheinlich ist er eh längst zurück zu den anderen gegangen. Immerhin hatte er seine gute Tat für heute erledigt. Und wenn er doch wartete? Hatte das dann was zu bedeuten?

Unschlüssig, welche Variante mir die liebere wäre, holte ich tief Luft und öffnete die Tür.

James hatte gewartet. Ich verschränkte schnell die Arme vor der Brust.

»Danke. Das ist voll nett von dir, das alles …« Ich spürte, wie ich rot anlief, und sah schnell weg.

»Mir ist das auch schon mal passiert. Ist ein verdammt blödes Gefühl.«

»Ich fürchte nur, ich rieche immer noch wie eine Kaffeekanne.«

James beugte sich zu mir herab, so nah, dass seine Nase meinen Hals berührte, und sagte dann: »Riecht alles sehr gut.«

Ein angenehmer Schauer lief über meinen Rücken. Ich sah ihn aus den Augenwinkeln an. Wie es wohl wäre, ihn zu küssen? Billie!

»Also, rein mit uns«, sagte er und hielt mir galant die Tür auf.

Wie sich seine Lippen wohl anfühlen würden?

24. Kapitel

in dem ein Brief für Sarah ankommt und eine Reise ins All geplant wird, was nicht alle toll finden

Am nächsten Nachmittag – wir hatten zur Abwechslung mal früher Drehschluss – holte ich unsere Post aus dem Briefkasten und sortierte sie bereits im Treppenhaus in drei Stapel. Ki-Lus Fanpost, die sie sich immer noch hierherschicken ließ, statt zu ihrem Agenten, meinen eigenen Krempel – lauter Rechnungen und ein Gutschein für einen Herbst-Stiefel-Sale, der eine knappe Woche gültig war – und Sarahs Post – eine Postkarte mit einem verliebten Hundepärchen vorne drauf und ein Brief von der Universität Twente, die ihren Sitz anscheinend in den Niederlanden hatte.

Ich stürmte hinauf in die Wohnung und klopfte an Sarahs Zimmertür.

»Komm rein!«

»Sarah, du hast ein Schreiben von einer Uni aus den Niederlanden bekommen. Ich will

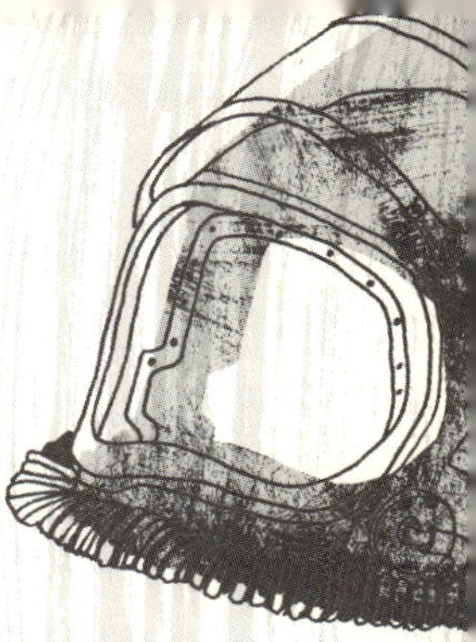

ja nicht neugierig sein, aber bitte sag, dass du nicht nach Holland gehst.«

Sie schnappte sich den Brief und murmelte: »Aber nein, da geht's um was völlig anderes.«

Sie riss den Umschlag auf. Ich blieb stehen und beobachtete ihre Reaktion auf das Schreiben. Ihre Augen fingen sofort zu leuchten an und ich begann, mich zu fürchten.

»Du wirst weggehen, oder?«, fragte ich leise.

Sie nickte. »Aber erst im Jahr 2025.«

Ich stieß einen Seufzer aus. »Zum Glück. Aber warum Holland? Du wolltest doch in Darmstadt Satelliten im All beobachten.«

»Das hier ist noch viel besser. Aber es ist ja noch lange nicht fix. Als Erstes muss ich mal schleunigst mein Studium absolvieren und währenddessen ganz viele Tests machen und –«, sie unterbrach sich und sah mich an.

»Um was geht's hier? Ich dachte, dass mit der *European Space* Dingsbums wäre schon wild, aber das hier scheint ja noch schärfer zu sein.«

Sie machte eine Grimasse. »Okay, erwischt. Ich hab euch noch nichts davon erzählt, weil die Chancen, dass ich in die engere Auswahl komme, bei eins zu tausend stehen.« Sie schwenkte den Brief. »Es geht hier nicht darum, dass ich mal für ein paar Tage ins All

SARAH, 18

TRAUMBERUF: ASTRONAUTIN

NEBENJOB: WAHRSAGERIN

HAUSTIER: Esmeralda, EIN CHAMÄLEON

fliege und ansonsten bei der ESA hocke und irgendwelche Berechnungen anstelle. Hier geht es um die Mission Mars One.«

»Moment. Ich glaub, davon hab ich vor Kurzem was bei Google News gelesen. Ist das nicht dieses Projekt, wo vierzig Personen auf den Mars fliegen sollen?«

»Ja.« Sie strahlte.

»Aber hieß es nicht, die könnten niemals wieder zur Erde zurückkehren?«

Sie nickte.

»Sarah!«, entfuhr es mir. Musste man eigentlich immer auf sie aufpassen? »Bist du wahnsinnig? Wer weiß, ob man überhaupt einen Tag auf dem Mars überleben kann. Und selbst wenn: Du kommst von dort nie wieder zurück, kannst nie wieder deine Familie sehen.«

Sie zuckte mit den Schultern. »Mein Verlassen dieser Erde bedeutet weder für meine Familie noch für die Menschheit einen großen Verlust.«

»Natürlich tut es das! Vielleicht nicht für die ganze Menschheit. Aber sehr wahrscheinlich für deine Familie. Und ganz sicher für – ja, für mich!«, gestand ich uns beiden ein und begriff im selben Moment, wie sehr das der Wahrheit entsprach. »Bitte mach das nicht. Ich würde es nicht aushalten, dich nie wiederzusehen.«

»Ha! Ich hab dir doch bis jetzt nur Probleme bereitet.«

»Das stimmt doch gar nicht!«

Sie stieß es kurzes sarkastisches Lachen aus. »Die Wohnung und die Bilder sagen was anderes.«

»Ach komm schon, das ist doch nichts im Vergleich zu den vielen *guten* Sachen, die wir zusammen erlebt haben.«

»Billie, das ist eine einmalige Chance –«

»Ja, eine einmalige Chance, für immer abzuhauen.«

»Darum geht's nicht. Ich wollte schon immer ins All.«

»Das kannst du doch auch. Du kannst nach deinem Studium nach Darmstadt gehen und Satelliten im All aufhängen.« Ich versuchte zu grinsen, doch es misslang.

»Weißt du, wie viele Leute davon träumen, genau das zu tun? Und wie wenige Stellen es gibt? Es ist doch gar nicht gesagt, dass die mich dort nehmen.«

»Ach komm, wenn du bei dieser Marssache in der engeren Auswahl bist, dann nehmen sie dich doch sicher auch für ein paar kleinere Ausflüge ins All mit – von denen du wieder zurückkommst und mir dann davon erzählen kannst, wie es dort oben ist. Was nützen dir denn all diese tollen Erlebnisse auf dem Mars, wenn du sie mit niemandem teilen kannst?«

»Du vergisst die neununddreißig anderen.«

Wie konnte Sarah nur so blöd sein! Was, wenn sie von den neununddreißig anderen neununddreißig nicht mochte?

»Weißt du eigentlich, wie hoch die Wahrscheinlichkeit ist, dass du dich mit der Hälfte dieser Leute nicht verstehen wirst? Stell dir doch mal vor, wenn die zu moppern anfangen –«, versuchte ich es erneut.

»Billie, stopp! Erstens wird die Gruppe letztendlich gemeinsam ausgewählt, es wird ganz genau geprüft, wer zueinanderpasst. Und was die Chancen in Darmstadt betreffen … das ist eine vollkommen andere Geschichte als das hier. Nur weil sie mich hierfür in Erwägung ziehen, heißt das noch lange nicht, dass die *European Space Agency* schon auf mich wartet. Einer der Hauptgründe, warum ich dieses Schreiben in der Hand halte, ist, dass ich auch 2025 noch eine gebärfähige Frau im besten Alter sein werde. Denn genau darum geht es. Dort oben auf dem Mars soll eine neue Bevölkerung entstehen.«

»Oh Gott«, stöhnte ich. »Das wird ja immer schlimmer. Anstatt dass du hier auf der Erde deine große Liebe kennenlernst und mit ihm eine Familie gründest, schließt du dich lieber einer Gruppe Fremder an, von denen du aus höchstens zwanzig Typen einen wählen kannst, der der Vater deiner Kinder werden soll. Sarah!« Ich war ernsthaft entsetzt.

»Was denn? Für mich ist das eine große Erleichterung. Ich hab schon genug schlechte Begegnungen mit der sogenannten romantischen Liebe gemacht, danke, mir reicht es.« Sie verschränkte die Arme vor der Brust.

»Du bist achtzehn!«

»Und wenn ich will, kann ich mich ja noch zehn Jahre austoben bis 2025.«

»Und was, wenn du in diesen zehn Jahren den Mann deiner Träume triffst, mit dem du dein Leben lang zusammen sein willst?«

»Wer sagt mir, dass das keiner von den zwanzig sein wird? Außerdem, sollte ich wirklich hier in München den Mann meiner Träume treffen, dann könnte ich ja noch immer abspringen. Bräuchte nur behaupten, dass ich plötzlich depressiv bin und schon wäre ich nicht mehr interessant für die Mission.«

Ich fühlte mich plötzlich hundeelend. Erst Maike, dann Sarah – warum zog es meine Freundinnen eigentlich immer weg von hier und das auch noch so weit.

»Der Mann deiner Träume könnte dieses Wunder also bewerkstelligen. Aber wenn ich sag, dass ich dich schrecklich vermissen würde –« Meine Stimme brach ab.

Sie sah mich zweifelnd an. »Das kann ich mir eben nicht vorstellen. Wir verstehen uns super, aber in ein paar Jahren werden sich unsere Wege wahrscheinlich sowieso trennen. So ist das immer bei mir gewesen.«

Ich sagte nichts mehr und ging aus dem Zimmer. Sarah versuchte nicht, mich zurückzuhalten.

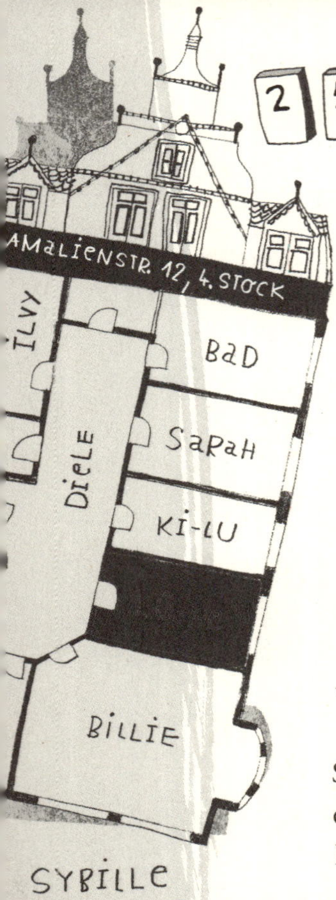

25. Kapitel

in dem Tränen trocknen, die WG vervollständigt wird und ein ominöser Bruder auftaucht

BILLIE, 17

WG-BESITZERIN
BEZIEHUNGEN: 0
BERUFSWUNSCH: DREHBUCHAUTORIN

Als Ki-Lu mich wenig später fand, lag ich weinend in meinem Zimmer auf dem Bett.

Sie kauerte sich neben mich auf den Boden und fragte mit einer Mischung aus Sorge und Neugierde, was denn nur passiert sei.

Mir war klar, dass ich nicht einfach über Sarahs Angelegenheiten sprechen sollte, doch andererseits hatte sie es mir auch nicht verboten. Außerdem war ich stinksauer auf sie.

Ich richtete mich auf und versuchte, meine Stimme unter Kontrolle zu bringen. »Sarah ist egoistisch und blöd«, brachte ich schließlich hervor.

»O em geh, was ist denn jetzt passiert?« Ki-Lu stand vom Boden auf und setzte sich neben mich aufs Bett. Sie nestelte mit ihren

Fingern herum, irgendwie nervös, und fragte: »Hat es was mit einem Typen zu tun?«

»Was? Nein.« Ich schniefte. »Wie kommst du denn auf so was?«

Ki-Lu zuckte kurz mit den Schultern und sagte: »Vermutlich zu viele Soaps gedreht.«

Ich musste lächeln. Ein bisschen trotzig sagte ich: »Musst du mich unbedingt zum Lachen bringen?«

»Ja.« Ki-Lu riss die Augen auf und nickte so ausgiebig, dass ihr ganzer Oberkörper mitschwankte. »Ja, das muss ich.« Sie hielt abrupt inne. »Und jetzt erzähl endlich. Was hat Sarah getan?«

»Noch nichts, aber sie hat fest vor, etwas zu tun.« Ich erklärte Ki-Lu die Situation.

»Wahnsinn«, entfuhr es Ki-Lu. »Wenn ich mir das vorstelle … aber was haben die da oben dann für Berufe? Ich meine, da muss es ja alles geben. Einen Schuhmacher, einen Kleidungshersteller, einen Designer, einen Lebensmittelverkäufer, Bauern und Schlachter – oder werden

sich die Astronauten ihr ganzes Leben lang von diesen kleinen bunten Pillen ernähren, die sie Essen nennen? –«

Ich wollte sie unterbrechen, doch sie redete einfach weiter.

»Dann muss es auch noch Lehrer für die ganzen Kinder geben, die dort oben geboren werden, ach ja und eine Universität! Und Hebammen für die Geburten. Und eine Bürgermeisterin. Nur Schauspieler brauchen sie nicht unbedingt«, stellte sie schließlich mit einer gewissen Resignation fest.

Mir wurde schlecht. »Jetzt sag bloß nicht, du würdest da auch gerne rauf.«

Sie schüttelte sich. »Nee, ganz bestimmt nicht. Aber warum will Sarah das machen?«

»Weil sie mit dem Leben hier nicht zurechtkommt. Weil sie glaubt, dass auf dem Mars alles besser sein kann. Ohne ihre Eltern. Und ohne irgendwelche Freunde, mit denen sie früher mal Streit hatte.« Ich überlegte kurz. »Sie hat auch immer noch riesige Schuldgefühle wegen der Wohnung und den Bildern. Ich glaube, sie hat momentan das Gefühl, dass sie überall nur Schaden anrichtet.«

»So ein Blödsinn.«

Ich nickte Ki-Lu dankbar zu. »Genau. Das hab ich ihr auch gesagt. Aber sie ist so stur … Außerdem verstehe ich nicht, wie sie sich das vorstellt. Sie schafft es doch nicht mal, raus auf die Straße zu gehen, wie bitte schön will sie da ins Weltall fliegen?«

Sie nickte düster und formulierte dann eine ihrer berühmten Ki-Lu-Weisheiten. »Vielleicht glaubt sie, sie schafft es. Vielleicht glaubt sie, dass es da oben weit weniger bedrohlich zugeht als hier auf der Erde. Aber was sie definitiv nicht schaffen wird, ist, vor ihren Problemen zu fliehen. Weil sie nämlich selbst das Problem ist. Und nur weil die äußeren Umstände sich ändern, heißt das noch lange nicht, dass sie sich dadurch ändern kann, geschweige denn, dass sie dann automatisch glücklich ist.«

»Hast du also auch manchmal das Gefühl, dass sie unglücklich ist?«

»Und wie. Sie ist so ein tolles Mädel, aber sie hat irgendwie kein Selbstbewusstsein. Eigentlich genau wie du.«

Ich lief rot an. »Na ja, als toll würde ich mich jetzt nicht gerade bezeichnen.«

»Siehst du! Kein Selbstbewusstsein«, rief sie triumphierend.

»Nein«, wehrte ich ab. »Darum geht es doch gar nicht. Aber du kannst doch nicht jemand wie Sarah mit mir auf eine Stufe stellen –«

»Warum nicht? Ist sie dir nicht gut genug?«, neckte sie mich.

»Du weißt genau, wie ich das meine.«

Ki-Lu schüttelte den Kopf. »Es ist schon witzig. Ich finde euch beide so genial und ihr beide tut so, als wärt ihr schrecklich. O em geh, was sagt das eigentlich über *mich* aus?«

»Haha«, machte ich trocken. »Aber mal im Ernst. Irgendwas belastet sie. Ich glaube, sie sollte mit irgendjemand Professionellen sprechen. Vor allem auch wegen dem, was Lonelyranger angerichtet hat.«

»Und wegen ihrer Phobie, nach draußen zu gehen«, warf Ki-Lu ein.

»Ja, genau. Vielleicht kann sie ja mal mit einem netten Therapeuten sprechen, wegen dieser Nacht und wegen ihrer anderen Ängste.«

»Und wie soll sie zu einer Psychologin kommen, wenn sie es nicht mal auf die Straße schafft?«, gab Ki-Lu zu bedenken. Dann schien ihr etwas einzufallen. Auf ihren Lippen erschien ein spitzbübisches Lächeln. »Weißt du, allzu große Sorgen, dass sie uns jemals verlässt, brauchen wir uns eigentlich nicht zu machen.«

Ich sah sie fragend an. Das Lächeln wurde zu einem breiten Grinsen.

»Na ja, bei ihrer Agoraphobie!«

Das stimmte natürlich. Aber ich war mir nicht ganz so sicher, ob ich mich darüber freuen sollte.

Am nächsten Tag war es endlich so weit. Ilvy Reifenbach zog bei uns ein. Ich empfing sie an der Wohnungstür.

»Ich konnte gar nicht glauben, dass du mich doch noch angerufen hast! Oh, Billie, ich freu mich so. Wo sind Ki-Lu und Sarah?« Sie warf sich in meine Arme, und bevor ich ihr sagen konnte, dass die beiden in der Küche – unserem offiziellen Empfangszimmer – auf sie warteten, quasselte sie schon weiter. »Ach ja, mein Bruder wird übrigens gleich noch kommen und mir mit meinem Zeug helfen. Er sucht nur noch einen Parkplatz, dann läutet er und ich lauf schnell runter und trage alles mit ihm hoch.«

»Dabei können wir dir auch helfen. Aber komm erst mal mit in die Küche. Da warten schon drei Damen auf dich.«

»Drei?«

Ich nickte und freute mich schon auf ihr Gesicht, wenn sie Esmeralda kennenlernen würde.

Doch Ilvy, als wahres Landmädchen, war sichtlich begeistert von unserer tierischen Bewohnerin. Puh! Ki-Lu gab mir heimlich ein Zeichen. Wir hatten beide denselben Gedanken: Endlich hatten wir jemand, der während Sarahs Abwesenheiten das Chamäleon mit seiner Lieblingsspeise, lebenden Würmern und Käfern, versorgen konnte.

Sarah und Ki-Lu stellten sich vor und verwickelten Ilvy sofort in ein Gespräch über ihre Handtasche.

»Von welcher Marke ist die?«

»Von gar keiner, die hat meine kleine Schwester genäht.«

Ki-Lu war komplett aus dem Häuschen. »O em geh. Glaubst du, sie macht mir auch so eine? Ich zahle jeden Preis!«

»Ich werde sie auf jeden Fall fragen.« Ilvy lächelte. Als gleich darauf das Klingeln an der Haustür zu hören war, fuhr sie hoch. »Mein Bruder!«

»Bleib doch sitzen.« Ich drückte sie zurück auf die Bank. »Ich lass ihn rein und dann soll er auch mal erst was trinken, bevor wir mit der Arbeit beginnen.« Ilvys Bruder sollte sich bei uns absolut wohlfühlen. Wir hatten ihm schließlich eine wichtige Frage zu stellen.

Ilvy merkte zweifelnd an, dass ihr Bruder nicht gerade ein Partylöwe war und sie nicht wusste, ob seine Gesellschaft das Richtige für uns war. Ich ignorierte ihre Bedenken und marschierte mutig aus der Küche.

»Aber holt mich bitte sofort, falls er nichts trinken will,

sondern gleich mit dem Kistenschleppen beginnen möchte. Ich helf ihm natürlich rauftragen!«

»Vierter Stock, der Lift ist um die Ecke, du kannst ihn gar nicht verfehlen«, säuselte ich in die Gegensprechanlage. So schrecklich, wie Ilvy tat, konnte der Typ doch gar nicht sein.

Ich hatte keine Ahnung, was ich erwartet hatte, aber sicher nicht das, was ich sah, als der Fahrstuhl wenige Sekunden später unsere Etage erreichte und ein junger Mann mit dunklen Locken, grünblauen Augen und drei Kartons auf den Armen um die Ecke bog. Konnte das Ilvys schrecklicher Bruder sein? Wenn, dann hatte sie einen verdammt gut aussehenden schrecklichen Bruder.

Was mich am meisten wunderte, war jedoch die Art, wie er mich anstarrte. Als hätte er ein Gespenst gesehen. Irgendwie beängstigend, aber auch faszinierend. Natürlich wurde ich prompt rot. Mit einem Grinsen, das meine Gelassenheit unterstreichen sollte, stotterte ich: »Hallo, du – äh, du … Ilvys äh, *schre…* äh, großer Bruder?« Ich biss mir auf die Zunge. Mein Gegenüber schien es gewohnt zu sein, dass das weibliche Geschlecht in seiner Anwesenheit die Fassung verlor. Jedenfalls würdigte er mich von jetzt auf gleich keines Blickes mehr und wirkte nur noch gelangweilt.

»Du kannst die Kartons hier abstellen. Und – vielleicht willst du reinkommen, wenn du willst.«

Er winkte ab und machte sich gleich wieder auf den Weg nach unten.

»Sollen wir dir nicht helfen?«, rief ich ihm hinterher.

Perplex schloss ich die Tür und starrte vor mich hin. Offensichtlich hatte ich einige Minuten dort gestanden, denn als es erneut an der Tür klingelte, befand ich mich immer noch am selben Fleck. Ich streckte den Arm aus und öffnete die Tür.

Ilvys Bruder sah mich finster an. »Könntest du die Tür in den nächsten Minuten bitte einfach offen lassen!« Es klang nicht nach einer Frage, nein, das war ein Befehl. Mir schwante, dass Ilvy doch nicht übertrieben hatte, was ihren Bruder betraf. Mann! Und den sollen wir dazu kriegen, Opas Bilder zu retten?

»Soll ich kommen, Billie?«, rief Ilvy aus der Küche, während ihr Bruder schon wieder auf dem Weg nach unten war.

»Nein, nein, alles unter Kontrolle!«, rief ich zurück. Das fehlte mir noch. Dass jemand mitbekam, wie unfreundlich dieser Typ zu mir war.

Als er wieder raufrannte, hievte er zwei weitere schwere Kartons in unseren Flur und schnauzte mich an: »Kannst du da mal Platz machen?«

Dann holte er einen dritten Karton, den er neben unserer Türmatte geparkt hatte. Wütend schmiss ich die Tür zu. Was für ein Arschloch. Er klingelte.

Ich öffnete die Tür. »Ja?«, fragte ich scheinheilig.

Zwei grünblaue Augen funkelten mich wütend an.

»Was ist denn? Ich dachte, du bist hier fertig.«

»Darf ich meiner Schwester wenigstens mal Hallo sagen?«

In welchen verdammten Film war ich hier nur gelandet? Der Typ redete in einem Ton mit mir, als stünden wir schon seit Ewigkeiten in engem Kontakt, wenn auch in keinem besonders guten. Ohne Übertreibung, so viel Arroganz auf einmal hatte ich selbst am Filmset noch nicht erlebt. Doch was mich am Allermeisten ärgerte, war, dass ich ihn nach wie vor schrecklich gut aussehend fand. Abgesehen davon, dass wir ihn für die Bilder brauchten, war das wohl auch der Hauptgrund, warum ich immer noch mitten im Flur stand, anstatt ihn endlich in die Küche und zu seiner Schwester zu schicken.

Ich musste das klären, jetzt auf der Stelle. Was hatte der Typ gegen mich?

»Warum bist du so wütend? Hab ich dir was getan?« Mist. Meine Stimme hatte sich irgendwie kläglich angehört.

Er sah mir einen Moment lang in die Augen, dann schüttelte er den Kopf und murmelte: »Nein.« Er räusperte sich. »Könntest du meiner Schwester sagen, dass ich jetzt fertig bin.«

»Komm doch mit rein in die Küche, da sind gerade alle versammelt –«

»Nein, danke. Ich hab's eilig.«

Völlig abrupt drehte er sich um und verließ schnellen Schrittes unsere Wohnung.

»Und er ist wirklich einfach abgehauen.« Ilvy starrte mich ungläubig über den Tisch hinweg an.

Ich nickte und wich ihrem Blick aus. »Oje, Billie nimm's nicht persönlich, mein Bruder ist manchmal etwas – sonderbar.« Das konnte ich definitiv bestätigen.

26. Kapitel

in dem schon wieder Kisten ausgepackt werden, ein Herz viel zu schnell klopft und ein Anruf Angst und Schrecken verbreitet

Nach unserem ersten Abendessen zu viert halfen wir Ilvy in ihrem Zimmer beim Auspacken. Währenddessen klärten wir sie abwechselnd darüber auf, was mit den Möbeln und den Bildern passiert war und dass wir das unbedingt in Ordnung bringen mussten, bevor meine Oma zu Besuch kam. Ki-Lu verplapperte sich und die arme Ilvy wurde gleich mit der Tatsache konfrontiert, dass wir sie – auch – in die WG geholt hatten, weil wir dringend ihren Mietkostenbeitrag für die Renovierung brauchten.

»Das ist jetzt etwas hart rübergekommen«, sagte Sarah. »Billie hat uns schon die ganze Zeit von dir vorgeschwärmt, aber wir waren zu Beginn unschlüssig, ob wir es zu viert hier aushalten würden. Und die Tatsache, dass wir jetzt auf eine zusätzliche Miete angewiesen sind – wegen der Renovierung –, hat die Entscheidung einfach leichter gemacht.«

Gut gesagt. Ich blickte Sarah anerkennend an. Und fügte hinzu: »Wenn du schon ein anderes

WG-Zimmer gefunden hättest, dann hätten wir auf die vierte Miete verzichtet. Für uns war klar, entweder du oder keine.«

Ilvy schüttete einen Karton aus, in dem sich lauter Socken und Strumpfhosen befanden. »Und woher hättet ihr dann genügend Geld bekommen, rechtzeitig, bevor deine Oma kommt?«

Verdammt gute Frage. Doch ausgerechnet Ki-Lu, bei der ich befürchtet hatte, dass sie in Gedankenlosigkeit Sarahs und meine Schwindeleien auffliegen lassen würde, rettete mich.

»Wir wären zu einem Kredithai gegangen«, erklärte sie. »Obwohl uns natürlich klar war, dass der uns das Geld aus der Tasche ziehen würde.«

»Muss da erst jemand vom Land kommen, um euch Großstädterinnen zu sagen, dass ein Kredithai die allerallerschlechteste Idee überhaupt ist? Ihr seids ja wahnsinnig.« Ilvy starrte uns ungläubig an, dann verstaute sie den ersten Berg Socken in ihrem Schrank.

Bevor wir uns verteidigen konnten,

fügte sie hinzu: »Hey, ich bin ein praktisches Mädel. Ich verstehe vollkommen eure Beweggründe und hätte mir an eurer Stelle auch eine vierte Bewohnerin gesucht. *Irgendeine* – Hauptsache, sie zahlt.«

»Wirklich? Du findest uns also nicht furchtbar?«, fragte ich verlegen.

Sie schnitt eine Grimasse. »Furchtbar finde ich nur euer schlechtes Gewissen. Also, worum geht es genau? Ki-Lu, du hast irgendwas von Bildern gesagt, bei denen Valentin euch vielleicht helfen kann?«

»Valentin?«

»Mein Bruder.«

Ich zeigte ihr die verunstalteten Bilder und erklärte, was wir uns von ihrem Bruder erhofften. Erhofft *hatten*, was mich betraf. Denn nach dem ersten Zusammentreffen stand für mich fest, dass die Chancen, ihn zu knacken, gleich null standen. Doch das behielt ich für mich. Genauso wie die Tatsache, dass ich Herzklopfen bekam, sobald sein Name fiel. Valentin.

»Na bumm«, war Ilvys erste Reaktion. »Von denen ist ja kaum mehr was übrig.« Dann fragte sie mich: »Kannst du dich haargenau an alles auf den Bildern erinnern? An jeden kleinsten Farbton?«

Ich wollte schon panisch den Kopf schütteln, da durchzuckte mich ein Gedanke: »Es gibt Fotos von allen Bildern. Oma Elfi hat sie gemacht und alle in ein Album geklebt. Und mitgenommen hat sie nur die Fotos, auf denen mein Opa oder wir – also ich und meine Eltern – drauf sind.«

»Na bitte«, sagte Ilvy und sprach dann endlich die erlösenden Worte: »Dann kriegt Valentin das bestimmt hin. Er kann perfekt kopieren. Kreativität ist nicht so ganz seine Stärke, aber wenn er genau weiß, was er machen muss, sollte das kein Problem sein.«

»Er bekommt die Arbeit natürlich bezahlt«, beeilte ich mich zu versichern, auch wenn ich keine Ahnung hatte, womit wir ihn bezahlten sollten.

Ilvy sah mich irritiert an. »Wieso? Ich denk, ihr habt kein Geld über? Vergiss das mit dem Bezahlen, der macht das schon auch so. Eine einzige Sache ist noch zu klären, nämlich: bis wann?«

»Oh! Ja genau, meine Oma wird uns rund um Weihnachten besuchen.«

Ilvy zog scharf die Luft ein und blähte ihre Backen auf. Dabei sah sie mich ein wenig hilflos an.

»Ist das zu kurzfristig?«, fragte ich. Wow Billie, heute besitzt du ja mal wieder fast hellseherische Fähigkeiten. Muss nur wer mit dem Zaunpfahl winken und du errätst gleich, was Sache ist.

Ilvy blies die Luft aus den Backen. »Sagen wir mal so: Teilweise arbeitet er an einem Bild ein halbes Jahr lang.«

»Oh nein«, flüsterte Sarah.

Ki-Lu machte ein entsetztes Gesicht und verschränkte die Hände, als würde sie beten.

In mir brach alles zusammen.

Ilvy versuchte, uns zu beruhigen. »Hey Mädels, kriegt noch keine Krise. Wir schaffen das schon. Es stimmt zwar, dass er teilweise ein halbes Jahr für ein Bild braucht –«

Wir stöhnten noch einmal auf.

Ilvy hob beide Hände »– *aber* dann arbeitet er auch an mehreren Bildern gleichzeitig. Das muss er oft. Während des

Restaurierens gibt es so viele Tage, an denen das Bild zwischentrocken muss, bevor man den nächsten Schritt machen kann. Und diese Zwangspausen nutzt er dann natürlich für andere Arbeiten.« Sie sah uns der Reihe nach an, dann sagte sie eindringlich: »*Er wird das schaffen*. Seine Kollegen würden in weniger als der Hälfte der Zeit fertig werden. Ich werde ihm in den Hintern treten, dass er seinen verfluchten Perfektionismus diesmal einfach ausschalten muss.«

Ich fühlte mich schon etwas besser. »Und es sind ja keine Van Goghs oder da Vincis, um die es hier geht, es muss auch gar nicht so perfekt sein.«

»Und bis Weihnachten sind es ja doch noch fast fünf Monate«, stellte Ki-Lu fest. »Meinst du, da kann sich deine Oma noch ganz genau an jedes Detail oder den ganz genauen Farbton erinnern?«

»Wer weiß ...«

Jetzt schaltete sich auch Sarah ein. »Ki-Lu hat recht. Ihr kennt das doch sicher auch. Wenn man aus einem Urlaub nach ein, zwei Wochen wieder nach Hause zurückkehrt, dann kommt einem alles ein bisschen seltsam vor. Als ich noch bei meinen Eltern gewohnt habe, hatte ich nach jedem Urlaub ein Problem mit dem Fliesenboden in unserer Küche. Er war mir so fremd, richtig gespenstisch kam mir das manchmal vor.«

»Stimmt.« Ich atmete auf. »Bei mir ist das auch so. Als ich meine Eltern vor ein paar Tagen besucht habe – in dem Haus, in dem ich aufgewachsen bin –, da fand ich die Türklinken plötzlich ganz seltsam. Ein bisschen, als hätte ich sie noch nie zuvor gesehen.«

Ki-Lu nickte. »Siehste, und genau das meine ich. Alles,

was ihr an den Bildern komisch vorkommt, wird sie darauf schieben, dass sie sie ein halbes Jahr nicht mehr gesehen hat.«

»Na dann – high five.« Ilvy hob beide Hände und wir klatschten zu viert ab. Was uns eher schlecht als recht gelang, dafür aber sehr lustig war. Mitten in unser Lachen hinein meldete sich mein Handy.

Als hätte sie geahnt, dass wir über sie sprachen, rief ausgerechnet Oma Elfi an.

An ihrer gut gelaunten Stimme erkannte ich, dass bei ihr alles in bester Ordnung war. Wie sich herausstellte, hatte sie sogar tolle Neuigkeiten für mich.

»Äh ... was, Oma? Ich glaub, ich hab dich nicht verstanden –«

»Billchen, ich sagte, ich habe etwas Heimweh und Ken – er ist so ein einfühlsamer Mann – hat mich dazu überredet, mit meinem ersten Heimatbesuch nicht bis Weihnachten zu warten.«

»Nicht bis Weihnachten?«, wiederholte ich mechanisch und sah prompt in drei alarmierte Augenpaare.

Ängstlich klammerte ich mich am Handy fest, während ich zuhörte, was Oma Elfi noch zu sagen hatte.

»Welcher Mann überredet seine Partnerin, zweimal in solch kurzer Zeit einen so teuren Flug zu machen. Und er bezahlt ja immer alles. Er ist schon was ganz Beso...«

»Ja, Oma, ganz toll von äh von Ken, aber wann kommst du denn jetzt?«

Ich schnitt eine Grimasse, schüttelte gleichzeitig den Kopf und schlug mir mit der freien Hand gegen die Stirn, Sarah, Ilvy und Ki-Lu machten bestürzte Gesichter.

»So, ja, wann ... warte mal, Ken hat sich eben die Flüge angesehen und da haben wir schon eine gute Variante gefunden – Ken, when was the Hinflug ah the first flight?«

Nicht mal Omas bayrischer Akzent, den sie auch in einer Fremdsprache nie verlor und den ich sonst so liebte, konnte mich jetzt zum Lachen bringen.

»Was ist jetzt?«, flüsterte Ki-Lu angespannt.

»Ich weiß nicht. Sie schaut, wann der Flug geht, sie – ja Oma? Ja, ich bin da. Und? Wann wirst du zu uns kommen?«

Ich sprach so ruhig und freundlich, wie ich konnte, während mir das Herz bis zum Hals schlug.

»Am 20. September komme ich in München an.«

»Am 20. September? Ja? Wirklich? Sind die Flüge später im Herbst nicht viel billiger –«

»Ach verzeih, Schätzchen. Was rede ich denn da? Ich komme natürlich am 20. *August.*«

»Am 20. August?«, rief ich und sank in die Lehne der Bank zurück. »Aber das ist ja – du meinst *August,* ja?«

»Ja, natürlich.«

Panisch rechnete ich die Tage aus, die uns bis dahin noch blieben. »Jaha schön! Das ist genau heute in zwei Wochen.« Ich brach innerlich zusammen.

»Sag, stimmt bei dir alles, Billie?« Oma Elfi klang auf einmal besorgt.

Reiß dich zusammen, Billie! Auf keinen Fall durfte sie skeptisch werden.

»Jajajaja«, beeilte ich mich deshalb zu sagen.

»Ist irgendetwas mit der Wohnung nicht in Ordnung? Funktioniert der Kühlschrank?«

»Jaja, einwandfrei. Er brummt auch ganz toll, dem geht's super. Nein, es ist nur – na ja, ich hab dir ja per WhatsApp geschrieben, dass ich zwei, also mittlerweile sind es drei – aber du wirst sie alle mögen – Mitbewohnerinnen habe. Und natürlich stehen von ihren Einzügen noch jede Menge Kisten und so herum. Ganz superordentlich ist sie halt nicht, die Wohnung.« Ganz superordentlich! Bravo, Billie Ball gewinnt die begehrte Trophäe für die größte Untertreibung des Jahres.

»Du weißt doch, dass deine WG für mich in Ordnung ist, Billchen. Gut, drei ist vielleicht schon etwas viel, aber solange ihr alle genügend Platz habt ... Es ist deine Wohnung, Billie. Ich werde dich natürlich dort besuchen und mir deine Wohngemeinschaft ansehen, aber übernachten werde ich im Hotel. Auch wenn ich jetzt schon weiß, dass deine Eltern darauf bestehen werden, dass ich bei ihnen wohne.« Sie seufzte, während ich mich kaum mehr davon abhalten konnte, laut loszuschreien.

»Sie können sich nicht vorstellen, dass ein Mann so großzügig sein kann –«

»Oops, Oma Elfi, 'tschuldige bitte, mir verbrennt grade was im Backofen; ich muss jetzt wirklich ... tut mir leid! Aber ich freue mich total, dass du schon so bald kommst!«

»Dann aber schnell zum Herd mit dir, Kind. Küsschen und bye-bye.«

»Bitte sag, das wir dich falsch verstanden haben?«, flehte Sarah, als ich das Handy vom Ohr nahm.

Ich schüttelte stumm den Kopf.

»Wir sind total am Arsch«, kommentierte Ki-Lu auf ihre unnachahmlich trockene Art. Und das war die Wahrheit.

27. Kapitel

in dem Verzweiflung in der Luft liegt, ein Wunder hermuss und ein Huhn nicht geschlachtet werden darf

»Ich ruf jetzt auf der Stelle meinen Bruder an«, verkündete Ilvy, drängelte sich an mir vorbei und lief in die Küche. »Jetzt hilft kein Jammern, Mädels! Jetzt heißt es anpacken! Ich hol mein Handy.«

Fassungslos ging ich ihr nach. Konnten wir wirklich innerhalb von zwei Wochen ein Wunder vollbringen? Besser gesagt mehrere Wunder? Und das ganz ohne Zauberkräfte? Ich drehte mich zu Sarah und Ki-Lu hinter mir. »Ich weiß nicht, wie ihr das seht«, flüsterte ich ihnen im Flur zu. »Aber wir haben ja noch nicht mal genügend Geld, um alle Möbel wieder hinzukriegen. Ich kann doch nicht gleich heute von Ilvy die erste Miete verlangen. Von den Bildern ganz zu schweigen, der Zug ist eindeutig abgefahren.«

»Nein, ist er nicht.«

Ich drehte mich um. Oh, oh, wie lange Ilvy wohl schon da gestanden hatte?

Lange genug, wie sich herausstellte. »Natürlich bekommst du gleich heute die erste Miete von mir. Beziehungsweise überweist sie dir mein Vater auf dein Konto, sobald du mir deine Bankdaten gibst. Ich werde ihm sagen, dass ich gleich drei Mieten im Voraus bezahlen soll. Genau das hat er nämlich sowieso angenommen.«

»Was?« Ein Hoffnungsschimmer tauchte auf, erlosch aber sofort wieder, als ich genauer über Ilvys Vorschlag nachdachte. »Das wäre so toll, aber es ist ganz unmöglich. Deine Eltern halten mich dann für die gierigste Person auf der Welt –«

»Wieso sollten sie? Wie gesagt, mein Vater war sich sowieso sicher, dass ich eine Kaution zahlen muss. Du musst dich ja auch irgendwie absichern, das ist normal.«

»Ehrlich?« Ein Funken Hoffnung kam zu mir zurück.

Ich blickte abwechselnd zu Ki-Lu und Sarah. Sarah sah immer noch verzweifelt aus. »Ja, Mist. Sowas müsste ich dir natürlich auch zahlen.«

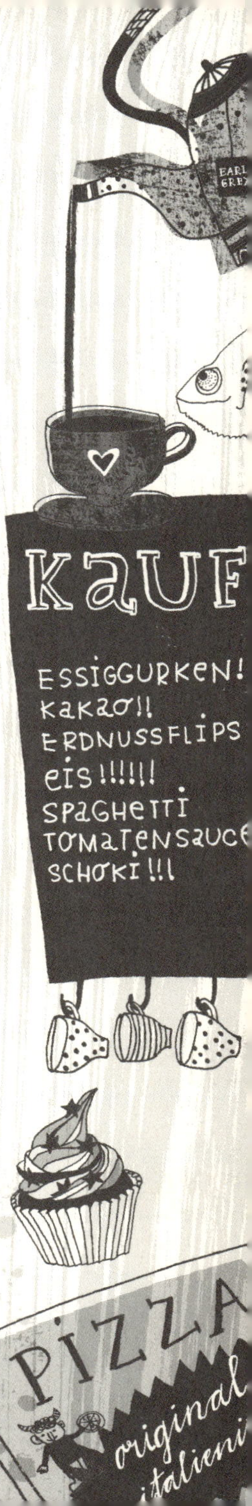

Es dauerte einen Moment, bis ich begriff. Ilvy war schneller: »Ich glaube nicht, dass Billie das möchte. Wo wäre denn da der Sinn? Uns gegenseitig Geld geben, bringt nichts. Die Kohle muss schon von außen kommen.«

Sie hat recht. Nur die Stadtmädels stehen mal wieder auf der Leitung.

»Aber es ist doch total unfair deinem Vater gegenüber – und Billie gegenüber auch.« Sarah sah mich an. Ich schüttelte vehement den Kopf. »Was mich betrifft, vergiss es, Sarah. Ich hätte nie von euch eine Kaution verlangt – die Idee ist mir gar nicht gekommen – und ich würde natürlich auch von Ilvy keine einfordern –«

»– aber du tust es, weil Ilvys Papa sowieso darauf vorbereitet war und die Kohle schon lockergemacht hat«, vollendete Ilvy meinen Satz. Ich nickte und fühlte mich ertappt.

Ilvy unterstrich mit einem letzten starken Kopfnicken ihre Aussage, dann wandte sich ab, um endlich ihren Bruder anzurufen.

Ki-Lu, die in den letzten Minuten auffallend schweigsam geworden war, beteiligte sich nun doch am Gespräch. »Aber von Mick werden wir uns die Kaution für mich schon holen.«

Für den Funken eines Augenblicks sah ich dicke Bündel Euro-Scheine vor mir, die all unsere Probleme schlagartig lösen würden. Dann kehrte ich in die Realität zurück. »Guter Gedanke, Ki-Lu, aber wie sollte ich ihm das verklickern, ohne mich dabei komplett unbeliebt zu machen.«

»Ich weiß, das habe ich gerade auch überlegt.« Sie kaute auf ihren Fingernägeln, etwas, das ich zuvor noch nie bei ihr gesehen hatte.

»Mir wird schon was einfallen, Billie. Lass mich nur machen.«

Ja?

»Ja?«

»Klar. Brauchst gar nicht so zweifelnd gucken. »Lass Tante Ki-Lu nur machen.«

Das Küken. Ausgerechnet.

Ich lächelte. »Danke, Ki-Lu.«

Ilvy beendete gerade ihr Telefonat und wirkte auf einmal hocherfreut. »Er macht es, und zwar ab morgen. Da kann er zwar erst am Abend kommen, aber die Tage danach hat er viel Zeit.«

Ich stand auf und fiel Ilvy um den Hals. Vor lauter Erleichterung drückte ich sie so fest, dass sie zu röcheln anfing.

Ki-Lu verpasste der ganzen Freude einen kleinen Dämpfer.

»Und er weiß, dass er nur zwei Wochen dafür hat?«

Ilvys Zögern sagte alles. Er wusste es nicht.

»Aber ich habe ihm gesagt, dass die Zeit drängt und er ganz schnell machen muss.«

Es dauerte ein paar Momente, aber irgendwann beruhigten wir uns wieder. Mithilfe einiger oder besser vieler Schokoriegel und Ilvys Geschichten von ihrem Leben auf dem Bauernhof. Wir lauschten gebannt und waren froh, dass heute Abend keine Entscheidungen mehr getroffen werden mussten. Ilvy war in ihrem Bericht gerade bei ihren Lieblingstieren angelangt, genauer gesagt bei einem Huhn namens Mercedes, das sie als kleines Küken bei sich im Bett hatte schlafen lassen. »Sie hat sich am liebsten in meine Haare gegraben und konnte dann stundenlang, ohne einen Mucks zu machen, dort schlummern.«

»Aber warum heißt das Huhn wie ein Auto?«, wollte Ki-Lu wissen. »Noch dazu wie ein männliches?«

»Tut es nicht«, klärte Ilvy sie auf. »Emil Jellinek, seines Zeichens der Urvater des Mercedes, wie wir ihn heute kennen, hat das Auto nach seiner Tochter Mercedes benannt. Das Huhn trägt also definitiv einen Frauennamen.«

»Du kennst dich gut aus«, stellte Sarah fest.

»Ich war schon immer autonarrisch«, gab Ilvy im breitesten Bayrisch zu.

Ich lächelte. Dann fragte ich: »Vermisst du sie gar nicht?

Ilvy seufzte tief. »Klar. Irgendwie schon. Aber so ist das auf dem Bauernhof. Die Tiere werden geboren und irgendwann gehen sie.«

»In dem Fall bist aber du gegangen.«

»Stimmt. Aber Mercedes muss auch bald gehen. Am Ende des Sommers werde ich sie schlachten.«

Eine Pause trat ein, in der keine von uns so recht zu wissen schien, was sie sagen sollte. Verarschte Ilvy uns gerade?

Das kann doch nur ein Scherz sein. Oder?

»Ist das jetzt dein Ernst?«, fragte Sarah schließlich.

»Ja klar, was sonst?«

»Ein Scherz?«, startete ich einen Versuch, die Wahrheit hinauszuzögern.

»Bitte sag, dass das ein Scherz ist«, flehte Ki-Lu und auf Ilvys Gesicht trat ein merkwürdiger Blick. Machte sie sich etwa über uns lustig?

»Ich kapier's nicht«, stieß Sarah hervor. »Du kennst sie von ihrem Schlüpftag an, sie durfte bei dir im Bett schlafen ... und jetzt willst du sie *schlachten?*«

Der Gedanke daran raubte auch mir fast den Atem.

Ich fühl mich, als hätte mir jemand den Stecker gezogen.

Ilvy sah uns beinahe ratlos an. Es war deutlich, dass sie keine Ahnung hatte, was in uns gefahren war.

»Aber dieses Huhn ist doch wie ein Haustier für dich«, versuchte Ki-Lu, unsere Sichtweise zu erklären. »Und ein Haustier ist ein lebenslanger Begleiter. Bis dass der Tod euch scheidet.«

»Ja eben. Und der Tod scheidet uns nun mal in ein paar Wochen.«

Unter anderen Umständen hätte ich ihre Antwort witzig gefunden, doch die Leichtigkeit, mit der sie sprach, versetzte mir einen zusätzlichen Stich.

»Hey Leute, jetzt hört mal zu. Wir züchten Tiere, um ihre Eier und ihre Milch zu bekommen. Und um sie zu essen. Stellt euch vor, wir würden bei jedem Tier warten, bis es eines natürlichen Todes stirbt. Dann müssten wir sie entsorgen, weil sie so alt und zäh wären, dass sie nicht mal mehr für eine Suppeneinlage reichen würden. Das wäre totale Verschwendung. Nicht nur, was unser Geld betrifft, sondern auch Verschwendung am Tier. Wir müssten dann ja ein anderes Tier essen, das aber auch geschlachtet werden muss, und das sicher nicht unter so humanen Zuständen wie auf unserem Hof.«

»Oh Gott, jetzt weiß ich wieder, warum ich Vegetarierin bin!«, stieß Sarah hervor.

»Mercedes ist fast ein Jahr alt. Jetzt bekommen wir noch einen guten Preis für sie, später nicht mehr.«

»Ja, aber sie hat bei dir im Bett geschlafen!«, wiederholte Sarah, während sie begann, an ihrer Hosentasche herumzufummeln. Oh, oh. Zigarettenalarm. Sarah musste immer qualmen, wenn sie nervös war. Was ich gar nicht verstehen konnte, denn meine wenigen Versuche, eine Zigarette zu rauchen, hatten mir nicht nur fiese Übelkeit, sondern auch ultimative Nervosität beschert.

Sehr gut verstehen konnte ich hingegen den Grund für Sarahs Fassungslosigkeit. In Ki-Lus Augen glitzerte es verdächtig. »Aber warum musst denn ausgerechnet du Mercedes schlachten?«

»Das mach ich ihr zuliebe. Ich schlachte nämlich nicht allzu gerne, auch wenn es mir nichts ausmacht –«

»Ist das nicht ein Widerspruch?«, fragte Ki-Lu, immer noch mit Tränen in den Augen.

»Mag sein. Aber, wie gesagt, ich mache es Mercedes zuliebe. Neben meinem Vater bin ich die beste Schlächterin bei uns zu Hause und ich weiß, dass Mercedes nichts spüren wird, wenn ich es mache.«

Kurz war es ganz still. Ich sah, wie Ki-Lu und Sarah vor sich hin starrten, und wusste genau, was passieren würde.

Drei Tage später zog eine sechste Dame bei uns ein, Henne Mercedes, die zwar nicht mehr in Ilvys Bett schlafen durfte, dafür aber ein eigenes Zimmer bekam – die Abstellkammer mit Fenster wurde zu ihrem eigenen Hühnerstall.

Ki-Lu, Sarah und ich hatten trotz unserer momentanen Geldnot so viel zusammengekratzt, dass wir Ilvys Eltern mehr für das Hühnchen bieten konnten, als es wert war. Schließlich erwiesen die sich jedoch genauso großzügig wie ihre

Tochter und schenkten uns Mercedes. Und die sollte es bei uns gut haben.

Sarah stellte unserer Henne ihre hochwertigsten Körnchen aus dem Super-Special-Bioladen zur Verfügung – fünfzehn Euro für 100 Gramm –, aber unsere Henne lehnte dankend und gackernd ab. Wir pflanzten ihr in einer Blumenkiste ihr eigenes Gras an, Biogras natürlich, und sie hockte sich sogar gelegentlich rein, doch probieren tat sie davon nichts. Nein, Mercedes war eindeutig keine Veganerin, ja noch nicht einmal Vegetarierin. Sie fraß für ihr Leben gern Esmeraldas Käfer und saß ansonsten unter dem Küchentisch und saugte alles auf, was vom Tisch fiel. Anfangs hatten wir noch Panik, dass sie ihre Freiheit vermissen könnte, und nahmen sie mit in den Park, wo wir sie ins Gras setzten. Doch es endete jedes Mal in einem Debakel. Mercedes regte sich fürchterlich auf und gackerte so laut, dass die Hunde sich vor ihr fürchteten. Wenn wir sie dann wieder in die Wohnung brachten, wackelte sie sofort drauflos, und zwar schnurstracks in ihre Kammer hinein.

»Sie war schon immer gern im Stall«, erklärte Ilvy. »Sie ist ein faules Huhn, das es am liebsten gemütlich und ruhig hat. Ich hätte trotzdem nie gedacht, dass sie sich hier so wohlfühlen würde.«

Und wenn Mercedes abends gackernd zu uns in die Küche gewackelt kam und sich unter den Tisch stellte, um »staubzusaugen«, dann gab Ilvy gerne zu, dass es eine gute Idee von uns gewesen war, die Henne bei uns einziehen zu lassen.

28. Kapitel

in dem ein Auto repariert wird, Bilder begutachtet werden und Unvorhergesehenes passiert

Es klingelte an der Haustür.

»Ja?«, fragte ich in den Hörer der Gegensprechanlage.

»Ilvy?«

»Nein, hier ist Billie.«

»Oh … ist sie da?«

»Bist du …?«

»Valentin. Ja.«

Ach, du Scheiße. Er war viel zu früh und Ilvy stand gerade im Blaumann im Innenhof und schraubte am Auto von Dominics Mutter herum. Bevor sie runtergegangen war, hatte ich ihr das Versprechen abnehmen müssen, ihrem Bruder nur ja nichts von der Autoreparatur zu erzählen.

»Eigentlich soll er eh erst am Abend kommen, aber falls er aus irgendeinem Grund früher auftaucht … du weißt schon. Sonst wird er wieder misstrauisch, was mein Studium betrifft.« Warum mussten meine Mitbewohnerinnen auch alle unbedingt irgendein Geheimnis haben?

Valentin stand jetzt jedenfalls vor der Tür und ich konnte ihn schlecht einfach wieder wegschicken. Am Ende überlegte er sich das mit den Bildern doch noch einmal anders.

Was sollte ich nur tun? Erst mal durchatmen. »Ilvy ist grade nicht da«, sagte ich in den Hörer. »Sollten wir nicht auf sie warten mit dem Begutachten der Bilder?«

Gott, einen dämlicheren Vorschlag konnte man ja gar nicht machen. Von unten drang Straßenlärm hinauf. War er weg? »Ähm«, stammelte ich durch die Gegensprechanlage, »natürlich bin ich dir total dankbar, dass du uns helfen willst –«

»Alles klar.« Okay, er war also noch da.

»Wegen den Bildern kann ich später wiederkommen, ich hab sowieso noch einiges zu erledigen. Aber die beiden großen Kartons, die ich hier habe, möchte ich nicht unbedingt die ganze Zeit mitschleppen. Da ist der ganze Rest von Ilvys Kram drin.

Reisebügeleisen, Föhn, Kochschürze –«

»Aber das braucht sie doch alles gar nicht. Bügeleisen und Föhn kann sie sich jederzeit von mir leihen. Und die Schürze … ich meine, meistens holen wir uns eh nur was vom Chinesen oder eine Pizza.«

»Leihst du ihr auch deine Büstenhalter?«

Was? Ich lief rot an, was zum Glück niemand sehen konnte. Ich wusste nicht, was ich schlimmer fand. Die Frage an sich oder das Wort, das er benutzt hatte: *Büstenhalter*. Oh mein Gott. Zu so was sagte man BH. Und sonst gar nichts.

Offensichtlich waren ihm seine Worte jetzt auch peinlich, denn er fing an zu stammeln: »Ja, also, ich meinte ja nur, weil ich hier auch – diese Dinge von ihr mithabe. Ja, alles Mögliche. Lauter Kram eben.«

Ich gab mich geschlagen. Falls er echt so auf der Leitung stand, dass er bis jetzt nicht misstrauisch geworden war, dann würde er es spätestens werden, wenn ich ihm sagte, dass ich Ilvy liebend gern alle meine *Büstenhalter* lieh. Kotz.

»Ja klar. Ja. Komm rauf, bitte«, sagte ich und drückte den Knopf, um ihm die Haustüre zu öffnen. Ich hatte den Finger noch auf der Taste, da erschrak ich fürchterlich. Oh nein! Neben dem Lift befand sich doch ein Fenster, durch das man in den Hof sehen konnte. »Nimm aber die Treppe! Der Lift ist kaputt!«, schrie ich in die Gegensprechanlage und betete, dass er mich gehört hatte.

Ich hängte den Hörer in die Halterung und stöhnte auf. Sollten wir nicht auf Ilvy warten mit dem Begutachten der Bilder? Billie, du bist des Wahnsinns knusprige Beute, wie Oma Elfi sagen würde.

Ilvys Bruder war körperliche Anstrengung gewohnt, das merkte ich daran, wie verdammt schnell er die acht Treppen in den vierten Stock hinter sich ließ. Ich hatte nicht mal Zeit, mir eine vernünftige Begrüßung auszudenken, da kamen die Schritte bereits näher – und dann war er da. Allem Anschein nach frisch geduscht, die schwarzen Haare lagen feucht hinter den Ohren, wodurch sein Gesicht viel besser zu sehen war als bei unserer letzten Begegnung. Er sah wirklich ganz schön schön aus.

Schön? Geht's noch Billie? Oh Gott, ich musste mich konzentrieren … Doch es war, als hätte mein Herz seinen eigenen Kopf. Warum entschloss es sich, jetzt so heftig zu pochen? Warum bei ihm? War ich nicht schon genug mit der Frage *Der Spatz in der Hand oder die Taube auf dem Dach* beschäftigt? Mit Dominic und James? Noch dazu konnte Valentin mich nicht ausstehen, das hatte er letztes Mal ziemlich deutlich gemacht. Warum also war ich so aufgeregt? Was sollte das? Ach ja, wegen der Bilder. Die Bilder waren das Wichtigste.

Ich machte ihm den Weg in die Wohnung frei und sagte: »Dass du uns helfen willst, dafür danke ich dir sehr.«

»Schon okay«, antwortete er. »Ich mach das, weil Ilvy mich darum gebeten hat.«

»Klar. Logo, dass du es nicht für mich tust. Das würde ich auch nie erwarten.«

»Gut.« Er streifte sich die Schuhe ab.

Was redest du da für einen Stuss zusammen, Billie? »Ich meine, natürlich würde ich das nie erwarten. Wir kennen uns ja gar nicht.«

Valentin wich meinem Blick aus. Gut, ja, ich laberte Blödsinn, aber ein bisschen auftauen könnte er trotzdem mal, oder?

Als er den Karton an mir vorbeitrug, bemerkte ich, dass er das gleiche Parfüm verwendete wie James.

Das roch so abartig sexy. Okay, kein Grund, gleich auszuflippen, Billie. Du kannst den Hersteller des Parfüms für seine geniale Duftkomposition verehren, aber doch nicht jeden Typ, der sich damit eingesprüht hat. Der trägt ja nicht wirklich was zu diesem Dufterlebnis bei. Wobei, war das wirklich so? Hieß es denn nicht immer, dass das gleiche Parfüm an unterschiedlichen Menschen unterschiedlich roch? Und duftete Valentin nicht tatsächlich ein klein wenig anders als James?

Ich war so in Gedanken versunken, dass ich erst viel zu spät mitbekam, dass Valentin dabei war, Ilvys Tür zu öffnen.

»Halt«, schrie ich so laut, dass er vor Schreck fast den Karton fallen ließ. Dann starrte er mich entgeistert an. Ich schmiss die Tür zu und schnappte nach Luft. Das Problem war weniger das Zimmer selbst als vielmehr das Fenster darin, das genau auf den Hof hinausging.

»Sorry, wenn ich dich erschreckt habe. Ja, naja«, ich räusperte mich, »Ilvys Parkettboden wurde gerade neu abgeschliffen und versiegelt, da darf niemand drauftreten bis morgen früh.«

Im ersten Moment hielt ich das für eine ziemlich intelligente Ausrede. Jedermann wusste, wenn man auf frischen Lack stieg, würde das für immer hässliche Fußspuren auf dem Boden bedeuten.

»Wer hat denn den Boden versiegelt?«, wollte er wissen.

»Ähm, der ... *Bodenversiegler* nehm ich an. Warum?«

»Das hätte doch ich machen können. Ilvy weiß das eigentlich. Zu Hause habe ich das Parkett im ganzen Haus erneuert. Schade ums Geld, wenn ihr euch einen Profi nehmt.«

»Gibt's eigentlich irgendetwas, das du nicht kannst?«, fragte ich, während mir allmählich der Haken an meiner Ausrede auffiel und ich verzweifelt darüber nachdachte, wie wir es schaffen sollten, Ilvys Boden tipptopp renoviert aussehen zu lassen, wenn Valentin doch mal irgendwann ihr Zimmer betreten würde.

Ich räusperte mich kurz.

»Die Bilder«, versuchte ich abzulenken. »Es sind vier Stück. Hat Ilvy dir das schon gesagt?«

»Ja, hat sie. Nur bezüglich der Zeit hat sie sich etwas kryptisch ausgedrückt –«

Er ließ den Satz in der Luft hängen. Ganz klar, dass das keine Aussage, sondern eine Frage war. Ich schnitt eine schuldbewusste Grimasse und holte tief Luft. Meine Antwort kam fast im Flüsterton: »In vierzehn Tagen.«

Memo an mich:
Vierzehn Tage klingt auch nicht viel besser als zwei Wochen.

»In *zwei Wochen*?«

Ich nickte unglücklich.

Valentin sah mich fassungslos an. »Das ist vollkommen unmöglich, das müsste Ilvy doch wissen! Zum Restaurieren braucht man Zeit.« Er fing an, im Flur auf und ab zulaufen. Zur Sicherheit schob ich mich wieder vor Ilvys Tür.

Plötzlich blieb er stehen. »Reden wir hier von komplett zerstörten Bildern oder handelt es sich um Kleinigkeiten?«

Ich wurde selbst immer kleiner. »Na ja, eher sehr zerstört, fürchte ich.«

Interessanterweise schien ihn diese Nachricht zuversichtlich zu stimmen.

»Dann könnte ich die Bilder doch kopieren – Ilvy sagte mir, dass Fotos von ihnen existieren?«

Ich stand auf der Leitung. »Du meinst, die Fotos kopieren, sie einrahmen und dann aufhängen?«

Es dauerte ein, zwei Sekunden, bis er begriff, was ich nicht begriff. Er lächelte kurz. »Keine Angst, ich habe nicht vor, die Fotos in einen Kopierer zu stecken. Wenn ich von kopieren rede, meine ich malen. Nachmalen sozusagen.«

»Ach, nachmalen!« Ich schlug mir leicht gegen die Stirn. Wie dämlich!

»Stimmt ja, Ilvy hat gesagt, dass du das total gut kannst. Aber geht das wirklich schneller als das Renovie… – Restaurieren?«

»Ja«, erwiderte er sehr entschieden. »Viel, viel schneller.«

»Super.« Mir fiel ein Riesenstein von Herzen. »Ähm, setz dich doch schon mal in die Küche. Ich hole nur schnell die Fotos.«

Im Wohnzimmer fiel mir ein, dass ich vor nicht allzu langer Zeit durch die Gegensprechanlage gemurmelt hatte, dass wir lieber auf Ilvy warten sollten, bevor wir uns den Bildern widmeten.

Shit. Valentin musste mich mittlerweile ja wirklich für total dämlich halten. Egal, er sollte ja nur unsere Bilder retten.

Wenig später saß ich neben Valentin auf der Küchenbank, während er das Album durchblätterte und den Kaffee trank, den ich ihm hingestellt hatte. Ich betrachtete ihn heimlich.

Wie ging dieses Lied noch mal? Die Liebe ist ein seltsames Spiel ... sie kommt und geht von einem zum andern ...

Ich kaute auf meiner Lippe herum. »Und?«, fragte ich nach einer Weile. »Denkst du, es ist machbar?«

Valentin klappte das Album zu und sah mich an. Zum ersten Mal ein bisschen länger. Prompt begann ich zu schwitzen.

»Ich denke schon. Ich besorge morgen früh die Farben und die Leinwände – sind alle vier Bilder in der Originalgröße von den ursprünglichen Gemälden gewesen?«

Ich machte große Augen. An solche Details hatte ich noch gar nicht gedacht. »Oh Gott, ich muss gestehen, ich weiß es nicht. Aber die Rahmen sind nicht kaputt!«, fiel mir dann ein.

»Gut. Das macht die Sache wesentlich einfacher.«

Ich nickte, atmete tief durch – und war richtig erleichtert, als Ki-Lu reingeschneit kam. Obwohl unser Gespräch in der letzten Viertelstunde nahezu *normal* verlaufen war, rechnete ich die ganze Zeit damit, dass er mich plötzlich wieder anmotzen könnte. Irgendwie machte dieser Typ mich nervös.

»Ki-Lu, hallo! Schau mal, das ist Ilvys Bruder. Letztes Mal

habt ihr euch – glaube ich – gar nicht kennengelernt«, sagte ich scheinheilig, weil wir alle noch ganz genau wussten, wie das erste Treffen mit Valentin abgelaufen war. Er war nach dem kleinen Streit mit mir einfach abgehauen.

»Ki-Lu, das ist Ilvys Bruder. Ilvys Bruder, das ist Ki-Lu.«

Er schüttelte ihre Hand und sagte erstaunlich freundlich: »Freut mich. Ich bin Valentin.«

»Mich freut es auch. Wie nett, dass du uns besuchen kommst«, zwitscherte Ki-Lu. Dann sah sie mich fragend an. »Ist Ilvy gar nicht da?«

Mir wurde heiß. Ich hatte keine Ahnung, ob Ki-Lu wusste, wo Ilvy sich gerade befand und was sie machte. Und Ki-Lu verplapperte sich doch so gerne.

»Ki-Lu, kommst du kurz mit mir ins Wohnzimmer? Ich muss noch das Album zurücktragen und es wäre schön, wenn du mir hilfst.«

Sie sah mich an, als wäre ich irre geworden.

»Räuberleiter«, erklärte ich und schaute ihr eindringlich in die Augen. »Du weißt schon, an die oberen Regale komm ich nicht ran.«

»Was ist mit der Leiter?«

»Kaputt. Also komm.«

»Da kann ich euch doch helfen. Wenn ich nicht rankomme, kann ich zumindest bei der Räuberleiter behilflich sein.«

»Das wäre ganz toll«, rief Ki-Lu. »Mir wird nämlich immer so schwindelig in der Höhe.«

Ach so? Das war mir neu. Toll, das hieß also, ich musste auf seine Hände steigen und mich von ihm hochhieven lassen. Ob er das überhaupt schaffen würde? Was, wenn er zusammenbrach, weil ich ihm zu schwer war? Na ja, wenigstens fragte Ki-Lu nicht mehr nach Ilvy.

Ich würde Valentin einfach eine Stelle im Regal zeigen, wo er gut alleine hinkam. Mit seinen eins fünfundachtzig sollte das echt kein Problem sein.

Doch kaum waren wir im Wohnzimmer, zog Ki-Lu ihn schon zu unserem höchsten Regal. »Da! Da ganz oben gehört das Album hin. Komm Billie, steig auf – auf ihn.«

Ganz toll! Die Wahnsinnige dachte offensichtlich, dass ich scharf auf Ilvys Bruder war. Wollte sie uns jetzt etwa verkuppeln? Vielen Dank auch.

Es war einfach schrecklich. Während ich meinen rechten Fuß in Valentins Handflächen hievte, betete ich zu irgendeiner höheren Macht, dass ich keine Schweißfüße hatte. Und als wäre es nicht schon schlimm genug, dass ich auf ihn draufklettern musste, sollte ich mich kurzfristig auch noch an seinen Schultern hochstemmen. Dennoch hatte ich Mühe mit dem Gleichgewicht. »Ahahah«, machte ich, während er zum ersten Mal keuchte.

»Bin ich zu schwer?« Mann, war das peinlich.

»Überhaupt nicht«, behauptete er. Wahrscheinlich wollte er vor Ki-Lu nicht als Schwächling dastehen, der es nicht schaffte, das Riesenbaby hochzuheben. Ich spürte, wie meine Oberschenkel in der Jeans zitterten, als ich zwei Bücher beiseiterückte, um Platz für das Album zu machen – das dort natürlich nie gestanden hatte.

»Wie hast du es denn vorhin runterbekommen?«, fragte Valentin mit erstickter Stimme.

»Da war die Leiter noch nicht kaputt«, log ich.

»Fertig«, verkündete ich dann und er senkte langsam die

Handflächen ab, bis ich, mich um seinen Hals klammernd, auf den Boden hüpfen konnte. Für einen ganz kurzen Moment standen wir uns so nah gegenüber, dass ich die zarten Sommersprossen auf seiner Nase erkennen konnte. Und plötzlich hätte ich ihn am liebsten umarmt. Was war bloß los mit mir? Musste ich in letzter Zeit jeden Typ, der mir körperlich nahe kam, anschmachten?

Etwas zu abrupt ging ich auf Abstand. Ki-Lu blinzelte mir zu und verkündete, dass sie sich jetzt in die Küche zurückziehen würde, um einen leckeren Limettensaft zu mixen, und wir uns in keinster Weise von ihr gestört fühlen sollten. »Setzt euch einfach schon mal hier auf die Couch und macht es euch gemütlich. Ich werde sicher einige Zeit für den Saft brauchen, aber dann bringe ich euch zwei Gläschen.«

Zwischen zusammengebissenen Zähnen presste ich hervor: »Ki-Lu, ich glaube, ich sollte dir zeigen, wo die Limetten sind.«

»Im Kühlschrank. Das weiß ich doch.«

Ich konnte es nicht fassen. Würde sie mir denn nie mehr eine Gelegenheit geben, sie unter vier Augen zu sprechen?

»Jetzt aber husch, husch auf die Couch mit euch beiden«, rief sie noch, dann war sie verschwunden.

Ich wandte mich an Valentin, der wirklich auf dem Sofa Platz genommen hatte. »Entschuldige bitte, meine Freundin ist ... sie ist total gaga.« Das war die einzige richtige Bezeichnung für Ki-Lu.

»Ich finde sie nett«, sagte Valentin.

Dann heirate sie doch!, wäre mir fast herausgerutscht. Doch ich zwang mich zu einem Grinsen. Ich grinste immer weiter und konnte einfach nicht begreifen, warum ich so eifersüchtig wegen dieses Typen war.

Als ich an diesem Abend im Bett lag, konnte ich kaum einschlafen. Mir ging der Nachmittag mit Valentin nicht mehr aus dem Kopf. Ich hatte es zwar geschafft, ihn noch zu verabschieden, bevor Ilvy in ihrer Mechanikerkleidung hochgekommen war, aber trotzdem hatte es wieder Trouble zwischen Valentin und mir gegeben. Eigentlich war alles gut gewesen. Wir hatten noch ein wenig über Opas Bilder gequatscht, und als es dazu nichts mehr zu sagen gab, hatte ich versucht, ein anderes Thema zu finden. Von seiner Schwester wusste ich, dass er neben seinem Kunststudium jobbte, um sich das Studentenleben zu finanzieren. Völlig ohne Hintergedanken hatte ich ihn gefragt, welche Art von Job das wäre. Doch scheinbar war ich ihm mit meiner Frage zu nahegetreten. Sein Gesicht hatte sich dunkel verfärbt und er sich so abrupt verabschiedet, dass ich völlig belämmert dagestanden hatte, bis Ki-Lu aufgetaucht war und sich ihren Dank für die tolle Hilfe abholen wollte.

Ich hatte ihr einiges zu erklären.

29. Kapitel

in dem eine Bombe platzt und ein Maler vor der Tür steht

Ki-Lu und ich hatten heute ausnahmsweise mal drehfrei – und danach kam gleich das Wochenende, an dem wir dieses Mal auch nicht ans Set mussten. Die Auszeit kam uns gerade recht.

Eine knappe Woche war vergangen, seit wir mit dem Wiederaufbau der WG begonnen hatten. Und wir hatten ganze Arbeit geleistet. Den ersten Schachzug hatten wir Ki-Lu zu verdanken, die – wie auch immer sie das geschafft hatte – Mick dazu brachte, mir dreitausend Euro in die Hand zu drücken. »Hier musst du noch unterschreiben, damit ich den Wucherpreis wenigstens von der Steuer absetzen kann.«

Mit dieser ersten Finanzspritze hatten wir Möbel nachgekauft und sie mit Dominics Hilfe nach oben geschleppt und zusammengeschraubt. Dominic entpuppte sich auch als ausgezeichneter Malermeister. Alle Wände, von denen wir die Schuhabdrücke nicht wegputzen konnten, bekamen einen neuen Anstrich von ihm.

Auch auf einer anderen Baustelle ging es voran: Valentin hatte schon zwei der Bilder fertig. »Kopiert«, wie er sagte. Ich wurde von Tag zu Tag nervöser, wenn ich nur an Valentin dachte. »Alles okay mit dir?«, fragte mich Sarah beim Frühstück, als ich den Kaffee beim Einschenken gekonnt zwischen die Tassen schüttete.

»Mist! Jaja, alles okay.«

»Sie ist doch die ganze Zeit schon so panisch, seit ihre beiden Lieblinge dauernd bei uns sind.«

Ich steckte Ki-Lu die Zunge raus.

»Ja? Wer sind denn die beiden?«, erkundigte sich Ilvy interessiert.

Ich winkte ab. »Ki-Lu träumt mal wieder. Als ob ich es ihr gestern Abend nicht detailliert genug erklärt hätte.«

Sarah half Ilvy auf die Sprünge: »Also mal überlegen … Ach ja, *Dominic* war die letzten Tage ziemlich oft hier.«

Ilvy grinste. »Also doch! Ich war mir nicht ganz sicher, ob da was ist. Irgendwie hast du unterschiedliche Signale ausgesendet.«

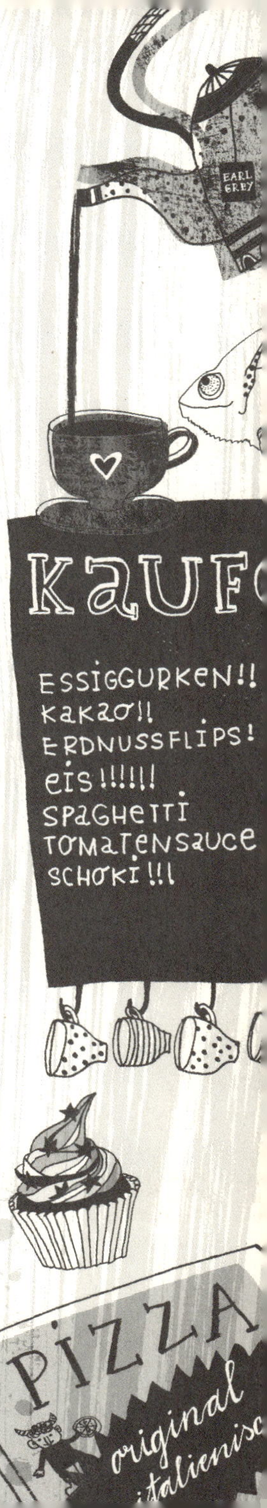

Das konnte man laut sagen.

»Gut. Erwischt. Ja, ich mag Dominic. Sehr sogar«, gestand ich, und zwar liebend gern, um den angeblich zweiten Liebling gleich gar nicht zur Sprache bringen zu müssen.

Doch meine Taktik ging nicht auf.

»Aber wenn es wirklich einen zweiten gibt«, Sarah sah Ki-Lu prüfend an, »dann kommt eigentlich nur einer infrage.«

Ki-Lu nickte bestätigend. .

»Ihr seid so blöd«, sagte ich leidend.

Ki-Lu wisperte Ilvy zu: »Weißt du denn noch gar nichts von Billie und deinem Bruder?«

»Nicht im Ernst!« Ilvy sperrte den Mund auf und hatte alle Mühe, ihn wieder zu schließen.

»Nein, natürlich nicht«, beruhigte ich sie, während Sarah mich aufmerksam musterte. »Ki-Lu spinnt nur herum.«

»Ach, Billie, ich wäre ja froh, wenn Valentin eine so nette Freundin abbekommen würde wie dich, aber er ist so schwierig. Das muss ich leider sagen.«

»Ja. Genau«, gab ich ihr recht. »Zu schwierig für mich. Außerdem hab ich einen ganz anderen Mann an der Angel.«

»Hört, hört!«

Alle drei sahen mich gespannt an.

Endlich erzählte ich ihnen von meinem Hundesitterjob vor dem Plaza. Dann zeigte ich ihnen das Briefchen, das ich erhalten und seither in meinem Portemonnaie verstaut hatte.

»Ist das süß«, schwärmte Ki-Lu.

Sarah schlug mir kumpelhaft auf die Schulter. »Du bist echt eine Aufreißerin.«

»Anscheinend.« Ich machte ein gespielt bescheidenes Gesicht.

Dann fiel mir auf, dass Ilvy sich gar nicht geäußert hatte. Sie sah blass aus und lächelte schwach in Richtung ihrer Kaffeetasse.

»Ich will dir ja nicht den Tag verderben, Billie«, sagte sie unglücklich. »Aber ich weiß vielleicht, wer dein heimlicher Verehrer ist.«

Ich starrte sie an. Wir alle starrten sie an. Sie seufzte und ließ die Bombe platzen: »Mein Bruder arbeitet als Kellner im Plaza.«

Eine Stunde später, kurz bevor Valentin und Dominic kommen sollten, war ich immer noch wie vom Donner gerührt. So unglaublich die Vorstellung war, dass ausgerechnet Valentin mir diese Zeilen geschrieben haben sollte, erklärte es doch einiges. Nämlich, warum er von Anfang an so starke – wenn auch negative – Gefühle mir gegenüber gezeigt hatte. Oder wie Ilvy mir verriet: »Weißt du, ich denk auch, dass er es ist, weil er mich direkt nach eurer ersten Begegnung beim Einzug über dich ausgefragt hat. Er hat so ganz beiläufig immer wieder Fragen gestellt. Am Ende dann doch so viele, dass ich misstrauisch geworden bin. Aber erklären konnte ich es mir bislang nicht.«

Es läutete an der Wohnungstür. Sarah ließ Dominic herein. Er war prächtiger Laune und hatte Malerwerkzeug dabei.

»Toll«, sagte ich mit einem aufgesetzten Lächeln und wunderte mich selbst, wie egal mir das Auftauchen meines Lieblingsnachbarn auf einmal geworden war. Aber seit dem Gespräch mit Ilvy war in meinem Kopf für nichts anderes mehr Platz als für die Frage, ob die Liebeszeilen wirklich von Valentin stammten.

30. Kapitel

in dem auf einmal alle die Wahrheit sagen – zumindest fast – und eine Mitbewohnerin plötzlich wieder nach draußen geht

Als es zehn Minuten später an der Haustür klingelte, stand ich direkt neben der Gegensprechanlage. Kommentarlos drückte ich den Knopf, öffnete die Wohnungstür einen Spalt und flitzte eilig durch die nächste offene Tür. Ki-Lu saß gerade auf ihrem Bett und cremte sich die Hände ein.

»Meine Finger sind so rissig vom Schleifpapier«, erklärte sie und ich wünschte, ich hätte ihre Sorgen gehabt.

»Was hast du denn? Stimmt was nicht?«

»Mmhm«, machte ich.

»War was mit Dominic?«

Ich schüttelte den Kopf.

»Du zitterst ja«, sagte sie und ich stellte entsetzt fest, dass sie recht hatte. »Jetzt sag schon, was los ist.«

»Valentin kommt gerade –«

Wie aufs Stichwort hörte ich seine Stimme im Wohnungsflur. Instinktiv klammerte ich mich an Ki-Lus Arm.

»Du stehst ja wirklich total auf ihn!«

»Nein«, rief ich viel zu laut und schlug mir gleich darauf die Hand vor den Mund.

»Aber –« Sie sah unschlüssig aus. »Darf ich dich was fragen, Billie?«

»Jaja, du kannst mich alles fragen. Von mir aus können wir ganz lange hier drinbleiben.«

Ki-Lu zögerte. Und zum ersten Mal sah ich, dass sie rot wurde. Das war so außergewöhnlich, dass ich für einen Augenblick meine eigenen Probleme völlig vergaß. Was wollte Ki-Lu nur wissen?

»Okay, ich frage dich das jetzt rundheraus …«, kündigte sie an.

Ich nickte.

Sie schwieg.

»Du fragst mich das jetzt rundheraus«, half ich ihr auf die Sprünge.

»Bist du in Dominic verliebt?«

»Pssst! Pssst! Bist du wahnsinnig? Wenn das jemand hört. Pssst.«

»Wer darf es denn nicht hören? Valentin oder Dominic?«

Ich starrte sie an. Gute Frage. Eigentlich durften es beide nicht hören. Valentin sollte am besten sowieso gar nichts von mir hören und Domi-

nic – ja, wenn ich ganz ehrlich war, musste ich mir eingestehen, dass ich vielleicht doch nicht ganz so sehr in ihn verliebt war, wie ich gedacht hatte. Zumindest nicht mehr.

»Moment mal. Warum hast du so gezielt nach Dominic gefragt? Darf ich dich jetzt auch was rundheraus fragen?«

Ki-Lu wurde noch röter. »Ja.«

»Kann es sein, dass du deinen Männerekel überwunden hast und dich selbst in jemanden, na ja, verliebt hast?«

Sie verzog das Gesicht, bis sie ganz verzweifelt aussah. »Ich weiß nicht. Bevor ich nicht sicher bin, ob die Person jetzt frei ist, mach ich mir lieber keine Gedanken um so was.« Sie fing an, vor sich hin zu pfeifen.

Es klopfte laut an der Tür und wir zuckten beide zusammen.

»Kommt ihr da heute noch raus?«, rief Sarah.

»Gleich!«, schrie Ki-Lu zurück. Dann fixierte sie mich mit den Augen. »Und?«

Ich sagte ihr die Wahrheit. »Ich bin nicht in Dominic verliebt.«

Ki-Lu fing wieder an zu pfeifen.

Ich lächelte. »Schnapp ihn dir.«

Sie sah mich hilflos an und ich fand sie auf einmal unheimlich süß. Ki-Lu wusste sonst immer ganz genau, was sie wollte und wie sie es bekam, doch mit dieser Sache schien sie tatsächlich überfordert.

»Ich helf dir«, flüsterte ich ihr zu.

»Ja?«, fragte sie hoffnungsvoll.

»Hey, ihr zwei? Wird's bald? Sollen wir die ganze Arbeit alleine machen?«

Sofort wurde ich wieder nervös. Ki-Lu wollte die Tür öffnen, doch instinktiv stellte ich meinen Fuß davor.

»Nein! Ich kann da nicht raus«, erklärte ich ihr, mittlerweile leicht hysterisch. »Er – er hat diesen Liebesbrief für mich geschrieben und jetzt kann ich ihn nicht mehr angucken, weil …«

»Weil?«

Ich stockte, dann: »Weil er doch jedes Mal, wenn er mich sieht, denken muss, dass ich doch nicht so toll bin, wie er sich das vorgestellt hat.«

Ki-Lu öffnete erbarmungslos ihre Zimmertür. »Das ist der größte Schwachsinn, den ich je gehört habe. Raus mit dir!«

Meine Hände waren eiskalt und feucht, als Ki-Lu mich in die Küche schob, wo Valentin seinen mittlerweile angestammten Platz auf der Eckbank eingenommen hatte, um sich Bild Nummer drei zu widmen. Und was machte er, als er mich sah? Und zwar ausgerechnet heute, wo meine Hände sich anfühlten wie zwei halb aufgetaute Eiswürfelbeutel? Er streckte mir zum ersten Mal die Hand entgegen.

Ich schüttelte sie, ohne ihn wirklich dabei anzusehen, und zog sie gleich wieder zurück.

»Super, dass du schon beim dritten Bild bist«, gratulierte ich seiner Kaffeetasse.

»Bild eins und zwei müssen

noch versiegelt werden, aber das kann ich erst übermorgen oder so machen, wenn die Farbe vollkommen getrocknet ist.«

»Ja. Das ist toll.«

Toll? Was für eine blöde Antwort. Absolut kein Talent zum Flirten.

Ich sah mich panisch in der Küche um und fragte dann die Kaffeemaschine: »Brauchst du irgendetwas?«

»Meinst du mich?«

»Ja.« Unsere Blicke begegneten sich und in diesem Bruchteil einer Sekunde traf es mich wie ein Blitz. Ich war tatsächlich verliebt in Valentin. Der Brief und sein teilweise so bockiges Verhalten mir gegenüber, das alles zusammengenommen und dann noch seine schönen Augen und die schwarzen Haare und dass er mich so wunderbar fand, wie er geschrieben hatte – mit Mühe unterdrückte ich ein hysterisches Lachen und rannte, die Lippen fest aufeinandergepresst, aus der Küche.

Okay, jetzt ist es gelaufen. Eine Durchgeknallte ist nicht so richtig anziehend.

Auf dem Flur knallte ich auch noch in Dominic hinein.

Er sah mich äußerst besorgt an. »Ist was mir dir?«

Ich traf eine Entscheidung. Jetzt oder nie. In dem Ausnahmezustand, in dem ich mich gerade befand, war sowieso schon alles egal. Ich zog Dominic in den Hühnerstall und schloss die Tür. Mercedes gackerte entrüstet, dabei quetschte ich uns extra an den Rand, um sie so wenig wie möglich zu belästigen.

Ich räusperte mich. Die Wahrheit musste endlich raus. Als mir einfiel, dass er womöglich annahm, ich hätte ihn zum Küssen hier reingezogen, sprach ich ganz schnell.

»Dominic, es ist schrecklich. Das mit meiner Band – das wird nichts. Es tut mir so leid.«

Er reagierte nicht gleich.

»Die Band hat sich aufgelöst«, fügte ich hinzu. Die Wahrheit ist manchmal ein sehr dehnbarer Begriff.

»Aber wegen mir muss dir das doch nicht leidtun. Das muss ja total schlimm für dich sein. Habt ihr euch zerstritten?«

Ich nickte.

»Aber Billie, falls du es noch einmal mit einer Band versuchen willst«, begann er und mir schwante Böses, sehr Böses, »dann könnten wir beide uns mit meinen zwei Cousins zusammensetzen. Der eine ist Drummer, der andere spielt Bass. Die beiden sind auf der Suche nach einer Leadstimme.«

Nicht zusagen, Billie. Ja nicht zusagen. Dann kam mir der rettende Gedanke. »Das hört sich großartig an. Das Problem bei mir ist nur, dass ich in den nächsten Monaten komplett mit der Arbeit beschäftigt sein werde – das war auch ein Mitgrund, warum meine Band sich aufgelöst hat –, aber ich hätte da jemand, der mehr Zeit hat und auch noch besser singen kann als ich. Ki-Lu!«

In dem trüben Licht hier im Hühnerstall konnte ich es nicht sicher sagen, aber ich meinte zu sehen, dass Dominics Gesicht rot anlief. Warum wurden heute eigentlich alle rot?

»Ki-Lu?« Er räusperte sich. Dann lächelte er. »Ja, also das fände ich auch ganz schön gut.«

Hatte ich doch von Anfang an recht gehabt, Ki-Lu gefiel

ihm. Ich beglückwünschte mich zu meinem sechsten Sinn und freute mich für die beiden.

Gemeinsam verließen wir den Hühnerstall und ich unterdrückte die Versuchung, einen Blick in die Küche zu werfen. Stattdessen sah ich mich verzweifelt nach einer Arbeit um. Wir hatten im Wohnzimmer den Teil der Wand noch nicht gestrichen, der nicht weiß, sondern lindgrün war. Das Problem war, die Farbe bekamen wir erst morgen. Und zwar gratis. Über Valentins Kontakte. Die Möbel waren längst noch nicht alle fertig verschönert, doch das war eine Arbeit, bei der ich mich bisher eher ungeschickt angestellt hatte. Eigentlich hatte ich heute in der Küche noch mal Großputz machen wollen, der war wirklich nötig, aber dort saß ja Valentin, da konnte ich also nicht rein.

»Billie?«

Ich drehte mich um. Sarah stand mit einem Kochbuch in der Hand in der Küche und sagte: »Ich brauch kurz eine Pause vom Schleifen. Und ich finde, unsere fleißigen Helfer haben sich zumindest mal ein ordentliches Zwischendurch-Dankeschön-Essen verdient. Wenn ich dir eine Einkaufsliste schreibe, würdest du dann die Sachen besorgen gehen? Du kriegst das Geld natürlich von mir.«

»Nein. Nein, Sarah«, flehte ich. »Bitte zwing mich nicht dazu, alleine auf die Straße zu gehen. Ich bin heute nicht zurechnungsfähig, ich würde im Supermarkt herumstehen und nichts finden. Bitte nicht. Wahrscheinlich würde mich schon auf dem Weg dahin ein Auto überfahren.«

Sarah zögerte. Einerseits schien sie ehrlich besorgt um mich zu sein, andererseits wollte sie mir den Ausflug nach draußen auch nicht abnehmen.

»Gehen wir zusammen?«

Ich jubelte innerlich.

Verwundert sah ich zu, wie Sarah sich im Flur eine Kappe aufsetzte und ihre langen Haare darunterschob. Dann griff sie nach einer Sonnenbrille und sagte: »Gut. Startklar.«

Half eine Verkleidung bei Agoraphobie? Gemeinsam gingen wir die vier Stockwerke hinunter und von Stufe zu Stufe spürte ich wie die Verblüffung in mir wuchs.

Als wir gemeinsam aus dem Haus traten, rief ich begeistert: »Sarah! Du hast es geschafft rauszugehen.«

»Haha, sehr witzig.«

Betroffen blickte ich auf. »Das meinte ich nicht ironisch. Eher anerkennend.«

»Wie lange willst du mich noch verarschen?«

»Was meinst du?«

»Was meinst du?«

»Ja, weil du dich doch nicht mehr ins Freie getraut hast.«

Sie sah mich so verwirrt an, dass ich mir blöd vorkam.

»Oder liege ich da falsch?«

»Nee, sag jetzt nicht, dass ihr wirklich dachtet, dass ich eine Art Panikstörung habe?«

»Ich nicht«, konterte ich prompt. »Ki-Lu meinte irgendwas von wegen Agoraphobie, aber ich hab ihr –«

»Was?«

»Ich hab ihr gesagt, dass sie sich doch gar nicht so sicher sein kann.«

»Ich glaub's ja nicht.« Sie schnaubte. Dann sah sie sich vorsichtig um. »Okay, ich erzähl dir jetzt was, aber das bleibt bitte unter uns. Nur Ki-Lu kannst du es sagen. Der sollst du es sogar sagen, damit sie aufhört, so einen Blödsinn über mich zu verbreiten.«

Ich nickte.

»Als ich kurz nach meinem Einzug in der Tierhandlung auf der anderen Straßenseite war, um Futter für Esmeralda zu kaufen, da hab ich den besten Freund meines Vaters gesehen.«

»Aha?«

»Sie gehen jedes Wochenende gemeinsam golfen. Da ist mir wieder eingefallen, dass der hier in der Gegend wohnt.«

»Und der darf dich nicht sehen?«, versuchte ich zu kombinieren.

»Natürlich nicht. Meine Eltern sollen ja nicht wissen, wo ich bin.«

Ich legte erschrocken die Hand vor den Mund. »Deine Eltern wissen gar nichts von der WG? Aber die müssen sich ja fürchterliche Sorgen um dich machen!«

»Pssst. Alles halb so wild. Ich rufe sie zweimal in der Woche an und erzähle ihnen, dass es mir gut geht, dass ich nach wie vor in unserer schönen Stadt lebe und das in einer ganz normalen Wohnung. Sie haben es mittlerweile aufgegeben, mich nach der genauen Adresse zu fragen. Anfangs haben sie es noch über meinen Ex versucht, aber der hat ja selbst keine Ahnung, wo ich bin. Mir ist das einfach lieber so. Aber ich hab auch ihn angerufen und ihm gesagt, dass es Esmeralda vorzüglich geht. Komm jetzt. Wir haben nicht ewig Zeit.«

Ich folgte ihr über die Straße und versuchte, die neusten Neuigkeiten zu verarbeiten. Heute war wirklich der Tag der großen Offenbarungen. »Aber warum bist du dann im Keller gewesen, als Ki-Lu und ich dir gefolgt sind?«, stellte ich Sarah eine der vielen Fragen, die in meinem Kopf herumschwirrten. »Danach waren wir uns ehrlich gesagt sicher, dass du ein Problem damit hast, vor die Tür zu gehen.«

Sie drehte sich zu mir um. »Es war, wie ich gesagt habe. Ich hab die Treppen genommen und bin unabsichtlich einen Stock zu tief gelaufen. Dort unten habe ich angefangen zu überlegen, ob ich es wirklich schaffe, mich bei meinen Eltern blicken zu lassen. Dann hab ich euch beide gehört und bin wieder hochgegangen. Völlig unspektakulär.«

Tatsächlich. Wir erledigten den Einkauf schweigsam und so schnell wie möglich. Sarah dirigierte die Wege und legte die Sachen in den Einkaufswagen, den ich schob.

In der Schlange an der Kasse gab mir Sarah noch einen Rat: »Ach ja, heute solltest du Valentins Bilder mal mehr würdigen.«

»Wie meinst du das?«

»Die letzten Tage hat dir andauernd irgendwas nicht gepasst. Dabei müht der Arme sich so ab.«

»Ich weiß, er macht das toll. Das Problem ist nur, dass er es viel zu toll macht. Ich meine, hast du seine Mona Lisa gesehen? Der Kerl ist der verdammte Da Vinci! Meine Oma wird es merken. Er ist so verdammt begabt, dass man es gar nicht aushalten kann.« Den zweiten Grund, den es für mein »ruppiges« Verhalten gegenüber Valentin gab, verschwieg ich Sarah lieber – ich wollte einfach nicht, dass er merkte, wie sehr er mir gefiel.

Doch Sarah war weder blind noch taub. Und blöd war sie leider auch nicht.

Jetzt grinste sie: »Hab ich's doch gewusst!«

»Was soll das denn jetzt wieder heißen?«, fragte ich alarmiert.

Sie bezahlte seelenruhig an der Kasse und ließ sich von meiner schlechten Laune nicht anstecken. Hätte sie sich auf der Straße nicht so komisch geduckt und andauernd prüfend in alle Richtungen geschaut, hätte man meinen können, sie wäre rundum zufrieden.

Auf dem Rest des Heimwegs versuchte ich, mich zu beruhigen, denn dass übertriebene Aufregung nichts brachte, hatte ich schließlich schon gelernt. Bevor Sarah in den Lift stieg, hielt ich sie aber zurück.

»Kannst du mir jetzt bitte sagen, was du gerade gemeint hast?«

Sie lachte ganz kurz, dann stieg sie in den Lift. Obwohl mir das stählerne Ungetüm alles andere als geheuer war, hielt ich die Hand vor die Lichtschranke, damit die Türen sich nicht schlossen. »Also?«

»Ki-Lu hatte recht Du *bist* total verknallt. Und zwar in Valentin.«

Ich antwortete nicht. War das wirklich so offensichtlich? Und warum wussten eigentlich immer alle anderen eher Bescheid als ich.

Sarah sprang überraschend aus dem Lift. »Komm, wir gehen beide zu Fuß. Ich hab schon bemerkt, dass der Lift nicht so deins ist.«

Ich seufzte. Sie hatte mir ihr Geheimnis verraten, jetzt war ich an der Reihe. »Ich habe seit letztem Weihnachten totale Panik vor dem Liftfahren. Beim Geschenkebesorgen im Kaufhaus bin ich in so einem Teil stecken geblieben. Mitten zwischen zwei Stockwerken. Und ich war ganz allein da drin. Trotz Notruftaste hat es ziemlich lange gedauert, bis sie mich rausgeholt haben. Aber das Schlimmste war, dass der Lift zwischendurch auf einmal ganz schnell nach unten gerast ist und dann ziemlich plötzlich gebremst hat. Und dieses Gefühl, nach unten zu sausen, die Angst, ungebremst aufzukommen und eine Bruchlandung hinzulegen, das war am schlimmsten.«

Sarah hatte mir aufmerksam zugehört, jetzt legte sie den Arm um mich, während wir weiter die Treppe hinaufgingen.

»Wenn du willst, können wir das irgendwann mal zusammen üben«, sagte sie leise. »Und falls nicht ... ich glaube, das ist eine Panik, mit der man trotzdem ganz gut durchs Leben kommt.«

Da hatte sie wohl recht.

In der Wohnung herrschte nahezu Stille. Alle waren in ihre Arbeit vertieft. Nur hier und da war aus dem Wohnzimmer ein leichtes Murmeln zu vernehmen oder auch ein kurzes Lachen von Ki-Lu, das ich noch nie von ihr gehört hatte. Ich freute mich immer noch für sie und Dominic. Wenigstens etwas, das gut lief.

Valentin kam mit dem neuen Bild aus der Küche und legte es in einer Ecke des Wohnzimmers auf den Boden. »Zum Trocknen«, murmelte er. Dann holte er doch noch mal einen hauchdünnen Pinsel und die Farbpalette und nahm am Boden vor dem Bild Platz.

Endlich konnte ich also in die Küche. Die Mädels waren alle dort und bereits in Sarahs Kochpläne vertieft. Nachdem auch Dominic ins Wohnzimmer gegangen war, um die nächste Wand zu streichen, sprang Ki-Lu durch die Küche und rief: »Ist das nicht richtig romantisch? Die Männer, die im Schweiße ihres Angesichts schuften, während wir Frauen in der Küche stehen und für sie kochen, nach dem harten Arbeitstag. Ist das nicht herrlich? Wie in alten Zeiten.«

Ilvy, die gerade dabei war, die große Pfanne von den Essensresten des Vortages freizuschrubben, schnaubte: »Herrlich nennst du das? Da gendern wir ja sogar bei uns auf dem Bauernhof mehr.«

»Tschendern?«, fragte Ki-Lu.

Ilvy drehte das Wasser ab und schüttelte die Tropfen von der Pfanne ins Spülbecken »Wir achten darauf, dass die Rollenverteilung möglichst gerecht ist, und verhalten uns damit anders als unsere konservativen Vorfahren. Geschirrtuch, bitte.«

Ki-Lu drehte ihre Handflächen nach oben und spreizte die Finger. »Ich habe nicht die geringste Ahnung, wo in dieser Wohnung sich die Geschirrtücher befinden.«

Ilvy drückte der verdutzten Ki-Lu die nasse Pfanne in die Hand. »Ich sehe, du genderst auch so schon genug. Dann wird es Zeit, mal die Rollen zu tauschen. Such dir ein Geschirrtuch und trockne bitte dieses Monstrum ab.«

Ich konnte mir ein Grinsen nicht verkneifen und beschloss – genau wie Sarah –, einen Schluck Wein zu trinken. Während ich nach einer Tasse angelte, weil alle Gläser schmutzig oder im Einsatz waren, sagte ich: »Ich wusste gar nicht, dass unsere Diva so drauf aus ist, das brave Frauchen am Herd zu spielen.«

»Meinst du jetzt mich damit?«, kreischte Ki-Lu, die immer noch mit der tropfnassen Pfanne mitten in der Küche stand. »Müsst ihr mich jetzt alle auf die Schippe nehmen?«

Ich nahm einen Schluck Wein und fragte mich, warum

man eigentlich freiwillig etwas trank, das total gegärt schmeckte. Oder war ich die Einzige, der das so ging? Ich aß auch keinen Schimmelkäse, nicht aus Prinzip, sondern einfach weil er, wie ich fand, tatsächlich schimmelig schmeckte. Aber der Verzehr von Wein hatte einen gewissen Vorteil, den der von Schimmelkäse nicht mit sich brachte. Ich fühlte mich nach zwei Schlucken bereits weniger nervös.

»Niemand nimmt dich auf die Schippe, Ki-Lulein«, behauptete ich. Konnte man von zwei Schlucken Wein schon so beschwipst sein, dass man anfing zu nuscheln? Oder bildete ich mir nur ein, dass ich komisch klang – aber wenigstens die Einbildung lag dann vermutlich auch am Wein. Vielleicht waren aber auch meine Ohren betrunken? Na ja, nach zwei Schlucken konnten sie wohl höchstens beschwipst sein. Ich hätte vorher wirklich was essen sollen. Bevor ich meine Tasse abstellte, nippte ich noch einmal daran und dann sagte ich etwas, das ich normalerweise überhaupt nicht mochte, wenn andere es zu mir sagten: »Komm schon, trink auch ein Gläschen, Ki-Lu.«

Aber Ki-Lu blieb lieber bei ihrem Wasser.

»Du trinkst den Fusel aus der Teetasse?«, fragte mich Ilvy und verzog das Gesicht. »Komm, ich wasche dir ein Glas ab. Das geht doch so nicht.«

»Aber nein«, wehrte ich ab. »Mir ist die Tasse wirklich recht.«

»Ich sehe das genauso, Billie«, sagte Sarah, füllte sich ihren Kaffeepott zum zweiten Mal mit Wein auf und legte die Füße auf den Tisch.

Ilvy und Ki-Lu tauschten einen Blick.

Die Küken scheinen vernünftiger zu sein. Sollte das einem nicht zu denken geben?

Ich versuchte, mir keine Gedanken darüber zu machen.

Zwei Gläser später musste ich mich dann wirklich konzentrieren, wenn ich sprach. Beim Essen merkte ich, wie ich jedes Wort überbetonte, um es nur ja klar und deutlich über die Lippen zu bringen.

Irgendwann entschied ich mich, besser ganz den Mund zu halten. Das hielt ich jedoch nicht lange durch. Was wäre denn ein Dankeschön-Essen, ohne dass ein Toast ausgesprochen wird. Also stand ich mitten während des Essens auf und hob meine Teetasse in die Höhe. »Meine Lieben« – verdammt, waren meine Lippen trocken – »also, meine Lieben, hier stehe ich, um euch su danken –«

Ki-Lu zog an meinem Shirt. »Süße«, zischte sie.

»Ja, meine Süße?« Ich tätschelte Ki-Lu, die mir auf einmal sehr klein und jung vorkam, den Kopf. »Gutschi, gutschi, gutschi.«

Sarah kicherte wie verrückt und Ilvy sah aus, als wüsste sie nicht, ob sie lachen oder flüchten sollte.

»Und ihr zwei!«, rief ich zu Dominic und Valentin, die beide mit der Gabel in der Hand dasaßen und mich stumm anstarrten. »Ihr zwei seid toll! Die besten, tollsten, besten Tollsten! Jawoll und darauf trinke ich. Hoch, die Tassen!«

»Hoch, die Tassen«, stimmte Sarah ein und Ilvy, die nüchterne, süße Ilvy war so nett und reizend, dass sie, damit wir uns nicht vollends blamierten, ihr Wasserglas hob und mit uns anstieß.

Ich beugte mich zu ihr runter: »Ilvy, das find ich große

Klasse von dir, dass du so viel Klasse hast und uns nicht blamieren willst. Siehst du, Ki-Lu?« Ich drehte mich mühsam zur Seite.

»Ich bin hier«, kam es von der anderen Seite.

»Oh Scheiße, seit wann sitzt du denn auf diesem Platz?«

»Seitdem ich hier eingezogen bin. Aber du sitzt heute auf einem anderen Platz, Billie.«

»Aber ich –« Ich fing zu lachen an und bekam prompt Schluckauf, »ich sitz heut auf einem anderen Platz. So was! Da kann ich ja gar nicht wissen, dass die Ki-Lu jetzt auf der falschen Seite sitzt.« Ich lachte noch mehr.

31. Kapitel

in dem zwei Brummschädel im Selbstmitleid zerfließen, sich ein großer Tag ankündigt und es hier ziemlich stinkt

Der Rest war Schweigen. Und das sollte auch so bleiben.

Das beschlossen Sarah und ich am nächsten Tag, als wir beide mit Brummschädel und Übelkeit auf Ilvys Bett saßen und uns von ihr und Ki-Lu pflegen ließen. Während unsere beiden Krankenschwestern in der Küche werkelten, versuchten Sarah und ich, den gestrigen Abend zu rekonstruieren.

Wie hatte Valentin reagiert, als er mich so gesehen hatte? Blöderweise konnte Sarah sich natürlich an genauso wenig erinnern wie ich.

»Wir sind schon zwei Heldinnen«, stellte ich ironisch fest.

Sarah ächzte, dann sagte sie mit müder Stimme: »Wir könnten aber wirklich Heldinnen sein. Wenn wir nämlich den heutigen Tag ohne viel Jammern überstehen.«

Ich dachte kurz darüber nach, dann entschied ich, keine Heldin sein zu müssen. Als Ki-Lu wenig später ihren Kopf zur Tür hereinsteckte,

stöhnte ich: »Ki-Lu, mir ist immer noch so schrecklich übel, ich glaube, ich muss sterben –«

»Soll ich dir noch mal ein Glas kaltes Wasser mit ganz viel frisch gepresster Zitrone bringen?«, fragte Ki-Lu, obwohl sie die Antwort sicher schon kannte.

»Ja, bitte«, hauchte ich. »Du bist so ein Schatz.«

»Und dir auch, Sarah?«, fragte Ki-Lu.

Sarah drehte ihren Kopf, um mir einen Blick zuzuwerfen, dann sagte sie: »Ja, Ki-Lu, bitte mir auch. Und könntest du bittebittebitte zum Supermarkt gehen und ein Glas mit Rollmöpsen kaufen? Ich hab mal gehört, dass das hilft. Mir ist so grauenvoll schlecht, dreimal hab ich schon –«

»Jaja, schon gut«, winkte Ki-Lu ab. »Wir haben es alle mitgekriegt.« Sie verließ fluchtartig das Zimmer.

Sarah drehte noch einmal vorsichtig – weil uns bei jeder kleinsten Bewegung gleich noch viel übler wurde – den Kopf zu mir. »Billie«, ihre

Stimme klang so gequält, wie ich mich fühlte, »lass uns ab morgen Heldinnen sein. Okay?«

Morgen war Sonntag. Und damit der Tag, an dem meine Oma ankommen würde. Und obwohl wir vieles geschafft hatten, befand sich die Wohnung nach wie vor in einem leicht chaotischen Zustand. In unregelmäßigen Abständen bekam ich immer mal wieder Panikschübe, doch die anderen überzeugten mich, dass alles klappen würde. Und so redete ich mir das auch ein.

Die letzten Wände waren gestrichen und trockneten vor sich hin, die Möbel hatten wir, so gut es nur eben ging, wiederhergestellt oder auch nachgekauft und bei den Bildern, die Valentin gemalt hatte, musste nur noch die letzte Schicht trocknen. Er verbrachte nahezu das ganze Wochenende bei uns – um das Trocknen zu beobachten, wie er meinte. Ich fragte mich, ob in Wahrheit ich der Grund dafür war, dass er ständig in unserer Wohnung rumhing. Wollte er mich genauer beobachten? Herausfinden, ob ich wirklich so wunderbar war, wie er mich am Anfang – beim Schreiben des Briefes – gefunden hatte? Oder war das alles Quatsch und er wollte am Ende nur Ilvy überwachen? Auch wenn er sich seiner Schwester gegenüber sehr friedlich verhielt, hatte ich die Erinnerung an seine Stalkerqualitäten noch nicht gänzlich abgelegt.

Doch momentan verdrängte gerade eine andere Sorge all diese Gedanken. Ich stand bei offener Tür in Sarahs Zimmer und flüsterte, sodass man es in der Küche nicht hören konnte: »Hast du dir schon den Klimt angesehen? Die *Adele*?«

»Ja, das ist wahnsinnig toll geworden.«

»Ja eben«, zischte ich verzweifelt. »Viel zu perfekt, besser als von Gustav Klimt höchstpersönlich! Wie soll meine Oma darauf reinfallen?«

»Mach dir deswegen nicht so viele Sorgen. Erstens war auch dein Opa ein wirklich großartiger Maler, es liegen keine Welten zwischen den beiden, ja? Und zweitens – denk an das, was wir schon mal besprochen haben. Wenn man von einer Reise zurückkehrt, dann kommt einem das Gewohnte immer etwas seltsam vor. Und bei deiner Oma ist es schon viele Wochen her, dass sie hier war.«

»Du hast ja recht.« Ich klammerte mich an diesen Gedanken und wagte es, in den Flur zu treten, um das Gemälde noch mal ganz aus der Nähe zu betrachten. Im gleichen Moment kam Valentin aus der Küche.

In den letzten Tagen war es mir gelungen, mich ihm gegenüber wie ein halbwegs normaler Mensch zu verhalten. Gut, großteils war ich ihm aus dem Weg gegangen. Doch das war jetzt unmöglich. Er sah mich direkt an. »Könnt ihr beiden bitte mal in die Küche kommen? Wir haben ein Problem.«

Sarah und ich wechselten einen Blick. Hatte er etwa unser Gespräch trotz des Flüstertons belauscht oder was war passiert?

Wir folgten ihm in die Küche,

wo er auf die Wand deutete, an die er soeben eines seiner Meisterwerke gehängt hatte, eines von Salvatore Dalis berühmten Uhrgemälden.

»Riecht ihr das?«, fragte er.

Wir schnupperten.

»Riecht wie Terpentin«, sagte Sarah.

»Das sind die Farben, die man immer noch riechen kann, obwohl das Bild schon trocken ist. Ich musste für das Bild Spezialfarben nehmen, weil ich auf der normalen Palette nicht genügend Auswahl hatte, um exakt die richtigen Farbtöne zu mischen.« Er warf mir einen bedauernden Blick zu. »Sie wird das riechen, wenn sie vor dem Bild steht.«

»Das ist das Problem?«, fragte ich – außerordentlich erleichtert, dass es sich hierbei gar nicht um ein Problem handelte.

»Der Geruch wird sich nicht bis morgen verzogen haben.«

»Das ist überhaupt kein Problem«, verkündete ich froh. »Meine Oma hat nämlich bei einem Unfall vor zehn Jahren ihren Geruchssinn verloren.«

»Das ist ja großartig!«, riefen Sarah und Valentin gleichzeitig. Um mich dann betreten anzusehen und zu versichern, dass es prinzipiell natürlich furchtbar war, dass meine Oma nicht mehr riechen konnte.

Wir machten uns an die letzten Arbeiten. Ki-Lu lief mit dem Staubsauger durch die Wohnung und versuchte, den Mauerstaub und -putz zu vernichten, Ilvy schrubbte das Backrohr – seit jener Nacht wurde es nun bereits zum dritten Mal geputzt, aber sicher war sicher. Valentin föhnte sein allerletztes Bild, damit die Glasur schneller trocknete. Sarah brachte Esmeraldas Terrarium auf Vordermann. Und ich mistete gemeinsam mit Dominic den Hühnerstall aus, eine Arbeit, die in den letzten Tagen viel zu kurz gekommen war. Auch wenn Oma nicht mehr riechen konnte, musste es in der Wohnung ja trotzdem nicht nach Terpentin-Hühnerkacke stinken.

Ich beförderte im Hof gerade einen Sack voll Hühnermist in den Mülleimer, als ich durch die offene Hoftür Stimmen im Treppenhaus hörte. Ich blieb wie angewurzelt stehen. Die Frauenstimme kam mir verdächtig bekannt vor. Oma Elfi! Aber das konnte doch gar nicht sein. Sie sollte doch erst morgen anreisen! Ich starrte auf mein Handgelenk und kapierte vor lauter Panik erst einen Moment später, dass ich gar keine Uhr trug. Was mich nämlich am meisten erschütterte, war die Tatsache, dass die Stimme meiner Oma mit jemandem sprach. Und zwar: *in English*. Das konnte wohl nur bedeuten, dass Ken dabei war. Ken, der seinen Geruchssinn sicher noch besaß und sicher auch genügend handwerklichen Verstand, um sich darüber zu wundern, dass ein Gemälde, das zwanzig Jahre alt war, immer noch nach Farbe roch.

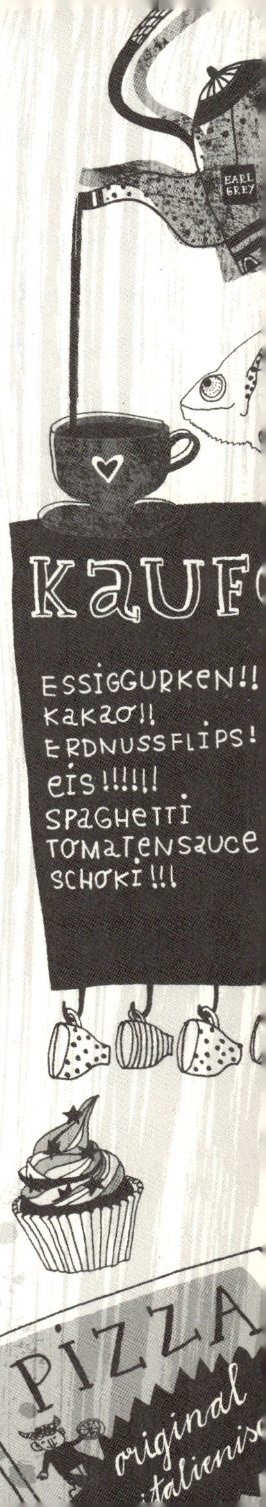

32. Kapitel

in dem es eine doppelte Überraschung gibt, eine alte Bekannte auftaucht und mir endlich mal jemand dankt. Wie schön!

Ich stürmte ins Haus und sah gerade noch, wie die Lifttüren zuglitten. Ich nahm die Treppe in Angriff, schaffte es aber nicht vor dem Aufzug, im vierten Stock zu sein. Als ich keuchend oben ankam, hatte Ki-Lu meiner Oma und Ken bereits die Tür geöffnet.

Ich sah, wie sie fragend den Mund aufsperrte. Im Gegensatz zu ihr schien Oma Elfi nicht im Geringsten irritiert: »And this ist surely Sarah. A friend from my granddaughter. They did go in the school together«, hörte ich sie in ihrem einzigartigen Englisch sagen.

»Oma Elfi?«, fragte Ki-Lu vorsichtig.

»Ja«, antwortete ich. Meine Oma fuhr herum. »Ach, Billie, da bist du ja! Komm her. Lass dich drücken.« Sie umarmte mich so fest, dass mir die Luft wegblieb. »Ist das schön, dich zu sehen! Ken, you know Billie already from my pictures. Is she not even sweeter in real?« Oma Elfi packte mein Gesicht in ihre Hände und wiederholte: »Is she not sweet?«

»Yeah. She is indeed. What now? Should weg go in?«

»Of course, Ken!«

Ki-Lu trat zur Seite und ließ uns in die Wohnung. Sie sah immer noch ganz paralysiert aus und ich fragte mich, ob das nur an der viel zu frühen Anreise von meiner Oma und Ken lag oder ob es auch mit Oma Elfis Englisch zu tun hatte. Ich führte Oma Elfi in die Wohnung und sah mich hilflos um. Im Flur deutete zum Glück nichts auf das Chaos hin, das in den anderen Räumen teilweise immer noch herrschte. Vielleicht konnten wir einfach hierbleiben?

»Billie, Kind, Liebes. Führ uns doch mal rum. Ich bin ja so gespannt, wie du dir die Wohnung gemütlich gemacht hast. Und Ken auch.« Sie grinsten mich beide an und ich spürte, wie sich Panik in mir breitmachte. In welches Zimmer sollten wir nur gehen? Ich fühlte mich wie in einer Gameshow, in der hinter jeder Tür eine gute oder böse Überraschung auf den Kandidaten wartete. Nur mit dem Unterschied, dass hier fast nur böse Überraschungen zu vergeben waren. Im Wohnzimmer standen immer noch das gesamte Handwerkszeug, die Farbkübel und Valentins ausufernde Malausrüstung. Außerdem musste man unbedingt noch mal mit dem Sofareiniger über die Couch. Das hatte ich heute Nachmittag machen wollen. Gegen die Küche sprach nur ein Punkt. Doch der war echt problematisch. In der Küche *roch das Bild. Und Ken konnte riechen.*

Ki-Lu und ich tauschten einen alarmierten Blick, während Oma Elfi und Ken ihre Schuhe auszogen. Was zum Glück ein wenig dauerte und einen Großteil ihrer Aufmerksamkeit in Beschlag nahm. Aus dem Wohnzimmer waren nämlich schlecht unterdrückte Stimmen zu hören und plötzlich auch ein Knall. Es klang, als hätte jemand etwas Schweres auf den Boden fallen lassen. Oh nein, bitte nicht. Auf den Knall folgten Flüche in verschiedenen Stimmlagen.

»Ja, das –«, fingen Ki-Lu und ich gleichzeitig an, beide mit viel zu lauter Stimme, in dem jämmerlichen Versuch, die anderen zu übertönen.

»– das im Wohnzimmer sind Freunde von uns!«, ergänzte ich.

»– das ist alles völlig normal!«, bestätigte Ki-Lu. Leider stand ihr Gesichtsausdruck im krassen Gegensatz zu dem Wörtchen normal.

»What's going on?«, erkundigte sich Ken mit einem leichten Lächeln auf den Lippen.

»Ja, I don't know. Billie, was machen –« Urplötzlich brach Oma Elfi ihren Satz ab, stattdessen schrie sie erschrocken auf.

Oh Gott, was war das denn jetzt?

»What's wrong with you, darling?«, fragte Ken äußerst besorgt, doch gleich darauf begann er zu lachen. Und, warum auch immer, meine Oma lachte mit! Sie musste verrückt geworden sein, aber wenigstens lachte sie.

Dann endlich sah ich den Grund für ihr Lachen.

»Mietzekatz, komm her. Na, komm zur Oma. Ja, so ist's brav. Ich hab mich nur kurz erschrocken, weil mir etwas durch die Beine gelaufen ist – aber ich habe ja auch nicht gewusst, dass ihr eine Katze habt?«

Erleichtert, dass die Ursache für den Schrei nun geklärt war, sagte ich: »Das ist nicht unser Kater, sondern der von Dominic, unserem Nachbarn. Er läuft manchmal im Treppenhaus herum und nimmt dann anscheinend die erstbeste offene Tür.«

»Stimmt ja, Semicanus, der alte Ausbrecher. Fast hätte ich ihn nicht erkannt. Ist er oft bei euch? Und wie versteht er sich mit diesem Chamäleon, von dem du mir erzählt hast?«

Ich kam nicht zum Antworten, denn Semicanus kratzte plötzlich laut an der Tür, die sich hinter Oma Elfi befand, und miaute los.

Nein! Mit einem Schlag wurde mir übel. Erstens wegen dem, was sich hinter dieser Tür befand, und zweitens, weil ich vergessen hatte, Oma Elfi per WhatsApp vorzuwarnen. Ich war erledigt, zuerst das ramponierte Wohnzimmer und jetzt auch noch diese Überraschung.

Und was tat Oma Elfi? Sie öffnete dem bettelnden Kater die Tür!

»Nein«, schrien Ki-Lu und ich gleichzeitig, doch Semicanus war natürlich längst hineinsparzierten. Wir drängten hinter ihm her.

»Herr im Himmel, lebt da etwa euer Chamäleon?«, rief Oma Elfi entsetzt.

Das folgende Gackern machte jede Antwort überflüssig.

»Aber – was war denn das jetzt? Meine Güte! War das etwa ein *Huhn*? Habt ihr ein *Huhn* da drin?«

Was sich innerhalb der Abstellkammer abspielte, konnten Ken und meine Oma zum Glück nicht sehen, denn Ki-Lu und ich standen ihnen im Weg. Ki-Lu hatte es endlich geschafft, Semicanus einzufangen, doch Mercedes flatterte trotzdem noch empört gackernd auf und ab und ließ dabei jede Menge grün-weißer schleimiger Häufchen herunterregnen.

Ki-Lu verschwand mit Semicanus und auch ich gab meinen Posten auf. Denn so breit, um den ganzen Eingang zu verdecken, konnte ich mich wirklich nicht machen.

Ich verlor fast den Verstand. Klar, Oma Elfi hatte mir die Wohnung geschenkt, also konnte ich hier jedes Haustier halten. Eben auch so ein exotisches wie Sarahs Chamäleon. Aber es war halt doch was anderes, wenn meine Oma erfahren musste, dass ihre ehemalige Abstellkammer zu einem stinkenden Hühnerstall umfunktioniert worden war. Auch hier hatten wir noch putzen wollen.

Ich wagte kaum, sie anzusehen. Und dann rettete ausgerechnet Ken die Stimmung. Laut und mit einem deutlichen Grinsen in der Stimme verkündete er: »I love chicken. Especially on my plate.«

Prompt brach Oma Elfi in lautes Gelächter aus. »Ken, you – sometimes I can you not – oh Ken!«

»Es tut mir so leid, das war jetzt ein bisschen viel auf einmal«, traute ich mich endlich zu sagen. Oma Elfi schaute mich amüsiert an. »Also, ihr habt nicht nur ein Chamäleon, sondern auch ein Huhn. Semicanus ist aber nicht bei euch eingezogen, oder?«

Ich nickte und hätte Oma Elfi spontan knutschen können. So froh war ich, dass sie weder angewidert noch sauer reagierte.

»Come Ken. I want you show the living-room. Come here.«

Die beiden steuerten aufs Wohnzimmer zu. Ich schloss die Augen und schickte ein Stoßgebet Richtung Himmel. Dann hörte ich ein Gewirr aus Stimmen. Als ich ins Wohnzimmer kam, waren Oma Elfi und Ken immer noch fröhlich am Händeschütteln. Es dauerte, bis sie all meinen Freunden und tapferen Helfern die Hand geschüttelt

hatte. Ich scannte das Zimmer. Keine Ahnung, wo Sarah, Ilvy, Dominic und Valentin die Sachen alle verstaut hatten, aber sämtliches Werkzeug und sogar alle Malutensilien waren verschwunden. Und das vierte Bild, das vorhin noch zum Trocknen am Boden gelegen hatte, hing an der Wand. Nicht ganz dort, wo das von meinem Opa gehangen war, aber es hing.

»Ich muss sagen, Billie, ich freue mich sehr, dass du so viele wunderbare Freunde getroffen hast. Offene, junge Leute.« Oma Elfi tätschelte mir die Wange und ich konnte mich endlich freuen, sie zu sehen.

Kaum konnte ich einmal durchatmen, da ging es schon weiter, auf in das nächste Tretminenfeld. Die Küche samt Farbengeruch. Ich wollte Ken ablenken, ihm noch das Badezimmer zeigen, doch Oma Elfi zog ihn einfach an der Hand mit sich. Ängstlich schlich ich ihnen nach. Noch im Flur kam sie auf das Thema Bilder zu sprechen und darauf, wie stolz sie auf die Werke meines Opas war. Und auf welches war sie besonders stolz? Natürlich auf den Dali!

Sie führte Ken in die Küche und zeigte auf Valentins Werk. Angespannt beobachtete ich die beiden. Gut war jedenfalls schon mal, dass Oma nicht gleich erkannte,

dass es sich bei dem Bild nicht um Opas Original handelte. Ken blieb einige Zeit vor dem Bild stehen, während Oma Elfi sich auf die Eckbank sinken ließ. »Ich sage euch, ich bin so erschöpft.«

»Ja, das verstehe ich«, murmelte ich, während meine Augen weiter an Ken hafteten.

Als ich sah, dass er etwas sagen wollte, flüsterte ich ihm schnell zu: »We had some troubles with the painting and so one of my friends –« Ich deutete mit den Händen eine vage Bewegung an, die so ziemlich alles bedeuten konnte. Ken nickte sofort. »I understand. He restored it a bit.«

»Yes«, sagte ich erleichtert. »Yes, that's it. Thank you.«

Er nickte und lächelte und setzte sich dann zu Oma Elfi auf die Eckbank, wo ich ihn mit einer Tasse Kaffee für seine Komplizenschaft belohnte. Scheinbar war Ken doch nicht so übel.

Nach und nach gesellten sich auch die anderen zu uns. Ich hing auf meinem Stuhl und fühlte mich vor Erleichterung ganz zittrig. Zum Glück erwartete niemand von mir irgendwelche hochgeistigen Kommentare. Oma Elfi bestritt den Großteil der Unterhaltung, gerade war sie beim Thema Flugzeugklo angekommen.

»Ich sag's euch, diese Flugzeugtoiletten sind was Fürchterliches. Eng, klein und alles wackelt dadrin. Furchtbar ist das. Und am Flughafen kann man ja gar nicht aufs Klo gehen. So viele Leute. Und wenn man endlich dran ist, wird man gleich wieder hinausbeordert, weil man den Koffer vor der Toilette hat stehen lassen. So ein Unsinn. Als ob ich eine Bombe zum Flughafen mitnehmen würde!«

Alle schmunzelten. Auch Ken, obwohl ich bezweifelte,

dass er auch nur ein Wort verstanden hatte. Plötzlich stand Oma Elfi auf und ging zum Kühlschrank.

Sie tätschelte ihm die Seite, wie mir vorhin die Wange. »Guter, alter Junge. Aber Billie, brummt er jetzt immer so laut?«

»Ich finde, jetzt grade hört es sich eher wie Schnurren an«, sagte ich.

»Ach ja?« Sie wandte sich wieder dem Kühlschrank zu. »Schnurrst du? Bist du froh, mich mal wieder hier zu haben?«

Und ob ich froh bin. Es hat mir ja keiner gesagt, dass der Job so schwer werden würde. Ich habe versprochen, auf ein Mädchen aufzupassen. Auf eines. Aber dann wurden es immer mehr. Jetzt sind es schon vier. Und noch ein Huhn und die bunte Teufelin dazu! An manchen Tagen hab ich gedacht, ich schmeiß das Handtuch. Ich schalte mich ab und das war's.

»Aber du hast gut auf die Mädchen aufgepasst«, sagte meine Oma plötzlich.

»Wer hat was?«, fragten wir.

»Ich rede mit dem Kühlschrank.«

Sehr richtig. Sonst tut das ja keiner hier. Niemand redet mit mir, niemand putzt mich – nur helfen muss ich dauernd. Vor Feuer warnen und die halbe Nacht lang auf Blondchen aufpassen, wenn die mir plötzlich zu Füßen liegt – was selbst mir die Sprache verschlagen hat. Nehmt euch ruhig mal ein Beispiel an der alten Dame!

»Aaaa-ha, du redest also mit dem Kühlschrank«, wiederholte ich und übersetzte für den etwas ratlos aussehenden Ken: »Elfi said to the refrigerator, that he obviously looked after us girls. She told him, he did a good job.«

»Ow«, machte Ken und sah sehr verwirrt, aber noch immer sehr höflich aus.

Ich flüsterte ihm zu. »She's sometimes … some kind of … ähm … crazy, you know?«

»Yeah. That's true, young lady.«

In diesem Punkt waren wir uns einig.

33. Kapitel

in dem die Gefühle Achterbahn fahren, ein gewisser Kai-Uwe Verwirrung stiftet und am Schluss weitergeträumt werden darf

Wir beendeten den aufregenden Tag mit einem gemeinsamen Abendessen. Ilvy und Sarah hatten gekocht, während Ki-Lu und ich die große Tafel in der Küche hergerichtet hatten. Das erste große Gala-Dinner in meiner neuen Wohnung konnte starten. Zwei Gänge später lehnte ich mich zufrieden auf der Eckbank zurück und ließ den Blick durch den Raum wandern. Ich musste lächeln. Dem Geräuschpegel und den leeren Tellern nach zu urteilen, amüsierten sich alle prächtig – meine liebe Oma Elfi, mein neuer Verbündeter Ken, Dominic, Valentin, die drei tollsten Mitbewohnerinnen der Welt und sogar Esmeralda schienen bester Laune. Während Sarah ihr Chamäleon fütterte, gaben sich Ki-Lu und Dominic – vergeblich – Mühe, nicht zu auffällig Händchen zu halten. Es war ein rundherum wunderbares Bild. Tatsächlich hatte ich alles, um glücklich zu sein. Eine coole,

mittlerweile komplett wiederhergestellte Wohnung, tolle Freundinnen, Kontakt zu netten Vertretern des anderen Geschlechts, einen – mehr oder weniger – spannenden Job und eine höchst unterhaltsame Oma, die glücklicherweise nicht das Geringste von dem großen Wohnungsdesaster mitbekommen hatte.

Dennoch rumorte etwas in mir. Etwas, das verhinderte, dass ich wirklich glücklich war. Ich musste es jetzt endlich wissen. Ich musste wissen, ob es wirklich Valentin gewesen war, der mir den Brief geschrieben hatte.

Ich hielt es in seiner Nähe kaum noch aus. Ich war richtig fiebrig vor lauter Gefühlen, die ich nicht zuordnen, geschweige denn benennen konnte. Während die anderen beim Dessert angelangt waren, schlich ich mich mit einer gemurmelten Entschuldigung aus der Küche.

In meinem Zimmer holte ich das kleine Briefchen aus meiner Hosentasche. Noch einmal las ich die Zeilen. Sie waren so schön geschrieben …

Jemand klopfte an meine Tür. Ich schrak zusammen, fühlte mich

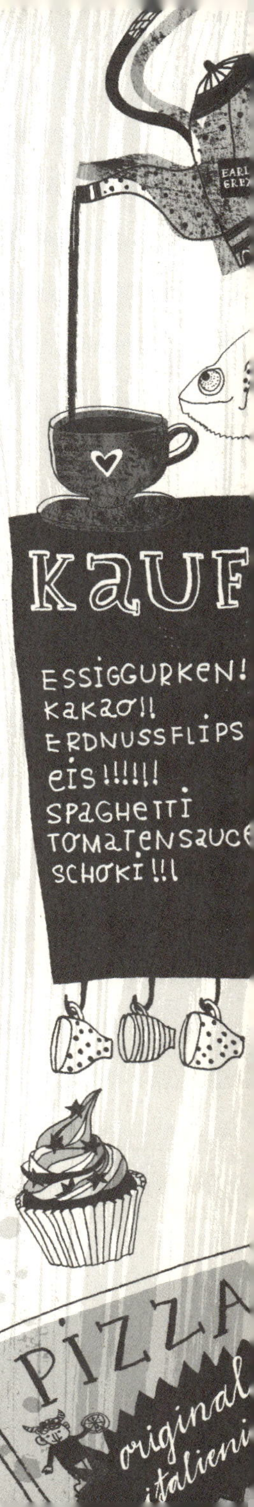

völlig ertappt und stopfte das Briefchen wieder in meine Hosentasche.

Wenn das jetzt Valentin ist, dann sagst du ihm, dass du weißt, dass er es geschrieben hat und dass du auch etwas für ihn empfindest.

Ich bemühte mich um einen festen Klang in der Stimme und sagte: »Komm rein.«

Leicht zögerlich öffnete sich die Tür und ein Kopf lugte herein. »Komm rein«, wiederholte ich und spürte es in meinen Händen kribbeln, wie früher, wenn ich bei Klassenarbeiten vor Aufregung hyperventiliert hatte.

Die schwarzen Haare fielen ihm in die Stirn. Warum musste er nur so gut aussehen?

»Ich wollte mich nur verabschieden«, sagte Valentin.

»Nein, geh nicht. Noch nicht.« Ich hatte vor mir selbst Mut bewiesen, als ich bei der *Kienast productions* angerufen hatte – und war dafür belohnt worden. Ich war über meinen Schatten gesprungen und hatte mir Mitbewohnerinnen gesucht – und auch dafür war ich belohnt worden. Ich würde auch jetzt mutig sein – und es würde sich wieder lohnen.

Er sah mich fragend an. Seine Nasenflügel hoben sich ganz leicht. War er etwa nervös?

»Ilvy hat mir erzählt, wo du arbeitest«, sagte ich.

Seine Augen weiteten sich ein kleines bisschen, er biss sich auf die Unterlippe. Ich sah ihm an, dass er etwas sagen wollte, aber nicht konnte.

»Du musst nichts sagen«, hauchte ich. »Ich will nur, dass du weißt, dass ich es weiß und dass – ich es schön finde.«

Ich atmete zitternd die ganze aufgestaute Luft aus. Valentin schloss für einen Moment die Augen, doch ich sah ihn immer weiter an. Selten hatte ich mich so stark gefühlt wie in diesem Augenblick. Ich hatte es ihm tatsächlich gesagt. Ganz ruhig, wie eine erwachsene Frau. Willkommen im wahren Leben, Billie, dachte ich.

Er öffnete die Augen. »Wenn du diesen Brief meinst … das war ich nicht. Das hat ein Kollege von mir geschrieben.«

Manchmal können einem ein paar Sekunden wie eine Ewigkeit vorkommen. So erging es mir, als ich in Zeitraffer versuchte, Valentin klarzumachen, dass ich erstens einen Scherz gemacht hatte, dass ich zweitens *nie im Leben* angenommen hätte, dass *er mir* – also bitte, wirklich nicht – so etwas schreiben könnte. Wo doch alle da draußen in der Küche und vor allem wir beide wussten, dass wir uns von Anfang an nicht wirklich hatten ausstehen können. Außerdem verlangte ich von ihm, ein Treffen mit besagtem Kellnerkollegen zu arrangieren, weil es mich schon *total* interessieren würde, wer denn da so schön schreiben konnte.

Valentin signalisierte mir einige Male während meines angestrengten Monologs, dass ich zu schnell redete, dass er gar nicht mitbekam, was ich sagte, doch das

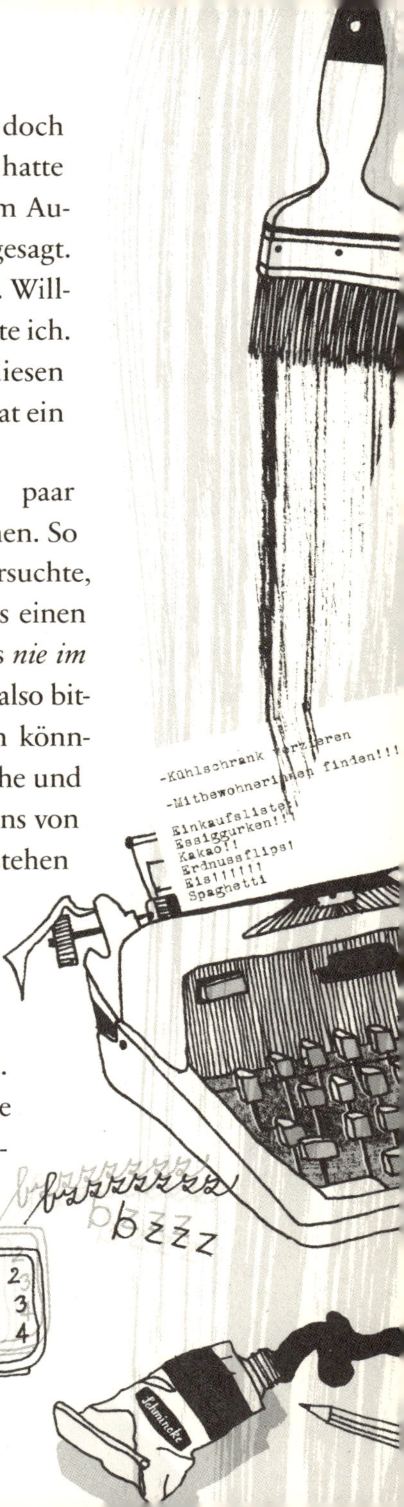

war mir egal. Ich wollte so lange reden, bis er endlich aus dieser Tür rausgehen würde und ich in mein Kissen beißen und mich bewusstlos heulen könnte vor lauter Schmach.

Memo an mich:
Nie wieder, *nie wieder* etwas behaupten, was du nicht wirklich weißt!

»E-es tut mir leid«, sagte er, als ich irgendwann Luft holen musste.

»Aber ich bitte dich, was denn? Mir muss es leidtun, ich hab ja dich reingelegt. Also, was ist? Kann ich deinen Kollegen kennenlernen?«

»Ja, na sicher, der wird sich freuen. Als er dich damals durchs Fenster gesehen hat, war er sofort hin und weg. Und als ich dich dann hier gesehen habe, wusste ich sofort, dass du das Mädchen im blauen Kleid bist, in das Kai-Uwe sich so verguckt hat.«

»Kai-Uwe?«, wiederholte ich mit einer komischen krächzenden Stimme, die gar nicht mir zu gehören schien.

Er hatte offensichtlich immer noch das Gefühl, mir eine Erklärung schuldig zu sein. »Es tut mir leid, dass ich so unhöflich war. Vor allem bei unserem ersten Treffen –«

»Ach?«

»Na ja ich … es hat schon mal Probleme wegen eines Mädchens zwischen Kai-Uwe und mir gegeben, und das wollte ich auf gar keinen Fall wieder.«

»Darum musstest du unfreundlich zu mir sein?« Ein Gedanke durchzuckte mich. Konnte es sein, dass dieses Gespräch doch noch eine glückliche Kehrtwendung nahm?

Eine kleine Offenbarung seinerseits, die mein Selbstbewusstsein retten konnte. Bitte, bitte sag, dass du nur unfreundlich zu mir warst, damit keine Gefahr bestand, dass sich zwischen uns etwas entwickeln konnte, flehte ich. Bitte –

»Ich war deswegen blöd zu dir … damit du dich nicht in mich verliebst.«

»Was?«, rutschte es mir mit kieksender Stimme raus.

Wenigstens hatte er genug Anstand, ordentlich rot zu werden. »Nein, das war jetzt blöd formuliert, doch genau das ist bei dem anderen Mädchen passiert. Kai-Uwe war total sauer, dabei wollte ich gar nichts von ihr.«

Genug. Ich hatte für heute eindeutig genug. Ich wollte ins Bett sinken, mir die Decke über den Kopf ziehen und das Bewusstsein verlieren.

»Billie –«

»Geh jetzt bitte. Ich bin müde.«

Er stand schon an der Tür, da drehte er sich noch einmal um. Ein allerletzter Funke Hoffnung flackerte in mir auf.

Er sah mich treuherzig an. »Und du wärst wirklich bereit, Kai-Uwe zu treffen?«

Ich schwöre, hätte es in diesem Moment nicht an der Tür geklopft, ich hätte mein Nachtschränkchen gepackt und es durchs Zimmer geschmissen.

Er öffnete die Tür, hinter der bereits Sarah, Ki-Lu und Ilvy warteten. Aufgeregt stürmten sie hinein. »Was ist denn los mit euch? Deine Oma wundert sich schon, wo du bleibst, Billie. Und Dominic ist gerade nach oben in seine Wohnung gegangen.«

»Valentin?« Ilvy kniff ihrem Bruder in die Seite. »Hast du irgendetwas gemacht?«

Er schüttelte den Kopf, sah dabei aber wenig glaubwürdig aus.

»Ich bin nur müde«, sagte ich, obwohl mich niemand etwas gefragt hatte. Der Gedanke, mich jetzt in die Küche setzen und munter plaudern zu müssen, machte mich ganz fertig.

»Könnt ihr noch mal alle kurz rausgehen?«, bat Valentin meine Mitbewohnerinnen.

Ich starrte perplex auf den Boden und traute mich nicht, den Blick zu heben. Was wollte er denn jetzt noch?

Als die Mädels unter Gemurre die Tür hinter sich geschlossen hatten, sah ich, wie Valentins Füße näher kamen, bis er so nah vor mir stand, dass mein Kopf fast seinen Hals berührte. Ich roch sein Parfüm.

»Ich wollte nur –«, begann er.

Ganz vorsichtig hob ich den Kopf. Das fehlte mir jetzt noch, dass ich ihn unabsichtlich ausknockte.

Er lächelte. Ein Lächeln, wie ich es noch nie bei ihm gesehen hatte.

Was würde jetzt kommen? Was konnte er mir noch antun?

»Ich wollte dir nur sagen, dass ich wünschte … ich wünschte, ich hätte dich vor Kai-Uwe entdeckt.« Er beugte sich zu mir, und ehe ich verstand, was da passierte – berührten sich unsere Lippen. Ganz leicht.

»Gute Nacht, Billie.«

Ich öffnete die Augen. Das Letzte, was ich an diesem Tag von ihm sah, war dieses unerklärliche Lächeln, das er immer noch auf den Lippen hatte.

Als ich um drei Uhr nachts immer noch hellwach im Bett lag, war mir längst klar geworden, dass ich nie wieder in meinem

Leben würde schlafen können. Aber wer wollte auch schon schlafen, wenn das Leben so aufregend war?

Ich verstand es einfach nicht, verstand nicht, warum er mir diesen zarten Kuss gegeben und gesagt hatte, dass er wünschte, mich vor seinem Kollegen getroffen zu haben, nachdem er mir vorher diese ganzen fiesen Sachen an den Kopf geworfen hatte. Die Mädels, aber auch Oma Elfi und Ken hatten mich den Rest des Abends mit wissendem Lächeln angesehen. So als wüssten sie etwas, das ich selbst noch nicht begriffen hatte. Wenigstens ließen sie mich mit dem Thema in Ruhe.

Irgendwann musste ich doch noch eingeschlafen sein, denn am nächsten Morgen erinnerte ich mich an einen Traum, den ich in der Nacht hatte.

Valentin, Dominic und James kämpften miteinander. Ich versuchte verzweifelt, sie auseinanderzubringen, denn ich wusste, dass verrückterweise ich der Grund für ihren Streit war.

Dann sah ich Ki-Lu. Ich wollte ihr zurufen, dass sie mir doch bitte helfen sollte, aber aus meiner Kehle kam kein Laut. Und was machte sie? Zog von irgendwoher einen Sessel heran, nahm Platz, stopfte sich Popcorn aus einem Riesenbecher in den Mund und verfolgte so gebannt den Kampf, als hätte sie auf einen der drei Geld gewettet. »Sarah!«, wollte ich schreien, doch ich brachte immer noch nicht mehr als ein Flüstern zustande. Aber da kam plötzlich Sarah auf einer Feuerwerksrakete reitend direkt aus dem Weltall angeschossen, packte mich und zog mich zu sich auf die Rakete. Ich dachte, wir würden noch Ki-Lu abholen, doch wie sich herausstellte, wartete die bereits an unserem Flugziel auf mich. »Das mit dem Popcorn war doch nur Spaß, Billie«, rief sie mir vergnügt von einer riesigen Bühne aus zu. Dann trällerte sie: »Die Liebe ist ein seltsames Spiel, sie kommt und geht von einem zum andern.«

Plötzlich war Ilvy da und zog Sarah und mich ebenfalls auf die Bühne. Alle Versuche, das zu verhindern, waren zwecklos, Ilvy war viel stärker als wir. Schließlich tanzten wir zu viert vor Riesenmenschenmassen, die vor der Bühne standen und uns zujubelten. Irgendjemand flüsterte mir ins Ohr, dass der Kampf der Männer vorbei wäre. Ich war glücklich, keinem war etwas zugestoßen. Doch es gab einen Sieger. Er tippte mir auf den Rücken und ich drehte mich um –

und letztes Kapitel

34. Kapitel

in dem ich Billie retten muss, wieder mal klar wird, wie sehr es der Jugend an Respekt mangelt, und jetzt hoffentlich alle verstehen, dass ich den anstrengendsten (schönsten) Job der Welt habe

»– und weiter weiß ich einfach nicht mehr«, erzählte ich Ilvy, Sarah und Ki-Lu beim Frühstück alle Einzelheiten meines Traums. Oma Elfi und Ken waren gestern Abend noch in ihr Hotel gefahren.

Ilvy beugte sich zu mir und flüsterte: »Ich hoffe nur, dass es nicht mein Bruder war. Er ist so anstrengend. Aber du – er hat auch seine guten Seiten.« Sie biss herzhaft in ihren Marmeladentoast.

Ich beobachtete die drei und war plötzlich glücklich. Dann stand ich auf und holte mir Milch aus dem Kühlschrank. Mir war heute mal nicht nach Kaffee, sondern einfach nur nach einem großen Glas kalter Milch. Als ich den Kühlschrank wieder schließen woll-

te, sprang die Tür sofort wieder auf. Ich versuchte es noch einmal. Es ging einfach nicht. Verwirrt starrte ich auf die Milchpackung in meiner Hand. Das Ablaufdatum fiel mir ins Auge.

»Kann es sein, dass wir seit zwei Wochen keine Milch mehr gekauft haben?«

»Kann sein, ja«, kam es vom Tisch.

Ich öffnete die Packung und roch daran. Dann hielt ich die Luft an und leerte das Zeug in den Abfluss. Jetzt erst fiel mir die Kühlschranktür wieder ein. Ich versuchte noch einmal, sie zu schließen, flehte dabei alle Küchengötter dieser Erde an – und tatsächlich, sie glitt in den Rahmen, als wäre nie etwas gewesen.

»Hmm.«

»Was denn, Billie?«

»Ich glaub, Oma Elfi hat recht.«

»Mit was?«

»Dass der Kühlschrank auf uns aufpasst. Gerade hat er mir mitgeteilt, dass die Milch sauer war.«

Sarah und Ilvy grinsten sich an und Ki-Lu spöttelte: »Na ja, du hättest die saure Milch spätestens

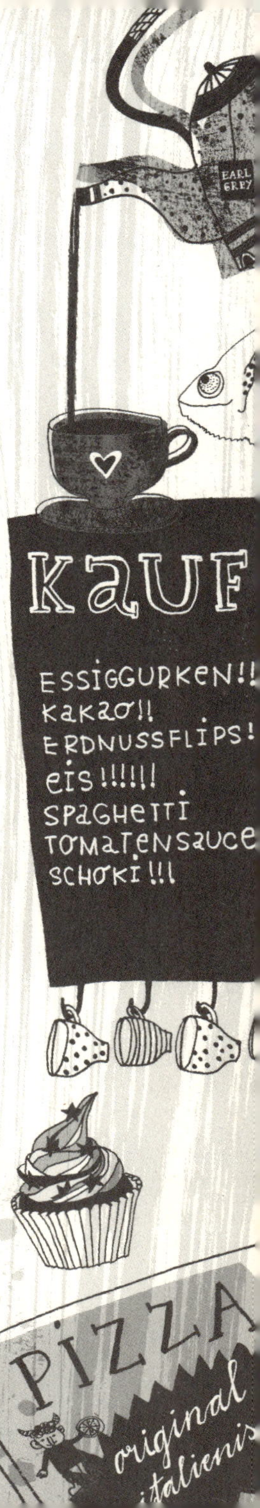

dann bemerkt, wenn du sie dir ins Glas gegossen hättest. Also in einer soooo großen Gefahr warst du nun auch wieder nicht.«

Da hat ja jemand mal wieder voll den Durchblick. So, wie damals, als dieser Jemand das Sieb geschmolzen und uns alle in Lebensgefahr gebracht hat. Wer hat euch denn da gerettet? Hmm? Na eben.

Der Kühlschrank hinter mir begann, lauter zu brummen.

Wir sahen uns alle an.

»Hast du das gehört, Ki-Lu?«, fragte ich schadenfroh.

»Jaja, der Kühlschrank, dein Freund und Helfer.« Wir lachten alle vier und ich fühlte mich auf einmal ganz und gar sicher. Egal was die Zukunft bringen würde, eins stand fest: Gemeinsam mit diesen dreien würde ich jede Herausforderung, jeden Job und jede Beziehung überstehen. Selbst wenn Valentin komisch reagieren würde, sobald ich ihn anrief. Denn das war das Zweite, was ich sicher wusste. Ich musste ganz dringend seine Stimme hören. Ich warf einen letzten Blick auf meine lieben Mitbewohnerinnen, dann verließ ich die Küche und schnappte mir das Telefon. Während ich die Tasten drückte, dachte ich noch einmal an Oma Elfis Spruch – der nun besser denn je auf mich zutraf: Das Leben ist schön, einzigartig, kostbar und gut.

Memo an alle:
Glücklich bleiben!

FINGER WEG VON MEINEM JOGHURT!
Zitrone
Blaubeere
Erdbeere
Kirsche
Essiggurken
Marmelade Aprikosen
FUR ESMERALDA